Bromance

Bromance

CLUB DE LECTURA PARA CABALLEROS

LYSSA KAY
ADAMS

VeRa

Título original: *The Bromance Book Club*
Traducción del inglés: Andrea Valeri
Edición revisada y adaptada

Primera edición: noviembre de 2022

Balmes 188, 08006 Barcelona - www.vreuropa.es

Publicado originalmente por Berkley, un sello de Penguin Random House LLC.
Esta edición se publica en acuerdo con Berkley, un sello de Penguin Publishing Group, división de Penguin Random House, LLC.

ISBN: 978-84-125781-9-5
Depósito legal: B. 19.808-2022
Maquetación: Estudio Olifant
Impreso por TauroGráfica

Impreso en España / Printed in Spain

Este libro se ha impreso en papel procedente de bosques gestionados de forma sostenible y que ha seguido un proceso de fabricación totalmente libre de cloro.

Para mi abuela.

Tras perseguir zanahorias, al final he conseguido atrapar una.

CAPÍTULO 1

Había un motivo por el que Gavin Scott apenas bebía alcohol.

No se le daba bien. De hecho, cuando lo hacía saltaba a la vista el porqué: se caía al suelo de morros al tratar de alcanzar cualquier botella, y cuando iba borracho y besaba el suelo ya era mejor ni intentar levantarlo de ahí.

Esa fue la razón por la que no respondió cuando su mejor amigo y compañero de los Nashville Legends, Delray Hicks, golpeó la puerta de su habitación del cuarto piso del hotel donde se hospedaba, una depresiva estancia que le recordaba que al menos seguía siendo un campeón en arruinarlo todo.

—*Essstá* abierto —gritó Gavin arrastrando las palabras.

La puerta se abrió de golpe. Delray —o Del, como solía llamarlo—, encendió la luz cegadora del techo y enseguida maldijo:

—Mierda. Soldado caído. —Se giró para hablar con otra persona—. Ayúdame.

Del y otro humano gigante se acercaron y lo levantaron de los hombros gracias a sus enormes manos. En un instante Gavin ya estaba erguido y apoyado en el sillón que había en la habitación. El techo daba vueltas y no le quedó otra que dejar caer la cabeza sobre los cojines.

—Vamos. —Del le golpeó el pecho—. Revive.

Gavin cogió una gran bocanada de aire y fue capaz de levantar la cabeza. Pestañeó un par veces y se apretó las cuencas de los ojos con las palmas de las manos.

—Estoy borracho.

—No me digas —suspiró Del—. ¿Qué te has bebido?

Gavin señaló una botella de *bourbon* artesano apoyada en una de las mesas. La destilería local les había regalado una a cada uno de los miembros del equipo al final de temporada, apenas un par de semanas atrás. Del volvió a maldecir:

—Mierda, tío. Podrías haberte bebido directamente el alcohol del botiquín.

—No tenía.

—Espera que traiga agua —dijo el otro tipo, cuyo rostro borroso se parecía al de Braden Mack, el dueño de varias discotecas de Nashville. Pero de ser así no tenía sentido, pensó Gavin. ¿Qué estaba él haciendo allí? Solo se habían visto una vez, en un evento benéfico de golf. ¿Desde cuándo era amigo de Del?

Un tercer hombre apareció de repente y, esa vez, Gavin sí que lo reconoció. Era Yan Feliciano, otro de sus compañeros.

—¿Cómo está? —preguntó en español.

Gavin entendió la pregunta al instante. Joder, la borrachera le había otorgado el poder de hablar español. Del sacudió la cabeza.

—Está a una copa de ponerse a escuchar a Ed Sheeran.

Gavin tenía hipo.

—*No mi gusta Ed Sheeran* —respondió como pudo en español.

—Cállate —sentenció Del.

—¡Vaya! No tartamudeo cuando hablo español. —De nuevo el hipo, que esta vez trajo consigo un regusto amargo—. Quiero decir, cuando estoy borracho.

Yan maldijo al oír a su amigo.

—¿Qué ha pasado, *hermano*?

—Thea le ha pedido el divorcio —le respondió Del.

Yan no fue capaz de esconder su sorpresa.

—Vaya. Mi mujer me dijo que había escuchado rumores de que tenían problemas, pero no creí que fuese para tanto.

—Pues crééééééételo —siseó Gavin en un lamento, a la par que dejó caer la cabeza en el sofá.

Divorcio. La que había sido su mujer durante tres años, la madre de sus hijas mellizas, la mujer que lo hizo descubrir que el amor a primera vista existía... lo había dejado. Y era su culpa.

—Bebe esto —le indicó Del entregándole una botella de agua. Acto seguido, se dirigió a Yan—: Hace dos semanas que vive aquí.

—Me ha echado —agregó Gavin y dejó caer la botella abierta.

—Porque te has estado comportando como un imbécil.

—Lo sé.

—Te lo advertí, tío —le indicó Del sacudiendo la cabeza.

—Lo sé.

—Te dije que iba a cansarse de ti si las cosas no cambiaban.

—Lo sé —gruñó Gavin esta vez y entonces levantó la cabeza. El problema fue que lo hizo demasiado rápido y una ola de náuseas le advirtió que el *bourbon* estaba buscando la salida de emergencia de su cuerpo. Gavin tragó y respiró hondo. «Mierda», pensó. El sudor empezó a empaparle la frente y las axilas.

—¡Joder, se está poniendo verde! —gritó el supuesto Branden Mack.

Unas manos enormes volvieron a ayudarlo a ponerse de pie. Del y el que era casi seguro Branden Mack lo arrastraron al baño. Gavin entró tambaleándose en el momento exacto en el que una sustancia de un color que solo hacía aparición cuando se tomaban malas decisiones salió disparada de su boca. Mack maldijo y salió corriendo de allí. Del se quedó a su lado mientras Gavin gemía como un jugador de tenis cuando da un revés tras otro, sin parar.

—Nunca te han sentado bien las bebidas fuertes.

—Me estoy muriendo. —Gavin volvió a gruñir y se derrumbó sobre sus rodillas.

—No te estás muriendo.

—Entonces mátame.

—No lo digas dos veces.

Gavin cayó sobre sus nalgas y se apoyó en la pared *beige* del lavabo con las rodillas contra la bañera, también de color *beige*, que estaba cubierta por una cortina (en efecto, *beige*).

Ganaba quince millones de dólares al año y, sin embargo, allí estaba, en un hotel de mierda en el que no se hubiese alojado ni aun cuando jugaba en la peor de las divisiones. Podía permitirse algo mejor, pero ese era su castigo. Y era uno autoimpuesto por haber permitido que su orgullo arruinara lo mejor que le había pasado en la vida.

Del presionó el botón del váter y cerró la tapa. Salió del cuarto de baño y volvió al instante con una botella de agua.

—Bebe. Te lo digo en serio.

Gavin abrió la botella y se bajó la mitad de un trago. A los pocos minutos, la habitación dejó de girar a su alrededor.

—¿Qué hacéis aquí?

—Ya te lo contaré. —Del se sentó sobre la tapa del inodoro y se inclinó hacia delante con los codos apoyados sobre las rodillas—. ¿Estás bien?

—No. —Gavin notó cómo la voz se le quebraba. «La leche», pensó. No quería echarse a llorar delante de Del. Se presionó los ojos y se masajeó el entrecejo con la yema de los pulgares.

—Adelante. Puedes llorar, tío —lo animó Del golpeándole el pie con la punta de su zapato—. No debería darte vergüenza.

Gavin volvió a apoyar la cabeza contra la pared y las lágrimas comenzaron a rodar por sus mejillas.

—No puedo creer que la haya perdido.

—No vas a perderla.

—Me ha pedido el d-d-divorcio, imbécil —logró decir tras batallar con la palabra.

Del no reaccionó de manera alguna ante el tartamudeo de su amigo. Los miembros del equipo ya no lo hacían, de hecho, porque Gavin había dejado de intentar corregirlo cuando estaba con ellos. Se trataba de otra de las cosas de una larga lista que debía agradecerle a Thea. Antes de conocerla, se avergonzaba y evitaba hablar, aunque estuviera rodeado de gente conocida. Pero Thea se mantuvo imperturbable la primera vez que tartamudeó frente a ella. No intentó terminar la frase por él, no se incomodó ni alejó la mirada. Tan solo esperó a que él pudiera acabar de decir lo que quería decir. Aparte de su familia, nadie hasta aquel instante le había hecho sentir que no era un payaso tartamudo.

Por eso, cuando un mes atrás él descubrió la mentira de ella, la traición fue más dolorosa aún. Porque así era como lo había procesado: como una mentira.

Su mujer había estado fingiendo en la cama durante todo su matrimonio.

—¿Te dijo eso? —preguntó Del—. ¿O dijo específicamente que ya era hora de pensar en divorciarse?

—Joder, ¿cuál es la diferencia?

—La segunda quiere decir que no quiere saber nada más de ti. La primera significa que todavía tienes una oportunidad.

Gavin movió la cabeza de un lado al otro contra la pared en señal de desacuerdo.

—No tengo oportunidad alguna. No escuchaste su voz. Era como hablar con una desconocida.

Del se levantó y lo miró desde su altura.

—¿Quieres luchar por tu matrimonio?

—Sí. —Por Dios, sí. Más que nada en el mundo. «Mierda», pensó mientras respondía. La garganta se le cerraba de nuevo.

—¿Qué estás dispuesto a hacer?

—Lo que sea.

—¿Lo dices en serio?

—¿Q-q-qué cojones? Por supuesto que lo digo en serio.

—Bien. —Del le tendió la mano—. Entonces vamos.

Gavin dejó que Del lo levantara del brazo hasta que estuvo de pie y lo siguió hasta el dormitorio. Sentía que su cuerpo pesaba una tonelada cuando avanzó tambaleándose hasta el sofá, donde se dejó caer de nuevo sobre los cojines.

—Es un lugar encantador, Scott —dijo Mack desde la pequeña cocina adosada. Limpió una manzana verde contra su hombro y luego le dio un gran y ruidoso mordisco.

—Eh, eso es mío —gruñó Gavin.

—No te la estabas comiendo.

—Pero iba a comérmela.

—Sí, claro. Cuando terminaras con la botella.

Gavin le hizo un corte de mangas a distancia.

—Basta —ordenó Del a Mack—. Todos hemos estado en su situación.

«Un momento», pensó Gavin. ¿Qué? ¿A qué leches se refería?

Yan se sentó en la otra punta del sofá y apoyó sus botas texanas sobre la mesa de café. Mack se inclinó contra la pared.

Del los miró a ambos.

—¿Qué opináis?

Mack le propinó otro mordisco a la manzana y habló con la boca llena:

—No lo sé. ¿En serio crees que lo soportará?

Gavin se pasó la mano por la cara. Sentía que había aparecido en medio de una película. Una película mala, para más señas.

—¿Alguien puede explicarme q-qué sucede?

Del se cruzó de brazos.

—Vamos a salvar tu matrimonio.

Gavin bufó, pero los tres pares de ojos que lo miraban estaban serios.

—Estoy perdido —gruñó.

—Has dicho que estás dispuesto a hacer lo que sea para recuperar a Thea —dijo Del.

—Sí —balbuceó Gavin.

—Entonces necesito que me digas la verdad. —Gavin se puso nervioso. Del se acercó y se sentó sobre la mesa de café, que crujió por el peso—. Cuéntanos lo sucedido.

—Ya te lo he contado. Dijo…

—No me refiero a esta noche. ¿Qué ha pasado?

Gavin les echó un vistazo a los tres hombres. Incluso si no hubiesen estado Yan ni Mack (comiéndose su manzana, además), Gavin tampoco se hubiera atrevido a hablar del tema. Era demasiado humillante. Bastante terrible era tener que admitir que no podía satisfacer a su mujer en la cama como para hacerse cargo también de la estupidez de haber perdido el control, haberse instalado con sus cosas en la habitación de huéspedes para castigar a su mujer con su silencio y haberse negado a escuchar las explicaciones de ella porque tenía miedo de que destruyeran su ego. Desde luego, prefería guardarse los detalles. Gracias de todos modos.

—No puedo contároslo —balbuceó al fin.

—¿Por qué no?

—Es personal.

—Estamos hablando de tu matrimonio. Por supuesto que es personal… —bufó Del.

—Pero esto es demasiado…

Mack lo interrumpió con un sonido cargado de frustración.

—Te está preguntando si le fuiste infiel, idiota.

Gavin giró la cabeza para mirar a Del.

—¿Eso es lo que crees? ¿De verdad piensas que podría serle infiel?

El mero hecho de pensarlo lo hizo querer volver al baño para seguir vomitando el licor que le quedaba en el estómago.

—No —dijo Del—. Pero tengo que preguntar. Es una regla. No ayudamos a infieles.

—¿Tú y quién más? ¿Qué leches está pasando?

—Has dicho que anoche fue como si estuvieses hablando con una extraña —indicó Del—. ¿No se te ha ocurrido pensar que quizás no la conoces?

Gavin le lanzó una mirada de desconcierto.

—Todos desconocemos a nuestras mujeres en algún momento del matrimonio —dijo Del—. Todos los seres humanos son una obra en construcción y no todos evolucionamos al mismo ritmo. ¿Quién sabe cuántas personas se habrán divorciado porque no se dieron cuenta de que esos problemas insuperables no eran más que una fase temporal?

Del extendió los brazos

—Pero, qué demonios... ¿vosotros? Sería un milagro que os hubierais llegado a conocer en absoluto.

—¿Se supone que esto debería hacerme sentir m-m-mejor?

—¿Cuánto tiempo salisteis antes de que se quedara embarazada? ¿Cuatro meses?

—Tres.

Mack se tapó la boca y tosió, disimulando, aunque inteligible «de penalti».

—Bien —continuó Del—. Y enseguida os estabais casando, a todo correr, en el registro civil. Y justo antes de que nacieran las mellizas te llamaron para jugar en las grandes ligas. A ver, Gavin, te has pasado la mayor parte de tu matrimonio de viaje mientras ella criaba a las niñas prácticamente sola en una ciudad que no era la suya. ¿Crees de verdad que puede seguir siendo la misma persona después de algo así?

«No», pensó Gavin. Pero ese no era el puto problema que tenía con Thea. Claro que ella había cambiado. Él también lo había hecho. Pero eran buenos padres y eran felices. Al menos, él creía que eran felices.

Del se encogió de hombros con indiferencia y se sentó derecho.

—Mira, lo que quiero decir es que ya es difícil con parejas que llevan años juntas y que sabían qué esperar cuando se casaron. Pero vosotros os lanzasteis directos a la piscina sin chaleco salvavidas. Ningún matrimonio puede sobrevivir a algo así, ni siquiera en las mejores circunstancias. No sin algo de ayuda.

—Es un poco tarde para terapia de pareja, me temo.

—No, no es tarde. Igualmente, no te estoy hablando de eso.

—¿Y de qué leches estás hablando, entonces?

Del lo ignoró y volvió a mirar a Yan y a Mack.

—¿Y bien? —les preguntó.

—Yo digo que sí —dijo Yan—. Va a sernos inútil la próxima temporada si no conseguimos reconciliarlos.

—Está bien. —Mack se encogió de hombros con indiferencia—. Aunque solo sea para arrastrarlo fuera de este agujero. Porque joder, tío... —dijo señalando la habitación.

Gavin se dirigió entonces a Yan:

—¿Cómo se dice «vete a la mierda» en español?

Mack le dio el último mordisco a la manzana y lanzó el carozo hacia atrás, sin mirar. Este aterrizó dentro del fregadero sin dificultad. Gavin lo odiaba más que a nadie en el mundo.

—Mis hijas me dieron esa manzana.

—Uy... —dijo Mack.

—Escucha —intervino Del—. Consúltalo con la almohada y mañana por la noche podemos quedar para tu primera reunión oficial.

—¿Reunión oficial de qué?

—De la solución a todos tus problemas.

Los tres se lo quedaron mirando como si eso lo explicara todo, antes de salir de la habitación.

—¿Eso es todo?

—Una cosa más —agregó Del—. En ninguna circunstancia vayas a ver a tu mujer.

CAPÍTULO 2

«No existe fuerza en el mundo más poderosa que la de una mujer bondadosa que ya está harta».

De toda aquella sabiduría popular que su abuela le había transmitido a lo largo de los años, Thea Scott esperaba que al menos esa afirmación fuera cierta porque, ¡cielo santo!, el mazo pesaba una tonelada. Propinó cuatro golpes con toda su fuerza y aun así no había conseguido más que una marquita en la pared y, de regalo, un tirón en los músculos de la espalda. Pero Thea no iba a darse por vencida, eso desde luego. Hacía tres años que vivía en esa casa y hacía tres años que fantaseaba con tirar esa pared.

Al ver cómo su matrimonio se desmoronaba el día anterior, le pareció que justamente ese era el día ideal para hacer su fantasía realidad.

Además, Thea necesitaba más que nunca darle mazazos a algo.

Blandió el mazo otra vez con un gemido. Por fin el golpe concluyó con un ruido sordo de satisfacción y abrió un agujero en la pared. Con un grito de victoria, Thea dejó de lado el martillo y metió la cabeza en su pequeña obra. Casi podía sentir cómo la luz del otro lado se agolpaba desesperada por liberarse de esa prisión *beige*. ¿A quién se le había ocurrido poner una pared allí? ¿Qué arquitecto, en su sano juicio, separaría la sala de estar del comedor e impediría a esa gloriosa luz fluir con libertad por la planta baja?

Thea volvió a blandir el martillo y un segundo agujero le hizo compañía al primero. Otro trozo de pared cayó a sus pies, seguida de una nube de polvo que invadió la habitación y le cubrió los brazos. Cielo santo, qué bien le estaba sentando.

Jadeando por el esfuerzo, Thea apoyó el martillo en el nailon que había comprado para proteger el suelo de madera. Masajeándose el hombro con una mano, se giró para contemplar la sala de estar. Sí. Justo allí. Justo al lado de las puertas francesas que llevaban al patio. Ese era el lugar perfecto para el caballete y las pinturas. Algún día, después de graduarse, quizás podría tener un taller propio. Pero por ahora se conformaría con volver a pintar. No había tocado un lienzo desde el nacimiento de las niñas. Su logro creativo más grande de los últimos días había sido teñir sus camisetas blancas para que las manchas parecieran intencionales.

Se había esforzado para que la pared no le molestara tanto. Había colgado fotografías familiares siguiendo patrones algo estrafalarios. Había enmarcado las huellas de las manos de las niñas y sus dibujos. En la pared también estaba el bate favorito de Gavin de cuando iba a secundaria. Todo con la idea de que algún día la arreglaría. Algún día la pintaría de un color vibrante o le añadiría alguna moldura. O quizás, un día, derribaría esa mierda y comenzaría de nuevo.

Thea supo que ese día había llegado cuando se despertó aquella misma mañana con los ojos hinchados fruto de un momento de debilidad en el que había llorado en el baño cubriéndose la boca con una mano para aplacar el sonido.

Las lágrimas no tenían sentido. El remordimiento no la ayudaría a empezar de nuevo. Había una única manera de avanzar... y era salir a flote.

Literalmente.

Después del desayuno, Liv, su hermana, que vivía con ellas en casa desde que Gavin se había marchado, llevó a las niñas a clases de danza. Solo entonces Thea desempolvó el mono de trabajo para pintar, condujo hasta la ferretería y compró el mazo.

—¿Sabes cómo usarlo? —le había preguntado el hombre al otro lado del mostrador. El modo en que arqueaba las cejas hacía que el hombre llevara escrito en la frente *mansplaining*.

Thea curvó los labios en algo parecido a una sonrisa.

—Sep...

—Asegúrate de poner la mano más fuerte justo donde termina el mazo.

—Entendido. —Thea se guardó el cambio en el bolsillo.

El hombre se estiró los tirantes.

—¿Qué vas a derribar?

—Las estructuras de poder patriarcales. —Él pestañeó ante la respuesta—. Una pared.

—Antes asegúrate de que no cargue peso de la estructura de la casa.

La necesidad de golpear algo volvió a surgir con tan solo recordar el encuentro. Thea apoyó el mazo sobre su hombro, pero justo cuando comenzaba a bajarlo con intención de seguir aporreando la pared, la puerta de entrada se abrió. Las niñas entraron corriendo con los tutús rebotando sobre sus pequeñas medias rosadas y las colas de caballo rubias moviéndose en sincronía hacia un lado y hacia el otro. Bola de Mantequilla, el perro labrador, las seguía como un perro policía. Detrás, su hermana Liv sostenía con firmeza la correa.

—¿Que estás haciendo, mami? —preguntó Amelia con un chillido en cuya vocecita se intuía una mezcla de temor y sorpresa. Thea no la culpaba. En ese momento mami no debía parecerse mucho a mami.

—Estoy tirando una pared —respondió Thea con calma.

—Oh, sí —intervino Liv frotándose las manos—. Yo quiero participar. —Dejó caer la correa de Bola de Mantequilla, atravesó la habitación y cogió el testigo del mazo—. ¿Puedo imaginarme que es su cabeza?

—Liv —advirtió Thea por lo bajo. Sabía que su hermana no hablaría mal de Gavin frente a las niñas a propósito. Ambas sabían por experiencia que los únicos que sufren cuando un progenitor habla mal del otro son los hijos. Pero a veces la boca de Liv tenía voluntad propia. Y ese era uno de aquellos momentos.

—¿La cara de quién, tía Livvie? —preguntó Amelia.

Thea ametralló a su hermana con la mirada.

—Mi jefe —respondió enseguida Liv. Trabajaba en un famoso restaurante de Nashville para un chef conocido en la ciudad por ser un tirano. Liv se quejaba tanto de él que las niñas no dudaron de sus palabras.

—¿Podemos ayudar a pegarle a la pared? —preguntó Amelia.

—Es una tarea peligrosa solo para mayores —dijo Thea—. Pero podéis mirar.

Con un golpe digno de Tarzán, Liv hizo caer otro trozo de pared. Las niñas lo celebraron con gritos y saltos. Ava aulló y lanzó una patada de karateka al aire. Amelia intentó hacer la medialuna. Oficialmente, la sala de estar era una fiesta.

—Guau, esto sienta de maravilla —exclamó Liv y le pasó el mazo a Thea—. Necesitamos música.

Thea volvió a tomar posesión de la herramienta, Liv tocó un par de veces la pantalla de su teléfono y entonces, en el sistema de altavoces Bluetooth que había distribuidos por la casa, comenzó a sonar la voz de Aretha Franklin exigiendo R-E-S-P-E-T-O.

Liv se hizo con el bate de Gavin que yacía en el suelo y lo usó de micrófono mientras cantaba a los gritos. Le extendió una mano a Thea, animándola a unirse, y esta accedió para entretener a sus hijas. Las niñas se rieron como si ese concierto improvisado fuese la cosa más divertida que hubieran visto jamás.

Y así sin más, las hermanas sintieron que volvían a ser adolescentes que cantaban a todo pulmón en el dormitorio abarrotado que compartían en la casa de su abuela. Fue allí (mientras su madre estaba sumida en una bruma de furia reclamando la pensión alimentaria, y su padre estaba demasiado ocupado engañando a su segunda esposa como para hacerse cargo de sus hijas) donde memorizaron las letras de las canciones de Pink y se prometieron que jamás confiarían en un hombre, jamás serían tan débiles como su madre ni tan egoístas como su padre, y, sobre todo, prometieron cuidar siempre la una de la otra.

Serían ellas contra el mundo.

Y allí estaban una vez más. Solo que ahora Thea tenía que proteger a alguien más que a su hermanita. Tenía que proteger a las niñas. Y lo haría. Sin importar lo que conllevara. Se aseguraría de que jamás supieran lo que era crecer rodeadas de tensión ni que fueran rehenes en la guerra entre sus padres.

Una oleada súbita de emociones se acumuló en el rabillo de los ojos de Thea y comenzó a sentir una opresión en el pecho. Seguía cantando, pero su voz sonaba cada vez más estrangulada. Les dio la espalda a las niñas y se frotó los ojos.

Liv, con tranquilidad, manejó la situación.

—Oíd, chicas. ¿Por qué no subís a cambiaros? La primera que llegue a la escalera elige la película de esta noche.

El espíritu competitivo hizo que las niñas salieran corriendo. Unos segundos después, la canción terminó.

—¿Estás bien? —preguntó Liv a su hermana.

Un doloroso nudo en la garganta de Thea le dificultaba el habla.

—¿Y si ya les he hecho daño?

—No lo has hecho —dijo Liv con seguridad—. Eres la mejor madre que conozco.

—Lo único que quería era poder darles lo que yo no tuve. Que se sintieran seguras y a salvo y…

Liv la sujetó por los hombros y, mirándola de frente, le dijo:

—Él se ha ido.

—Sí, pero porque yo se lo pedí. —No pudo soportar un segundo más del frío silencio al que él la estaba sometiendo tras pasar un mes encerrado en el dormitorio de huéspedes sin hablarle. Dos niñas pequeñas en casa eran más que suficientes.

—Y le faltó tiempo para salir por patas —dijo Liv.

Cierto. Sin embargo, a Thea le carcomía la culpa. Había cosas que Liv no sabía. Gavin había reaccionado mal cuando se había enterado de que Thea había estado fingiendo en la cama, pero también era cierto que Thea no debería de habérselo dicho así.

—Hacen falta dos personas para arruinar una relación.

Liv torció la cabeza.

—Sí, claro, pero soy tu hermana, así que tengo una predisposición biológica a ponerme de tu lado.

Se miraron en agradecimiento, una vez más, al hecho de tener al menos una persona con la que siempre podrían contar.

En el pasado Thea sabía que Gavin también era esa persona.

«¡Mierda!», se murmuró a sí misma ante semejante pensamiento. Thea volvió a por el mazo. Era hora de ponerse de pie y retomar su vida donde la había dejado, justo cuando había dejado todo por él y su carrera. Era hora de cumplir las promesas que habían hecho con Liv hacía tantos años.

Thea volvió a blandir el mazo y abrió otro agujero en la pared.

Liv se rio.

—No soy la única que se está imaginando su cara, ¿no?

—No —gruñó Thea y volvió a golpear.

—Bien. Descarga. Eres una mujer poderosa que no necesita a ningún hombre.

Los altavoces estallaron al ritmo de una canción en la que Taylor Swift, muy enfadada, hablaba de quemar fotos.

Liv volvió a levantar el bate de Gavin del suelo.

—Cuidado que voy.

—¡Espera! ¡Ese es su bate favorito!

—Si tanto lo quería que se lo hubiera llevado —espetó Liv.

Thea bajó la cabeza y Liz golpeó. Se escuchó un ruido fuerte que indicaba que el golpe había alcanzado la estructura.

Thea bajó el mazo y le quitó el bate de las manos a Liv.

—Se puede romper.

—Es un bate.

—Es con el que jugó cuando ganó el campeonato estatal de secundaria.

Liv puso los ojos en blanco.

—Los hombres y sus suvenires.

—Es importante para él —dijo Thea.

—¿Y acaso no es ese el problema? —espetó Liv enfurruñada—. El béisbol siempre ha sido más importante para él que tú.

—No es así. —La irrupción repentina de la voz grave de Gavin hizo que las dos giraran la cabeza de golpe.

Estaba de pie, quieto, a unos tres metros, como si la conversación lo hubiese invocado y hubiera aparecido de la nada. Mantequilla ladró y corrió hacia él moviendo la cola con alegría.

Thea sintió que algo se removía en su interior cuando Gavin estiró la mano para rascar las orejas de Mantequilla sin prestar mucha intención. Llevaba puesto un par de vaqueros claros y una camiseta gris lisa. Tenía el pelo húmedo y despeinado como si hubiera acabado de darse una ducha y apenas se hubiera pasado una toalla por la cabeza. Sus ojos avellana estaban enrojecidos y rodeados de ojeras oscuras. La sombra de una barba de al menos dos días recorría su mandíbula.

Incluso así estaba irresistible, tan sexy que era injusto.

Liv bajó la música y se cruzó de brazos.

—¿Qué quieres, imbécil?

—Liv —volvió a advertirle Thea. Acto seguido, se dirigió a Gavin—: Ya no vives aquí, Gavin. No puedes aparecer así, sin más.

Él se giró hacia la puerta, señalándola.

—Intenté llamar —respondió, confundido, mientras sus ojos viajaban entre la pared agujereada y el mazo en el suelo—. ¿Q-qué estáis haciendo?

—Tirando la pared.

—Ya veo —susurró Gavin—. ¿Y se puede saber por qué?

—Porque odio esta pared.

Gavin alzó las cejas.

—¿Ese es mi bate?

El enfado y la mezquindad de Thea se abrieron camino ante su sentido común.

—Sep, funciona bien. —Thea giró y golpeó el bate contra la pared.

Gavin bajó la cabeza por instinto, dolido.

—Voy a instalar mi caballete aquí —indicó Thea y volvió a golpear el bate—. Esta estúpida pared tapa toda la luz.

—Quizás tendríamos que haberlo hablado antes de que… —Gavin hizo una mueca cuando Thea volvió a golpear.

—Quizás tendríamos que haber hablado de muchas cosas —le espetó Thea y se alejó de la pared mientras se limpiaba las gotas de sudor de la frente.

Los interrumpió un chillido que llegó desde las escaleras.

—¡Papi! —Amelia saltó el último escalón, corrió hacia Gavin y se abrazó a sus piernas—. ¡Mami está rompiendo la pared! —Se rio y estiró los brazos para que la levantara.

Gavin seguía mirando a Thea con cautela mientras erguía a la niña. Amelia ladeó la cabeza al instante.

—¿Estás enfermo, papi?

—Eh, no, cariño —dijo Gavin—. Es que no dormí muy bien anoche. —La besó en la mejilla—. Hueles a sirope. ¿Mamá ha hecho sus *pancakes* de sábado?

—¡Sí, con *pepizas* de *chocate*! —Amelia hizo un esfuerzo por pronunciarlo lo mejor que pudo.

Gavin miró a Thea a los ojos y por un momento dejaron de ser enemigos para volver a ser padres. Hacía meses que Amelia daba indicios de ceceo y Gavin temía que fuera el comienzo de una dificultad del habla permanente. Thea sonrió con dulzura.

—Solo es un ceceo —dijo por lo bajo.

Gavin estiró un brazo hacia Ava, que había aparecido detrás de su hermana.

—Hola, ardillita.

Sin embargo, Ava no se acercó a él y se refugió detrás de su madre. Fue un reflejo de protección que rompió el corazón de Thea, más todavía cuando Ava levantó la barbilla y declaró ante todos:

—Mami ha estado llorando.

«Oh, no», pensó Thea. Ava se había estado pasando a su cama en medio de la noche desde que Gavin se había marchado. ¿La había escuchado cuando se escabullía al baño para llorar? No quería que las niñas la escucharan llorar jamás.

Gavin tragó saliva con lentitud. Sus ojos recorrieron el rostro de Thea como nunca lo habían hecho antes, prestando especial atención a las pecas y los granos que no se había molestado en maquillar. Thea se ruborizó bajo el peso de su mirada. ¿Por qué demonios la miraba así?

—¿Podemos llevar a pasear a Mantequilla? —preguntó Amelia. Eso era lo que hacían juntos: sacar al perro por el vecindario. O al menos lo era cuando Gavin vivía allí.

—Otro día, mi amor —dijo Gavin—. Tengo que hablar con mami. —Amelia hizo una mueca de tristeza: una técnica tremendamente efectiva que había aprendido hacía poco. Gavin tragó saliva con fuerza y Thea casi sintió pena por él—. El lunes iré a ver el musical de tu escuela. ¿Qué te parece si después paseamos a Mantequilla?

—Ya las llevo yo de paseo ahora —dijo Liv, y su tono dejó claro que quería decir «vete al carajo». Mantequilla ya estaba bailando de alegría en la puerta cuando Liv le abrochó la correa y ayudó a las niñas a ponerse los abrigos de lana. Salieron y Liv asomó la cabeza—. No tardéis mucho. Aún tenemos que terminar de configurar tu cuenta en la aplicación de citas.

Cerró de un portazo.

Gavin hizo un ruido indescifrable.

Thea contuvo la risa.

—No respondías al teléfono —le indicó Gavin cuando las niñas ya habían salido.

—Anoche me quede sin batería y no tenía ganas de cargarlo.

Él se acercó con un gesto de preocupación.

—¿Estás bien?

Thea ignoró el modo en el que su corazón se sacudía.

—No soy yo la que huele como alguien que ha pasado la noche en una discoteca.

—Me emborraché.

—¿Para celebrar tu libertad?

—Si de verdad crees eso, te he hecho más daño del que pensaba.

Esta vez, el sonido del bate contra la pared no le resultó tan satisfactorio.

—Bueno, ese es el problema, Gavin, porque me has hecho bastante daño.

Él no lo discutió.

—¿Es verdad que te has descargado una aplicación de citas?

—No, por Dios. —Thea bufó y se pasó una mano por la frente—. Es lo último que necesito.

¿Otro hombre en su vida? ¿Para qué le hiciera más promesas vacías? No, gracias.

Gavin asintió y el alivio invadió su rostro.

—Si has venido a por tus cosas, hazlo rápido porque las niñas volverán en cualquier momento.

—No he venido por eso.

—¿Y entonces qué?

—Q-q-q… —El corazón de Thea latió como cada vez que lo

veía luchar contra los músculos de su garganta. Gavin por fin pudo terminar la oración—. Quiero que hablemos.

—No tenemos nada más que hablar.

—Por favor, Thea.

Otro latido apresurado. Maldito corazón inquieto.

—Está bien. —Thea le arrojó el bate y caminó hacia la cocina.

Ella le dio la espalda mientras llenaba un vaso con agua del grifo y suspiraba en silencio, contemplando la enorme pizarra a modo de calendario que ocupaba el metro cuadrado de pared que quedaba junto a la nevera. Thea solía jactarse de ser impulsiva y espontánea, pero ahora vivía y respiraba según lo que dijera ese centro de control con sistema de colores en el que organizaba cada segundo de sus vidas: clases de danza, citas con el dentista, opciones para la cena, días de voluntariado en preescolar y en letras rojas, para denotar la importancia del mensaje nivel «allá tú si te olvidas de esto», un recordatorio de encontrar las medias favoritas de Ava antes del lunes para que pudiera usarlas en el musical de la escuela.

El calendario también solía estar lleno de los compromisos sociales o benéficos que eran parte de su rol como miembro oficial del club de las WAG's (manera ampliamente conocida de referirse a mujeres y novias de deportistas) de los Nashville Legends. Sin embargo, desde que habían comenzado a circular los rumores de que tenían problemas de pareja, muchas de las mujeres y novias se habían alejado de ella. Ni siquiera la invitaron al estúpido *brunch* mensual, y eso había sido antes de que le pidiera el divorcio.

Igualmente, y sin importar cuanto se esforzara, nunca se había sentido una más con ellas. Cuando estaban juntas, no podía dejar de sentirse esa mujer: la que se había quedado embarazada a propósito para atrapar a un deportista adinerado.

Lo que no sabían era que Thea jamás se casaría por dinero. En su infancia había visto cómo el dinero corrompía lo que tocaba.

Nop. Se había casado con Gavin por amor.

Aunque viendo lo bien que había salido todo, podría haber sido mejor casarse por dinero.

Thea no había estado preparada en absoluto para lo que suponía la vida de una esposa de béisbol. Ser una WAG de los Legends le había traído algo de fama y responsabilidad. Entre los eventos de beneficencia y las apariciones públicas, sentía que la habían arrastrado a formar parte de una hermandad a la que nunca se había querido unir. No tenía nada en contra de las hermandades. Hasta había formado parte de una en la universidad: un ecléctico grupo de estudiantes de teatro, música y estudios feministas que organizaba marchas en contra de los recortes en el centro de mujeres.

Pero esta hermandad era diferente. Esta le exigía conformidad y obediencia total: lo contrario a todo lo que Thea defendía. Y había tenido que descubrirlo mientras criaba bebés mellizos porque Gavin pasaba más tiempo de viaje que en su casa. Y de algún modo, en medio de todo aquello, se perdió a sí misma hasta el punto de no reconocerse. ¿Cómo había descrito la revista Southern Lifestyle sus vacaciones de verano en un artículo sobre los deportistas de Tennessee y sus familias? De un saludable color pastel. Eso habían dicho. Y tenían razón. Al fin y al cabo, todo su armario se había convertido en un homenaje andante al algodón de azúcar. Por Dios, ¡si ella solía usar camisetas de Depeche Mode y Converse negras!

Aquel artículo fue como un jarro de agua helada. Todo un despertar. Le supuso todo un espanto darse cuenta de que se había convertido en todo lo que odiaba. Y a Gavin no le importó, o ni percibió que ahora era una versión aséptica de sí misma.

O, lo que era todavía peor: prefería a la Thea aséptica.

Cuando lo escuchó aclararse la garganta, Thea por fin se dio la vuelta. Las ojeras debajo de sus ojos se notaban más bajo la luz de la cocina; parecían moretones. De verdad que Gavin tenía muy mal aspecto. Gavin no sabía lidiar con ese tipo de cosas. Y no se refería solamente al alcohol.

Arrastró el vaso sobre la isla de la cocina para acercárselo.

—¿Quieres una aspirina?

—Ya me he tomado una.

—¿No te ha valido de nada?

—No mucho. —Torció los labios en una media sonrisa.

Él envolvió con la mano el vaso que ella acababa de ofrecerle y movió el pulgar hacia arriba y hacia abajo, como acariciando la condensación que brotaba del mismo. Thea no encontraba la forma de disimular la sorpresiva punzada de nostalgia que le provocaba dolor en algunas partes del cuerpo… y cosquilleo en otras. O bien había alcanzado un nivel de patetismo tal —Dios no lo quisiera—, o simplemente estaba hambrienta de afecto, pero lo cierto era que verlo mover el pulgar de ese modo tan distraído ponía en alerta sus partes íntimas. No la había vuelto a tocar desde aquella noche: la noche del NOrgasmo. Pero, a pesar de lo que él creyese después de entonces, a ella siempre le había gustado la forma en la que él la tocaba. Eso nunca lo fingió.

—Quiero quedarme con la casa.

Gavin torció la cabeza como si no la hubiera escuchado bien, con un gesto parecido al de un perro.

—¿Q-qué?

—Sé que es mucho pedir, pero no será necesaria una pensión alimentaria muy alta si me dejas quedarme con las niñas en esta casa. Por supuesto que voy a trabajar, pero…

Gavin alejó el vaso.

—Thea…

—Creo que todo hubiera sido más fácil para Liv y para mí si mi padre no hubiese vendido la casa cuando abandonó a mamá. Y como esta es la única casa que las niñas conocen… —Su voz se quebró e inhaló con fuerza para disimularlo—. Tenemos que contárselo los dos juntos. Aunque no estoy segura de cuál podría ser el mejor momento. ¿Antes de las vacaciones? ¿Después de las vacaciones? No lo sé. Ni siquiera sé si entenderán lo que significa. Siguen pensando que estás jugando al béisbol, pero no se lo van a creer por mucho más tiempo…

—Thea, ¡para!

El exabrupto fue tan severo como atípico viniendo de él. Thea se sobresaltó.

—¿Que pare qué?

—No quiero esto.

—¿La casa?

—¡No! ¡Joder! —Se pasó una mano por el pelo—. Es decir, sí. Quiero la casa. Q-q-quiero a las niñas y a ti en la casa.

—No te entiendo.

—¡Que te quiero a ti!

Thea se quedó boquiabierta. La sorpresa le robó la voz, pero el cinismo se la devolvió.

—Basta, Gavin. Es muy tarde para esto.

Gavin apretó el borde de la encimera hasta que las venas comenzaron a emerger en sus antebrazos musculosos.

—No, no es tarde.

—Es mejor que esto pase ahora que las niñas son pequeñas y no recordarán… —No pudo terminar la oración porque un nudo le invadió la garganta. No quería invertir ni un segundo más en toda la parte emocional de mierda que aquello conllevaba.

Gavin, eso sí, endureció el gesto.

—¿No recordarán qué? ¿Que sus padres estuvieron casados?

—Preferiría que no lo recordasen a que se tengan que enfrentar al dolor de ver cómo se destruye su familia.

—Entonces salvemos nuestra familia.

—La destruiste tú cuando te fuiste.

—¡Tú me lo pediste, Thea!

—Y no te alcanzaron las piernas para salir corriendo.

Él abrió la boca y la cerró un instante antes de lanzar su respuesta:

—Necesitaba tiempo para pensar.

—Y ahora tienes todo el tiempo del mundo.

Gavin se inclinó, apoyó los codos en la encimera y dejó caer la cabeza entre sus manos.

—Las cosas no están yendo como yo q-quería.

Thea se alejó de la encimera.

—Vaya, ¿en serio? ¿Y cómo creías que iban a ir? Porque parece que pensabas que ibas a venir aquí y que yo iba a sonreír y a hacer como que todo estaba bien. Llevo tres años haciendo eso, Gavin. Ya me he cansado.

Thea tomó rumbo de nuevo a la pared; necesitaba golpear algo.

—¿Q-qué leches quieres decir? —le preguntó él siguiéndola de cerca.

—¡Quiero decir que los orgasmos eran el menor de nuestros problemas!

Eso era lo que más le molestaba, que él estuviese enfadado con ella por haber fingido en la cama, pero no se hubiese dado cuenta de que hacía años que lo fingía todo.

Thea alzó el bate y golpeó la pared con todas sus fuerzas. Otro agujero.

—Thea, espera —indicó Gavin y le sacó el bate para evitar que volviera a golpear con él—. Por favor, escúchame un segundo.

Ella se dio la vuelta.

—Hace rato que pasamos la fase de escucharnos, Gavin. De hecho, te pedí que me escucharas miles de veces aquella noche y desde entonces, y te has negado.

—No todo lo que pasó aquella noche fue horrible, Thea.

Ella avanzó hacia él impulsada por una súbita rabia:

—¿Me estás tomando el pelo? ¿Crees que es un buen momento para recordarme tu glorioso *Grand Slam*?

La situación resultaría graciosa si no fuese trágica. Era la réplica perfecta. La noche del mayor logro profesional de Gavin (un golpe anotando cuatro carreras en el sexto partido del Campeonato de la Liga Americana) fue la noche de otro triunfo aún mayor en la cama con Thea.

—Joder, me refiero a lo que hicimos después del partido —dijo Gavin achicando más la distancia entre ellos y bajando la voz a un tono seductor—. Eso no fue horrible. En absoluto…

—¿Entonces me explicas por qué te fuiste a la habitación de huéspedes justo después?

Gavin alzó las manos en un gesto de rendición.

—Porque exageré y lo arruiné todo, ¿vale? Lo sé. Y q-q…

Su boca se esforzó por dejar salir las palabras que sus músculos se empeñaban en retener. Pasó una mano por su mandíbula y luego se agarró de la nuca. Finalmente, bajó la mirada al suelo entre gruñidos y la frustración lo hizo apretar los labios.

La puerta principal se abrió de par en par por segunda vez en lo que iba de la mañana. Gavin reprimió un improperio cuando Mantequilla y Amelia entraron a la casa corriendo, seguidos por Ava y Liv, que iban unos pasos detrás. Amelia se detuvo en el pasillo y sostuvo una galleta de perro tan alto como le permitía su bracito.

—¡Papi, mira!

Amelia le ordenó a Mantequilla que saltara. Al perro le bastó con alzar apenas la cabeza para coger la galleta de la mano de la niña, pero Amelia celebró el gesto igualmente, como si hubiese enseñado a Mantequilla a hablar.

Gavin sonrió con dulzura.

—Qué bien, mi amor —dijo él forzando la respuesta.

Liv vio a Thea irse hacia la cocina. Unos segundos después, *Single Ladies* comenzó a sonar a todo volumen por los altavoces inalámbricos.

—Es tan sutil —espetó Gavin por lo bajo.

—No existe nada más leal que una hermana menor.

—Vamos a ir a saltar a la cama elástica —les dijo Liv a las niñas cuando entendió que la tensión que había en la habitación no se había resuelto todavía.

Eso sí, antes de salir con las niñas subió el volumen de la música.

Gavin se acercó a Thea con cautela.

—Solo dime q-q-qué tengo que hacer. ¿Qué quieres de mí?

Su rostro se transformó en un ruego que a Thea le recordó al falso tono de aquel «por favor, mi amor» que usaba su padre cuando rogaba que su madre le diera una segunda oportunidad. O una tercera o una cuarta… ¿Cuántas veces había creído su madre aquellas promesas y lo había perdonado? Demasiadas. Ella no iba a cometer el mismo error.

—Es muy tarde, Gavin —repitió Thea con un suspiro.

Gavin empalideció.

—Dame una oportunidad.

Ella sacudió la cabeza.

Él sintió una presión tras los ojos y se dio la vuelta con las manos sobre la cabeza. Su camiseta se estiró por la presión de los músculos de su espalda mientras intentaba ordenar sus pensamientos. Cuando hubo pasado el momento de tensión, se volvió a girar y recortó la distancia que los separaba con determinación.

—Haré cualquier cosa, Thea. Por favor.

—¿Por qué, Gavin? Después de todo este tiempo, ¿por qué?

Él bajó la mirada a sus labios. «Oh por Dios —pensó ella—, ¿no iría a…?».

Gavin dejó escapar un gruñido, se acarició la nuca e inclinó su boca sobre la de ella. Thea perdió el equilibrio, dio un paso hacia atrás e intentó agarrarse al respaldo del sofá para no caerse de culo. Por lo visto, no hizo falta, ya que Gavin pasó un brazo por su espalda. Un brazo fuerte, protector, musculoso y masculino que la apretaba contra ese cuerpo sólido. Le robó un beso. Y otro. Y otro. Y cuando deslizó la lengua entre sus labios, ella ya no pudo resistirse. Se aferró con fuerza a su camiseta y abrió la boca, cediendo, con un gemido. Gavin sabía a pasta dental, a *whisky* y a un combinado de sueños rotos hacía mucho tiempo.

Pero ese combinado también trajo consigo una ola de confusión y Thea volvió a sentirse traicionada. ¿De verdad era así de fácil? ¿Un beso apasionado y ya caía rendida a sus brazos? ¿Un mísero beso y se olvidaba de todo lo que había sucedido entre ellos?

Thea apartó su boca de la de él.

—¿Qué cojones estás haciendo? —le preguntó.

—Me has preguntado por qué. —Gavin jadeó con la mirada ensombrecida—. Esta es la razón.

CAPÍTULO 3

—¿Que hiciste qué?

Gavin cerró la puerta de la camioneta de Del; el aroma a pizza, alitas de pollo y otros tentempiés del asiento trasero amenazaba con volver a descontrolar su estómago. Llevaba horas sin vomitar, pero el olor a salsa búfalo picante volvía la situación reversible.

—La besé.

Del soltó un taco ininteligible.

—¡Te dije específicamente que no fueras a verla!

—Lo sé.

—Y desde luego que no te di permiso para besarla.

—No sabía que necesitase tu permiso.

—Lo necesitas, sí, pero todavía más importante: necesitas el de ella. Mierda. —Del golpeó el volante—. Con esto puede que hayas retrocedido muchas casillas.

Gavin no discutió porque sabía que Gavin estaba en lo cierto. Si Thea hubiese tenido a mano una sartén, se la hubiera estampado en la cabeza. Cuando se separaron, ella le había dicho que no tenía derecho a besarla y le había pedido que se fuera.

Pero también había habido un momento en el que ella se había entregado a él, en el que se había abierto y había permitido que sus lenguas se enredaran con un gemido. Un gemido real. Había sido breve, pero, durante ese momento, su mujer también lo había querido besar. Quizás no estaba todo perdido todavía.

Del giró a la derecha y se incorporó a la autopista. El interior del coche se iluminó gracias a las luces amarillas de los vehículos que iban en sentido contrario, posiblemente en dirección a una noche de juerga en el centro de Nashville. Condujeron durante quince minutos hasta que Del bajó cerca de Brentwood, un vecindario a las afueras de la ciudad donde vivían muchos deportistas y cantantes de *country*.

Gavin prefería Franklin. Allí también vivían muchas celebridades, pero las acercas llenas de árboles centenarios le daban el aspecto de un pueblo pequeño. Su familia vivía en un vecindario normal, no en un suburbio lleno de mansiones. Desde su casa se podía llegar caminando al centro, donde las niñas podían retirar un libro de la biblioteca, tomar un helado o ir a comer al restaurante con asientos de vinilo agrietado. Los únicos turistas que llegaban a esa zona eran los fanáticos de la Guerra Civil que querían recorrer los campos de batalla.

Al principio, Gavin dudó cuando Thea le propuso que vivieran allí. Se podían permitir una zona más lujosa de la ciudad. Pero al ver el modo en que le brillaban los ojos cuando le mostró las imágenes de la casa de ladrillos artesanos al más puro estilo años 30, supo que no iba a hacerla cambiar de opinión. Y ahora no podría pensar en un lugar mejor para vivir.

Aunque quizás tuviera que hacerlo.

Cinco minutos después, Gavin estaba haciendo equilibrios con seis cajas de pizza y cuatro porciones de alitas por un jardín bien cuidado.

—¿De quién es esta casa?

A juzgar por la ostentosa exhibición de coches deportivos que había en el garaje, Gavin temía que fuera del imbécil que se había comido su manzana.

En efecto, la puerta se abrió y Mack los saludó:

—Anda, ¡mira quién está sobrio!

—Anda, ¡mira quién sigue siendo un gilipollas! —le espetó Gavin endiñándole las pizzas y las alitas de pollo.

—Tenéis que dejar atrás esta tontería que os lleváis —gruñó Del mientras entraba.

Mack cerró la puerta de una patada.

—Solo estamos jugando, ¿no, tío?

—No. Te odio bastante —dijo Gavin.

Del se dio la vuelta.

—¿Ya estamos todos?

—Sí —dijo Mack—. En el sótano. ¿Está listo para la iniciación? Tenemos que terminar a medianoche.

Gavin frunció el ceño, pero los siguió por la inmensa entrada, rodeando la ancha escalera, para entrar a una cocina cuyo tamaño era el doble de la que compartía con Thea. El sonido de varias voces se escuchó más alto a medida que se acercaban a la puerta que llevaba al sótano.

Gavin esperó a que Mack y Del bajaran primero.

—Ha llegado la comida —anunció Mack cuando terminó de bajar las escaleras. Se escucharon festejos y algunos «¡ya era hora!».

—¿Llegamos tarde? —le preguntó Gavin a Del.

—No. Han venido antes para terminar de diseñar el plan.

Gavin cogió a Del por la camiseta.

—Espera. ¿Qué plan?

—El plan para que recuperes a Thea aunque seas un estúpido —le respondió Del, y desapareció por el mismo lugar que Mack—. Un plan que acabas de complicar.

Gavin inhaló y exhaló mientras bajaba el último escalón. Finalmente, recordó que todo aquello era para salvar su matrimonio, así que hizo acopio de todo el coraje que pudo y siguió los pasos de Del.

Diez de las personas más influyentes de Nashville (deportistas profesionales, dueños de negocios y funcionarios del Gobierno) lo esperaban alrededor de una lujosa barra mientras se empujaban los unos a los otros para alcanzar una porción de pizza o una alita. Del sacó más tentempiés de la bolsa. Cayeron varios paquetes de patatas fritas y una manzana verde rodó por el suelo.

Mack la levantó sacudiendo la cabeza.

—Eres un maldito imbécil —le espetó Gavin.

—Venga, daros prisa —dijo Del—. Tenemos que comenzar. El tonto este ha besado a su mujer.

La habitación explotó en un rugido. Se sacudieron cabezas. Volaron sillas. Un jugador de *hockey* que estaba sentado en el fondo de la sala hasta maldijo en ruso.

—¿Qué coño, tío? —gritó Mack—. ¡Te dijimos que no fueras a verla!

Un tipo se atragantó con la cerveza. Gavin lo reconoció: era Malcolm James, corredor del equipo de Nashville perteneciente a la NFL.

—¿Al menos le pediste permiso o fue un beso robado?

—Diría que robado.

Yan lo golpeó en la nuca.

—¡Eso es para la escena final, colega! Todavía no puedes hacer eso.

—¿Escena final de qué?

Todos le lanzaron diferentes tipos de miradas traviesas, se hicieron con sus platos y caminaron hacia un enorme tablero que estaba desplegado en la otra punta del sótano.

El ruso hurgó entre los restos de comida y por fin se decidió por una bolsa de *pretzels*. La escondió debajo del brazo como si alguien fuera a robársela.

—Demasiada pizza —dijo cuando pasó junto a Gavin—. El queso va directo a mi trasero.

Gavin no necesitaba esa imagen mental.

—Gavin, vamos. Es hora de comenzar.

Cogiendo la manzana de la encimera y arrastrando los pies, tomó asiento en la última silla que quedaba disponible.

Del se aclaró la garganta y se puso de pie frente a los demás.

—¿Todos listos? —Los tipos asintieron con la boca llena—. Muy bien. ¿Primera regla del club de lectura?

—No se habla del club de lectura —replicaron todos al unísono.

«¿De-qué-coño-va-esto?». Gavin buscó a su alrededor la cámara oculta. Tenía que ser una broma.

—¿Un club de lectura? ¿Ese es tu plan maestro para salvar mi matrimonio?

Del le hizo un gesto a Mack, que apenas alzó la cadera para deslizar un libro de su bolsillo. Se lo lanzó a Gavin, al que dio de lleno en la cara.

—Buenos reflejos. Espero que seas mejor en el campo parándolas en corto.

Gavin apretó los dientes.

—Juego en segunda base, imbécil.

Mack se encogió de hombros.

—¿No es prácticamente lo mismo?

Gavin lo ignoró y se hizo con el libro que había caído sobre la mesa. Pestañeó al ver la cubierta. Una mujer perteneciente a 1800, por lo menos, junto a un hombre vestido con uno de esos trajes antiguos. Él llevaba la camisa abierta.

—*Cortejando a la condesa* —leyó Gavin en un susurro. Entonces alzó la vista—. Es una broma, ¿no?

—No —afirmó Del.

—Es una novela romántica.

—Sí.

Gavin se puso de pie.

—No puedo creer que seáis tan imbéciles. Mi vida se desmorona y vosotros os reís de mí.

—Créeme, pensé lo mismo cuando Malcolm me trajo al club por primera vez —dijo Del—. Pero no es una broma. Siéntate y escucha.

Gavin se masajeó la frente y cerró los ojos. Cuando volvió a abrirlos, todos lo estaban mirando. No, en efecto no se trataba de un sueño extraño.

—¿Q-q-qué cojones pasa aquí?

—Te lo explicaremos si te callas de una vez, idiota —dijo Mack.

—¿Os dedicáis a leer novelas románticas?

—En realidad, nos referimos a ellas como manuales —indicó el ruso.

—Y hacemos mucho más que leer —añadió Malcolm.

Gavin se quedó helado.

—Si queréis arrastrarme a alguna mierda de intercambio de parejas, me voy ahora mismo.

Del se inclinó y apoyó los codos sobre la mesa.

—Voy a contarte algo que no sabes.

—Y que no sé si quiero saber.

—Nessa me pidió el divorcio hace dos años.

Gavin sintió que el suelo se abría debajo de su silla.

—¿Qué? ¿Por qué no me lo dijiste?

—Primero, porque en ese momento apenas te conocía y, segundo, por lo mismo por lo que tú te resistes a contarnos qué ha pasado con Thea. Es difícil y personal.

—Pero tú y Nessa sois la pareja perfecta.

—De puertas adentro las cosas no son lo que parecen, ¿no?

Del tenía razón, pero en el caso de Gavin, una parte del problema tenía que ver con que él era demasiado estúpido como para haberse dado cuenta de que era malo en la cama y de que su mujer comenzaba a odiarlo. La forma en que lo había mirado aquella misma mañana... Se estremeció con tan solo recordarlo. No creía que Del pudiera identificarse con eso.

—Casi todos los hombres presentes hemos estado, en algún momento, a punto de perder nuestros matrimonios, noviazgos o compromisos —continuó Del, y Gavin recordó la frase que le había dicho la noche anterior y que él no había comprendido: «todos hemos estado en tu lugar»—. Y no solo recuperamos nuestras relaciones, sino que ahora estamos mejor que nunca.

Gavin recorrió los rostros que lo miraban, sentados alrededor de la mesa. Cada uno de ellos le respondió con gestos, sonrisas... a excepción de Mack, que le levantó el dedo corazón. Gavin le devolvió el gesto y sacudió la cabeza.

—No entiendo qué significa todo esto ni qué tiene que ver conmigo.

—Mira, amigo —dijo Malcolm mientras se acariciaba con su mano enorme una barba digna de un guardabosque—. Los hombres somos idiotas. Nos quejamos de que las mujeres son complicadas y de que no sabemos qué quieren y toda esa mierda. Arruinamos nuestras relaciones porque nos convencemos de que es imposible entenderlas. Pero el verdadero problema somos nosotros. Pensamos que no deberíamos sentir, ni llorar, ni expresar lo que sentimos. Esperamos que sean ellas las que se hagan cargo de todo lo que tiene que ver con las emociones y después nos hacemos los sorprendidos cuando se hartan de nosotros.

Gavin exhaló con cierto nerviosismo. La frase acababa de acercarse a la diana: «Parece que pensabas que ibas a venir aquí y que yo iba a sonreír y a hacer como que todo estaba bien. Llevo tres años haciendo eso, Gavin. Ya me he cansado».

—T-todavía no entiendo de qué estáis hablando —tartamudeó.

—Las novelas románticas están escritas por mujeres para mujeres y explican con detalle cómo quieren que las traten y lo que esperan de la vida y de una relación. Las leemos para sentirnos más cómodos con nuestros sentimientos y para aprender a ver las cosas desde su perspectiva.

Gavin pestañeó.

—O sea, que estáis hablando en serio.

—Muy en serio —replicó Del.

El ruso que odiaba el queso asintió.

—Cuando comencé a leer novelas románticas entendí que mi mujer y yo veíamos el mundo de manera diferente y que tenía que esforzarme para poder hablar su idioma.

—¿Su idioma?

—¿Alguna vez te ha pasado que le decías a Thea algo que para ti era completamente inocente y ella se volvía loca, pero insistía en que no le pasaba nada?

—Sí.

—¿O en alguna ocasión le dijiste algo que te parecía gracioso pero a ella le ofendió muchísimo?

—Bueno, sí, pero...

Yan intervino:

—¿O le dijiste que habías puesto los platos en el lavavajillas y ella se enfureció porque no deberías esperar a que te felicitara por hacer lo que le corresponde a un adulto en su maldita casa?

Un escalofrío le recorrió la espalda.

—¿Habéis estado hablando con ella o…?

Yan bufó ante la duda.

—Habláis idiomas diferentes. —Entonces señaló el libro—. Leyendo novelas románticas vas a aprender el suyo.

—¡Pero Thea no lee esos libros!

Los hombres de la sala intercambiaron miradas y se echaron a reír. Del le palmeó la espalda.

—Eso es lo que tú crees.

—Nunca he visto un libro de este tipo en casa.

Derek Wilson, un comerciante local famoso por sus anuncios en la televisión, le habló:

—¿Tiene, por casualidad, uno de esos lectores de libros electrónicos?

—Sí. No sé. Creo que sí…

—Pues entonces está lleno de novelas románticas. Confía en nosotros.

Gavin miró el libro que todavía sostenía en la mano.

—¿Me estáis diciendo que d-d-debería hacer lo q-q-que hace el tipo de este libro? —Por Dios, ¿estaba planteándose tomárselos en serio?

—No al pie de la letra —le respondió Del—. El objetivo es adaptar lo que estas historias te enseñan a tu matrimonio. Además, este es de la Regencia, así que…

—¿Y eso qué quiere decir?

—Que está ambientado en un periodo histórico específico, entre el siglo dieciocho y principios del diecinueve en Inglaterra.

—Ah, genial. Un dato muy relevante.

—Es relevante —indicó Malcolm—. Los escritores de novelas románticas modernas usan la sociedad patriarcal de la antigua aristocracia británica para explorar las limitaciones basadas en cuestiones de sexo y género que se imponen hoy en día a las mujeres, tanto en la esfera pública como en la privada.

—Las escenas de sexo también son muy buenas —agregó Mack, guiñando un ojo.

Gavin dejó caer el libro.

Mack y Wilson se rieron y chocaron los cinco.

—Ese en particular me encantó —dijo Wilson—. Es un EDL de nivel cuatro.

—No sé si quiero saber a qué te refieres. —Gavin se estremeció.

—Es nuestro sistema de calificación para medir la cantidad de sexo que hay en una novela —le explicó Wilson.

—Pero ¿qué quiere decir EDL?

Todos respondieron al unísono:

—Erección de Libro.

Gavin volvió a ponerse de pie.

—Esto es ridículo. Mi m-m-mujer no me va a perdonar por lo que diga un estúpido libro.

Lo que resultaba todavía más ridículo era que, en realidad, estaba empezando a pensárselo. Tampoco era que pudiera arruinar más las cosas leer un libro.

—Los libros son solo una parte —añadió Del mientras levantaba *Desnudando a la condesa*, o como fuera el título, en el que Gavin no quiso reparar más—. Todos hemos pasado por la situación en la que te encuentras hoy y al final nos hemos convertido en mejores hombres, mejores maridos y mejores amantes.

Gavin se detuvo antes de subir las escaleras y se giró para mirarlo.

—¿A qué te refieres?

—Vaya, parece que esto último le ha llamado la atención —resopló Mack hacia el grupo—. Ese es el quid de la cuestión, ¿verdad? ¿Tenéis problemas entre las sábanas?

Un sarpullido fruto del calor invadió el cuello de Gavin.

—No —respondió con los dientes apretados.

—Porque no sé si sabes que los problemas en la cama suelen provenir de problemas fuera de la cama. No puedes solucionar unos si no se solucionan los otros.

Gavin escuchó la voz de Thea en su cabeza: «Los orgasmos eran el menor de nuestros problemas». Entonces, le habló a Del mientras señalaba a Mack:

—¿Por qué forma parte del club este imbécil? Ni siquiera está casado.

—Vengo por las escenas de sexo —respondió Mack y guiñó un ojo mientras engullía un trozo de pizza.

Yan se puso de pie y se acercó a él.

—Mira, yo también pensé que me estaban tomando el pelo. Pasé un mes sin tan siquiera ojear los libros que me dieron. Pero déjame decirte algo… Bueno, deja que te lo digamos todos: podemos ayudarte. El club de lectura no es solo para leer.

Malcolm asintió con solemnidad.

—Es una fraternidad, amigo.

—Un modo de vida —añadió un funcionario público entre la masa.

Mack pasó un brazo por los hombros de Wilson.

—Es una jodida montaña rusa emocional.

Ante semejante afirmación, Gavin retrocedió.

—No me gustan las montañas rusas… y menos de emociones.

—Confía en nosotros —le insistió Del—. Vamos a diseñar un plan con instrucciones paso a paso para salvar tu matrimonio.

—¿En serio que esto no es una broma?

—Eres uno de mis mejores amigos —dijo Del—. ¿De verdad crees que te haría una broma en medio de tu separación?

—No —suspiró Gavin.

Sin embargo, todo le parecía demasiado fácil. ¿Solo tenía que leer un par de libros y listo? ¿Thea lo recibiría con los brazos abiertos? La pregunta en realidad era: ¿tan desesperado estaba?

En un segundo, se imaginó la vida sin Thea.

Sí estaba tan desesperado... Por eso volvió a estudiar con detenimiento la cubierta.

—¿Y por qué este?

Mack sonrió.

—Porque se trata de un idiota que arruina su matrimonio y tiene que recuperar a su mujer. ¿Te resulta familiar?

Gavin se tragó el orgullo a la par que la saliva.

—¿Y qué tengo que hacer?

—Muy simple —señaló Malcolm—: escucharnos y leer el libro.

—Sí —resopló Del—. Y, por el amor de Dios, no vuelvas a besar a tu mujer hasta que te lo digamos.

Cortejando a la condesa

El séptimo conde de Latford había visto a muchas mujeres en diferentes grados de desnudez a lo largo de sus veintinueve años, pero nada podía prepararlo para el modo en que se le entrecortó la respiración cuando contempló a su esposa con una bata blanca de seda en su noche de bodas. Parecía un ángel.

Sobre todo porque los ojos de ella semejaban decirle que preferiría bañarse en un abrevadero para cerdos que sentir las manos del conde sobre su piel.

Se trataba de algo muy inoportuno porque, por primera vez en su vida, Benedict Charles Arthur Seymour estaba profundamente enamorado.

—Cumpliré con mi deber, señor —dijo su flamante esposa a la par que sus temblorosas manos comenzaron a desatar la cinta que envolvía su cintura con un gesto inexpresivo. La bata cayó al suelo como flotando y se convirtió en una piscina de seda blanca a sus pies. Ella permaneció frente a él cubierta apenas con una sencilla prenda interior que le arrebató a Benedict el habla y la cordura.

Benedict mandó la orden a sus propios pies de que se desatornillaran del suelo, bajo el marco de la puerta donde se encontraba, y que separaba su recamara de la de ella. Se acercó y el corazón se le destrozó más y más con cada gesto de incomodidad del rostro de ella. Los puños apretados junto a su cuerpo. La respiración temblorosa. La mirada desafiante que no se despegaba de la suya.

Él había provocado esto. Era su culpa.

—Puede descansar tranquila —le dijo Benedict con la voz rasposa, y se inclinó para levantar la bata de seda del suelo.

Incluso los pies de su esposa deliciosamente desnudos le parecían la cosa más erótica que jamás hubiera visto. Se incorporó y sostuvo la bata abierta frente a ella.

—En realidad, no he venido para eso.

En la mirada de ella, solo por un instante, la confusión reemplazó a la furia. Ella permitió que él le sostuviera la bata mientras volvía a deslizar los brazos por la seda. Se ruborizó cuando el conde le ató la cinta a la cintura, un atrevimiento que no debería de haberse tomado, pero al que no se pudo resistir. Estar tan cerca destruía hasta el último rastro de cordura que restaba en su cerebro.

—Entonces, ¿puedo preguntarle por qué está en mi recámara? —sugirió ella mientras se alejaba de él.

—Tengo un regalo para usted. —Benedict deslizó un pequeño paquete del bolsillo de su propia bata.

Ella llevó la mirada hacia el sobre de papel color madera.

—No necesito un regalo de bodas, señor.

—Benedict.

—¿Perdón? —espetó ella a la par que alzó una ceja.

Se trataba de un gesto sarcástico para nada propio de una jovencita tan bien educada. Precisamente, el tipo de tesoros ocultos que habían hecho que él se enamorara de ella.

—Ahora estamos casados. Quiero que use mi nombre de pila —indicó acercándole de nuevo el presente—. Por favor.

Un suspiro profundo se escapó entre los labios gruesos de ella.

—¿Cuál es el motivo del regalo, pues?

—¿Hace falta un motivo para darle un regalo a mi esposa?

—Creí haber dejado en claro que no tendremos ese tipo de matrimonio, señor.

—Benedict —insistió—. Y no recuerdo haber acordado nada que definiera el tipo de matrimonio que tendríamos.

—Estableció esos términos con mucha claridad con su acusación.

El arrepentimiento lo atravesó, profundizando en la herida que le sangraba en el pecho desde el momento en el que se dio cuenta de lo mucho que se había equivocado. Cuando había descubierto la verdad, ya era demasiado tarde. Había traicionado la confianza de la mujer que amaba cuando más le importaba.

—Un error por el que me arrepentiré hasta el último de mis días —dijo él al fin.

—¿Y así se disculpa? —preguntó ella mirando el regalo.

—No soy tan tonto como para creer que puedo comprar su perdón, mi amada. Es solo una demostración de mi cariño.

Evitando su mirada, ella abrió con cuidado el envoltorio, desvelando una caja de terciopelo rojo que contenía una gargantilla de rubíes y diamantes. Le debía de haber costado una pequeña fortuna. Sus ojos se ensancharon ante semejante visión.

—Mi señor… —exclamó en un suspiro.

—Benedict —corrigió nuevamente él por lo bajo—. ¿Le gusta?

—Es hermoso. Pero es demasiado para mí.

—De ninguna manera. Es usted ahora la condesa de Latford. Debería estar envuelta en joyas.

—Gracias, mi señor. —La condesa se giró para apoyar la caja en su mesa de tocador—. Si no hay nada más…

Su amabilidad provocó que una corriente helada se adueñara de la habitación. Él quería recuperar el calor que había entre ellos, la llama que había dejado morir por un malentendido. Benedict volvió a acercarse.

—Por favor, mi amor. Le ruego que me dé la oportunidad de arreglar las cosas entre nosotros.

Ella batió las pestañas y sus pupilar se dilataron.

—¿Para qué, Benedict?

—Para vivir juntos una vida larga y feliz.

El cuello delgado y elegante de ella se esforzó por tragarse los nervios.

—Ya no creo en esas cosas. —Pasó junto a él, cruzó la habitación y se detuvo junto a la cama—. Le dije que cumpliría con mi deber y lo haré. Le daré un heredero lo antes posible. Y luego me iré al campo con el niño para que pueda librarse de mí.

—No quiero librarme de usted —dijo entre dientes.

—Mi señor, hace dos semanas usted me acusó frente a la víbora más venenosa del condado de haberlo arreglado todo para que nos encontraran juntos en una situación comprometedora y así poder forzarlo a casarse conmigo, y todo por su título.

—Y desde entonces he podido descubrir la verdad.

—Aun así, el daño ya está hecho.

—Entonces déjeme repararlo. —Benedict avanzó tanto con las palabras como con el cuerpo—. Por favor, Irena.

Ella abrió la boca, sorprendida. Quizás fue por escucharlo pronunciar su nombre… o quizás por el tono de su voz, grave por el peso de las disculpas que no dejaría de repetir hasta que ella las creyera.

—No puedo cambiar lo que hice ni las cosas horribles que dije —añadió él—. Solo puedo intentar demostrarle cuánto lo siento y que mis sentimientos por usted son sinceros. Si me lo permite.

En ese momento, algo diferente al resentimiento encendió sus ojos. Se disipó de inmediato, por desgracia, pero allí había estado, y eso era lo que importaba.

—Irena…

—Es demasiado tarde —susurró ella.

—Nunca es demasiado tarde para el amor. —Benedict cogió una de las manos de Irena y se la acercó a los labios. Se tomó el tiempo necesario para besar cada nudillo antes de levantar la vista y encontrar los asombrados ojos de ella—. Y eso es lo que siento por ti, Irena. Amor —dijo con una sonrisa débil.

Ella alejó la mano.

—Solo con amor no alcanza, mi señor.

—Benedict —repitió él mientras acariciaba la delicada línea de su barbilla—. Y se equivoca. El amor es lo único que importa. Y haré lo que haga falta para demostrárselo.

Ella volvió a arquear las cejas.

—¿Y se puede saber cómo planea conseguirlo?

—La cortejaré.

Irena bufó de una forma que no resultó para nada digna de una dama.

—No sea absurdo.

La risa de ella, en cambio, lo hizo reafirmarse en su postura. De pronto, la idea le pareció brillante y lo llenó de determinación.

—Mi amor —dijo—, comenzaremos de nuevo.

♥

CAPÍTULO 4

—Estoy muy decepcionada contigo.

Thea dio un salto cuando la voz de Liv la sorprendió por detrás. Se le resbaló el recogedor y todo el polvo y los escombros que había barrido volvieron al suelo. Miró por encima del hombro.

—¿Por qué?

—Te dejo sola con una botella de buen vino, ¿y lo cambias por limpiar?

Era domingo por la noche y Liv se había ofrecido a ser quien acostase a las niñas para que Thea pudiera relajarse..., pero Thea no tenía tiempo para perder. Debía limpiar el desastre de la pared antes de que el perro y las niñas lo usaran como espacio de juego. Terminó de recoger el polvo mientras Liv abría la botella de vino, que se estaba enfriando en la nevera. Sirvió dos copas, le acercó una a Thea y se desplomó en el sofá.

—¿Qué gracia tiene divorciarse si no puedes usarlo como excusa para emborracharte?

—Todavía no le he encontrado ninguna gracia a divorciarme —dijo Thea acomodándose en la otra punta del sofá.

—Para eso he traído el vino —dijo Liv, que estiró las piernas y las apoyó sobre el regazo de Thea.

El hecho de que su hermana tuviera piernas así de largas no ayudó a rebajar su mal humor. ¿Cómo podía ser que Liv hubiera heredado la altura de su padre mientras que ella no había crecido más allá del tamaño de un pitufo? Siempre que Thea se quejaba de su estatura, Gavin decía que era perfecta porque así podía apoyar el mentón sobre su cabeza cuando la abrazaba.

—Parece que estás dudando al respecto —dijo Liv.

—No.

Liv torció la cabeza y entrecerró los ojos como si no la creyera.

—Has tomado la decisión correcta.

—Lo sé. —Thea propinó un sorbo a la copa para ocultar el cosquilleo de culpa que sentía por todo lo que no le había contado (ni le contaría) a Liv. Señaló la pared llena de golpes para cambiar de tema—. Puede que esto haya sido un poco impulsivo.

—Lo sé. Por eso me encanta. Tu lado salvaje por fin ha visto de nuevo la luz.

Thea alzó las cejas.

—¿Mi lado salvaje?

—Sí. ¿Lo recuerdas? ¿Recuerdas a la Thea que se pintaba el cuerpo y se esposaba desnuda a un poste para proteger uno de los árboles del campus? La he echado de menos.

Thea miró lo poco que había avanzado con la pared.

—Yo también.

¿Cuándo fue la última vez que había hecho algo impulsivo, cualquier cosa, por nimia que fuera? Por supuesto que un impulso la había llevado hasta allí. Un descuido en el asiento trasero del coche de Gavin fue todo lo que hizo falta para que el espermatozoide se juntara con el óvulo. Y así, sin más, había sido como había repetido los errores de su familia. Un embarazo no planeado. Una boda a toda prisa. Una mudanza a los suburbios. Un marido que no estaba nunca.

—Por cierto —le preguntó a Thea pensando en aquello último—. ¿Has confirmado ya tu asistencia?

Su padre iba a casarse por cuarta vez aquel mes de diciembre.

—¿Para qué? —Liv resopló.

Thea asintió.

—Yo pensaba responder algo como «iré a la próxima», pero me pareció demasiado.

—A mí me parece perfecto.

—¿Qué les pasa a todas estas mujeres? ¿Cómo las convence de que ignoren por completo semejante historial?

—Pues enseñándoles el extracto de su cuenta bancaria.

Si lo pensaba, era lo único que tenía sentido. Ninguna mujer en su sano juicio podría mirar el patrón de infidelidad crónica de su padre y pensar: «Oh, sin duda se trata de un excelente partido».

Liv se bebió de un trago lo que quedaba de vino en su copa.

—Tiene treinta y dos años —dijo después de tragar.

—¿Quién?

—Nuestra futura madrastra.

Thea se quedó boquiabierta. Solo seis años más que ella.

—A mamá le va a encantar ese detalle —dijo Thea con un bufido.

—Hablando de nuestra amorosa madre —añadió Liv—, hoy me ha llamado un par de veces.

Thea se enderezó al escuchar aquello. Hacía meses que ninguna de las dos hablaba con su madre, y cada una por razones diferentes.

—No le devolví la llamada —agregó Liv.

—¿Crees que ya se ha enterado de la boda?

Liv se encogió de hombros y bebió un sorbo de agua.

—Ni idea, pero no seré yo quien se lo cuente.

Thea se estremeció. No iba a ser agradable. Pero la alternativa no era mucho mejor.

—Quizás se ha enterado de lo mío con Gavin.

—Lo dudo. Hubiese dejado un mensaje al respecto en el buzón de voz.

—O me hubiese llamado directamente a mí.

Nada haría más feliz a su madre que enterarse de que el matrimonio de Thea había fracasado. «Te has pasado años juzgándome, pero ya verás. Crees que estáis tan enamorados y que nada nunca saldrá mal. Pero algún día te romperá el corazón y tendrás que pedirme perdón». Aquello había sido lo que le había dicho el día de su boda.

Thea apoyó la cabeza en el cojín, ansiosa por cambiar de tema.

—¿Cómo le está yendo a Alexis con la cafetería? —Liv estaba diseñando la carta de la cafetería que iba a abrir una de sus mejores amigas en pleno centro de Nashville.

Su hermana le lanzó una mirada a sabiendas de cuál era su intención con aquella pregunta, pero le siguió la corriente.

—Bien. Creo que va a abrir a finales de enero.

—¿Ya has decidido si vas a incluir las galletas de azúcar de la bisabuela?

—Todavía no. Una parte de mí quiere guardarlas para... —Liv se encogió de hombros—. Bueno, ya sabes.

Se refería a su propio restaurante. Siempre había soñado con eso.

Bueno, «siempre» era un modo de hablar. En realidad, durante muchos años, Liv solo había soñado con encontrar nuevas formas de rebelarse. Malas notas. Mal humor. Malos novios. Se había dedicado a ello toda su adolescencia. Como solía decir su abuela: siempre incansable persiguiendo zanahorias sin alcanzarlas nunca. Thea nunca había entendido por completo el significado de aquello, pero imaginaba que tenía que ver con buscar algo que no existía.

Y ella, mejor que nadie, podía verse reflejada. Ninguna de las dos había salido indemne de la difícil infancia que les había tocado vivir. Pero habían logrado, eso sí, ocultar las cicatrices de formas diferentes.

Sin importar las ganas que tuviera Liv de abrir su propio negocio, se rehusaba a aceptar el préstamo que Thea le había ofrecido más de una vez. Liv hacía las cosas sola o no las hacía, aunque aquello significara tener que soportar la locura de su jefe.

—Gracias por estar ahí siempre —dijo Thea tornando la cabeza para poder mirar a Liv.

—No hay nada que agradecer. Jamás podré devolverte todo lo que has hecho por mí.

—Era mi obligación. Soy tu hermana mayor.

—Eras una niña.

Thea se terminó el vino y se puso de pie con un suspiro.

—Creo que me voy ya a la cama.

Liv cogió de la mano a su hermana cuando pasó a su lado.

—Todo va a salir bien.

—Tú y yo contra el mundo, ¿no?

Liv sonrió con dulzura y le apretó la mano.

En la planta superior, Thea entró de puntillas al cuarto de las niñas. Primero se inclinó sobre Amelia, le acarició el cabello y besó su frente con delicadeza. Luego cruzó el dormitorio y repitió el gesto con Ava, pero se quedó mirándola un rato más. Hasta dormida parecía más seria que Amelia. Abrazaba su peluche favorito contra su pecho y sus diminutos labios rosados formaban una línea apretada. Era como si haber nacido un minuto antes la hubiera convertido en la hermana mayor, con todas las responsabilidades que eso conllevaba.

Salió del dormitorio sin hacer ruido alguno y cerró la puerta. Con un chasquido, le indicó a Mantequillaque que la siguiera. Se puso el camisón y fue al baño a completar su rutina nocturna. De camino a la cama se detuvo frente al armario de Gavin. Una ola de arrepentimiento cambió el ritmo de su corazón. Había dejado casi todo allí: la mayor parte de su ropa y zapatos, su colección de gorras de béisbol. En la parte superior de la cómoda se encontraba un pequeño platillo que contenía lo que llevaba habitualmente en los bolsillos: monedas, un recibo de gasolina y una caja de caramelos de naranja.

Thea acarició el paquete. Casi podía sentir el sabor, el rastro que persistía en el aliento de su marido cuando, al pasar, posaba sus labios en los suyos antes de partir a otro viaje con el equipo.

De una forma tan diferente al modo en el que la había besado hoy.

Thea arrojó los caramelos a la basura. Luego apagó la luz y se metió en la cama. Mantequilla se subió, giró en círculos un par de veces y finalmente se desplomó en el lado de Gavin.

Aunque aquel ya no era el lado de Gavin porque él se había ido. Y no había ruego posible ni disculpa alguna que pudiera cambiar aquello. ¿Quién se creía que era? No podía entrar y besarla así después de todo aquel tiempo. Como si aquello fuera a hacerla olvidar todo lo que había pasado.

Aunque era cierto que Thea se había olvidado por un momento. Hacía tanto que no la besaba así… como solía besarla antes del embarazo, cuando estaban perdidamente enamorados. Por aquel entonces jamás hubiese pensado que aquel hombre que no aguantaba más de un día sin arrancarle la ropa se convertiría en alguien que prácticamente pedía permiso para tocarla. Y cada vez lo hacía menos. Le prestaba tan poca atención a sus necesidades que no se había percatado siquiera de su frustración.

Hasta aquella noche. La noche del NOrgasmo.

Thea apoyó el brazo sobre sus ojos y apretó con fuerza para no recordar. Sin embargo, como un gusano que había cavado un túnel hasta el centro de su cerebro, el recuerdo se rehusaba a irse.

En aquel momento hacía ya dos meses que no tenían sexo y apenas hablaban más allá de las cuestiones cotidianas de las niñas, la casa y el calendario de la temporada. No tenía ganas de ir al partido semanal, pero no era tan mezquina como para tanto, ni siquiera sumida en su crisis de en-qué-tipo-de-persona-me-he-convertido. No podía faltar a un partido de eliminatorias en el que el equipo se jugaba tanto. Así que, como buena WAG, se puso la camiseta, posó para las fotos, se sentó en el palco destinado a familiares y puso su mejor sonrisa de un «saludable color pastel».

Llegó la novena entrada. Dos bolas fuera. Y a Gavin le tocaba batear. Si marcaba un punto, el partido quedaba empatado. Si marcaba dos, ganaban. Era el momento más relevante de su carrera y, por primera vez en mucho tiempo, también le pareció importante a ella. No tuvo tiempo para cuestionárselo porque justo en el instante en el que Gavin bateó, Thea se echó a llorar. Por cómo había sonado el bate, sabía que lo había conseguido. Sabía que había hecho un *home run*. Y no uno cualquiera: uno de salida.

Las lágrimas rodaron por sus mejillas mientras veía a su marido recorrer las bases con los brazos en alto. Sus compañeros lo esperaban en la última base celebrando a gritos. El público coreaba su nombre. Del lo cubrió de Gatorade. Los comentaristas hablaban de un final cinematográfico. Era la clase de escena con la que sueñan todos los jugadores, pero muy pocos consiguen. Y ella se dejó llevar por la euforia del momento. Bebió champán en el palco y gritó de alegría cuando la alzó para besarla.

Cuando volvieron a casa, parecían los mismos de antes. Desmedidos. Locos de amor. Se arrancaron la ropa de camino a la habitación. Y Gavin, oh, por Dios, Gavin… la devoró como antes.

Había habido algo salvaje en el modo en que la había tocado, algo que hacía mucho tiempo que Thea no sentía. Una urgencia que la embriagó, que la excitó. Y ella le devolvió el fervor y la locura. Estaba borracha: por él, por el champán, por el deseo.

El orgasmo la pilló por sorpresa, la cegó, la hizo gritar y temblar. Pero Gavin, en cambio, se paralizó de repente.

—¿Q-q-qué ha sido eso?

Thea se rio, rebosante de alegría.

—Sé que hace mucho tiempo que no llego, ¿pero ya te has olvidado de cómo se llama?

Gavin bajó las manos a los costados de su cuerpo y se incorporó.

—¿Qué coño ha sido eso, Thea?

La frialdad en su voz hizo que un escalofrío le recorriese el cuerpo.

—¿A qué te refieres?

Él salió de dentro de ella y se alejó con brusquedad.

Los restos de placer que todavía sentía se desvanecieron y el deseo en el rostro de Gavin había dado paso, en cambio, a una expresión que ella era incapaz de traducir. No hizo falta, ya que pronto sintió acidez en la boca del estómago por el pavor. Lo sabía. Gavin lo sabía.

—¿Has t-t-ten…? —Él mismo interrumpió su pregunta. Pestañeó. Tragó saliva—. ¿Has tenido un orgasmo?

Thea intentó sonreír pero no lo logró.

—Oh, por Dios. —Él exhaló y retrocedió—. Has estado fingiendo —aseveró, no lo preguntó.

Thea tragó saliva.

—¿Qué? No.

El rostro de Gavin se transformó por el dolor y la traición. Se alejó de ella.

—No me mientas, Thea. ¿Hace cuánto que finges?

—Gavin…

—¿Hace cuánto? —gritó con un tono tan poco habitual en él que la sobresaltó.

Thea recogió la camiseta del suelo y se la puso. El espejismo de las últimas horas se estaba desvaneciendo demasiado rápido. No era más que una ilusión. Ante el silencio de Thea, Gavin se llevó una mano a la cabeza.

—¿Lo has estado fingiendo siempre?

No tenía sentido mentir. De hecho, ya estaba harta de mentir. Harta de la sonrisa falsa. Harta de hacer como que todo estaba bien. Harta de fingir.

—¿Siempre? —Thea rompió su silencio—. No, siempre no. Desde que nacieron las niñas.

—¡Pero eso es todo nuestro matrimonio!

—Así es. Mi pregunta es por qué te ha llevado tanto tiempo darte cuenta.

Se quedó mirándola y, sin decir nada más, salió enfurecido en dirección al dormitorio de huéspedes. Desde ese momento, no volvió a su cama.

¿Cómo era aquel otro refrán que decía la abuela? «Si un hombre quiere dejarte, despídete y cierra la puerta cuando salga. Tienes mejores cosas que hacer que ocuparte de una causa perdida».

En efecto, Thea tenía mejores cosas que hacer. Como terminar la universidad. Retomar la carrera que había dejado a medias por

Gavin. Criar a sus hijas para que se convirtieran en mujeres fuertes e independientes. Y nunca más ser tan estúpida como para regalarle su corazón a un hombre.

CAPÍTULO 5

El lunes por la mañana, Gavin creía que no podía estar más deprimido. Pero alguien golpeó la puerta de su habitación de hotel a las ocho en punto para demostrarle que estaba equivocado... porque al otro lado se encontraba Braden Mack, más conocido como Erección de Libro.

—¿Qué coño haces aquí?

—¿Qué manera es esa de hablarle a un amigo que te trae café?

—No eres mi amigo. Más bien eres un dolor de cabeza. —Lo del café, en cambio, sonaba bien, así que dio un paso atrás y lo dejó entrar—. No has respondido a mi pregunta.

—Estoy esperando a Del.

—¿Por qué?

—Porque tenemos que ponernos a trabajar. —Mack le extendió el vaso desechable que traía consigo—. Te he traído un café con leche especiado. Ah, y con canela. Me pareció que sería tu tipo de bebida.

Gavin se dio la vuelta con una mueca y un gesto grosero, pero su necesidad de cafeína era más fuerte que su orgullo. Abrió la tapa de plástico y le pegó un sorbo. Una explosión de sabor lo recorrió de pies a cabeza y gimió de placer. Bendito Dios del café. Daba igual lo que fuera aquello; estaba delicioso. Era como beberse un pastel de calabaza líquido. ¿Por qué leches no lo había probado antes? Ahora entendía por qué las mujeres se bebían semejante mejunje.

Mack sonrió.

—Está bueno, ¿eh? A mí me encanta.

Alguien volvió a golpear la puerta con insistencia. Era Del, que entró corriendo con una expresión que decía que no estaba de humor para idioteces.

—Más te vale haber traído café para mí también —gruñó.

Mack señaló hacia la barra de la cocina.

—Con leche, especiado, como me pediste.

Gavin se quedó boquiabierto.

—¿Tú también bebes esto?

Del se sentó en la silla que estaba más cerca de la ventana.

—Me encantan, pero me da vergüenza pedirlos.

Mack se desplomó en el sillón y alzó las piernas.

—No debería avergonzarte. El prejuicio que hay sobre este tipo de bebidas es el ejemplo perfecto de cómo la masculinidad tóxica invade hasta las cosas más mundanas de la vida. Si a las mujeres les gusta algo, la sociedad automáticamente empieza a burlarse de eso. Como sucede con las novelas románticas. Si les gustan a las mujeres deben ser malas, ¿no?

Gavin pestañeó.

—Suenas como Malcolm.

—No soy solo una cara bonita, colega. —Mack dejó el café y se incorporó—. Enséñame tu ropa.

Gavin se atragantó con el café.

—¿Por qué?

—Tenemos que elegir lo que llevarás puesto al musical escolar.

—¿Habéis venido a elegirme la ropa?

—Entre otras cosas —dijo Del.

Mack fue hacia el armario y abrió las puertas.

—Tío, qué triste —dijo mientras movía las perchas hacia un lado y al otro—. ¿Esto es todo lo que tienes?

—No, imbécil. La mayor parte de mi ropa se quedó en la casa.

—Bueno, yo no puedo hacer milagros con esto. Creo que vamos a tener que ir de compras.

—No pienso ir de compras contigo.

—Masculinidad tóxica —carraspeó Mack.

Del lanzó un suspiro digno de un conductor de autobús cansado y al que todavía le quedaban tres horas de recorrido.

—En este momento podría estar en casa haciéndole el amor a mi mujer. —Mack y Gavin se giraron con un grito. Del se encogió de hombros—. Ella quería. Me arrastró del brazo para que volviera a la cama…

Mack se tapó los oídos.

—¡Hay niños en la sala!

—¡Entonces comportaros! —gritó Del y señaló a Mack—. Deja de criticar su ropa y busca algo. Y tú —señaló a Gavin—, cuéntanos.

Gavin miró a su alrededor como si Del le estuviera hablando a otra persona.

—¿Que os cuente qué?

—Lo que has aprendido hasta ahora.

—¿Lo que he aprendido?

—Del libro —dijo Del con los brazos cruzados—. Ya has empezado a leerlo, ¿no?

Gavin hizo una mueca.

—¿Te estás tomando en serio esto? —preguntó Del con un gesto en el que a Gavin le pareció que hubiese crecido un par de centímetros de alto.

—Sí…

—Nos arriesgamos cuando te invitamos a formar parte de este club.

—¡Me disteis el ejemplar el sábado!

—Ah, lo siento —suspiró Del—. ¿Hay algo más importante en tu vida que requiere ahora mismo de tu atención? Porque pensaba que salvar tu matrimonio era la prioridad número uno. —Se pasó una mano por la cabeza y se quedó mirando a la nada durante un rato. Luego volvió a mirar a Gavin—. ¿Cuánto has leído?

—El primer capítulo.

—Por dios —murmuró Del.

—Mira, Del, voy a serte sincero. No estoy muy seguro de qué es lo que debería buscar en este libro.

—Eso es porque no lo intentas. Ve a buscarlo.

Gavin se dirigió hacia la mesita de noche como un niño al que mandan al despacho del director por no haber hecho los deberes. Se hizo con su ejemplar de *Fastidiando a la condesa* —o como fuera que se llamara— del cajón. Del se lo arrebató y lo sostuvo de la forma en que un capellán sujetaría la biblia a punto de dar misa.

—Hay una razón por la que elegimos este libro.

—Porque es sobre un hombre que echa a perder su matrimonio. Ya lo he entendido.

—No solo por eso. —Del abrió el libro y pasó algunas páginas hasta que encontró lo que buscaba. Se aclaró la garganta—. «Mi amor —leyó Del—, comenzaremos de nuevo».

—¿Y? —preguntó Gavin.

—Eso es exactamente lo que harás con Thea.

—No lo comprendo.

—Vas a cortejar a tu mujer de nuevo. —Del lanzó el libro sobre la cama—. Y no tenemos mucho tiempo, así que levántate.

—¿Por qué?

—Porque tenemos que trabajar en tus habilidades de coqueteo.

Gavin se volvió a atragantar con el café.

—No hay nada que trabajar.

—Lo estropeaste todo cuando fuiste a verla el sábado, así que tienes que ponerte manos a la obra para que se ablande un poco y puedas convencerla. Acércate.

—De ninguna manera. Thea odia flirtear —respondió Gavin.

—¿Qué? —bufó Mack sobre su hombro—. Eso es una estupidez. ¿Y cómo conseguiste salir con ella al principio?

—Sin tonteo.

Era la verdad. Ella incluso se lo había dicho una vez. Justamente se había fijado en él porque, cuando iba a la cafetería en la que ella trabajaba, nunca le decía tonterías ni trataba de fingir que eran colegas. Él se preguntaba si ella pensaría lo mismo si se enterase de que, en realidad, lo que lo aterraba era que se riera de su tartamudez. Sea como fuere, funcionó.

Del volvió a suspirar.

—Gavin, a todas las mujeres les gusta el tonteo. La cuestión es qué tipo de coqueteo es el adecuado. A algunas les gusta que les digan guarradas. A otras les mola más el estilo caballeroso. Otras prefieren los gestos dulces y sutiles.

—¿Y cómo leches voy a saber qué le gusta a Thea?

Mack se alejó del armario con una expresión incrédula.

—¿Hace cuánto que estáis casados? —preguntó

—Eso es, en parte, a lo que nos referíamos con lo de aprender a hablar en su idioma.

—¡Pero no voy a aprenderlo para esta noche! —Dios, la situación era humillante.

Del le hizo un gesto a Mack, comprensible solo para ambos, al que Mack respondió con un quejido.

—¿Por qué yo?

Salió de la habitación arrastrando los pies y volvió transformado. Se apoyó en el marco de la puerta con los brazos cruzados sobre el pecho y media sonrisa. Luego le guiñó un ojo.

—¿Qué cojones…? —exclamó Gavin.

—Estás preciosa. No puedo creer tener el honor de caminar a tu lado.

—Em…

—Tendrías que haberme avisado de que ibas a ponerte un vestido así. —Del lo miró de arriba abajo con calma y así terminó.

Mack se encogió de hombros y se despegó de la puerta.

—Coquetear es una cuestión de seguridad. Eso es todo.

—No estoy muy seguro de mí mismo últimamente —se lamentó Gavin.

—No tú, idiota. Tienes que hacer que ella se sienta segura. Tienes que hacer que sienta que solo tienes ojos para ella. Se trata de hacerla sonreír, de que sienta mariposas en el estómago, de que se ruborice, de decirle cosas que recordará una y otra vez cuando esté en la cama.

Gavin casi gimió al imaginarse la escena. Thea en la cama. Thea vestida con esos camisones cortos que solía usar. Thea… sola. O, peor, con otro hombre. Por Dios, iba a vomitar.

—Deja el café —ordenó Del.

Gavin obedeció. Del comenzó a caminar hacia él con una sonrisa extraña. Lo miraba fijamente y Gavin, más extrañamente aún, no podía dejar de mirarlo. No se percató de que estaba retrocediendo hasta que chocó contra la pared. Del apoyó las manos sobre los hombros de Gavin y se acercó, sonriendo.

—Hola.

—Hola —respondió Gavin al instante.

—No puedo dejar de pensar en lo de anoche.

Gavin tragó saliva.

—¿Q-q-qué pasó anoche?

Del le guiñó un ojo.

—¿Quieres que te lo recuerde?

Cielo santo. Gavin quedó estampado contra la pared.

—Me siento en la obligación de avisarte de que estoy un poco excitado ahora mismo —dijo Gavin con seriedad.

—Debes estar muy necesitado —añadió Del, todavía interpretando a su personaje. Alzó la ceja y miró la boca de Gavin—. Eso que ni siquiera te estoy dando lo mejor de mí.

Mack se aclaró la garganta.

—No quiero interrumpir este momento íntimo, pero estamos en medio de una crisis. —Alzó un suéter gris—. Esta es la única prenda decente que tiene el Capitán Idiota en este patético armario.

Gavin golpeó los brazos de Del para ganar espacio personal.

—Recuerda mirarla mucho a los ojos —añadió—. La clave es el contacto visual.

—Y pestañea —dijo Mack y arrojó el suéter sobre la cama—. A las mujeres les encanta esa mierda.

Del agregó una cosa más:

—Y mírale la boca para que piense que te la estás imaginando recorriendo tu cuerpo.

Al menos para eso no iba a tener que esforzarse. Gavin pasaba buena parte del día imaginándose los labios de Thea sobre su cuerpo.

La mirada de Gavin viajó entre ambos.

—Un momento… ¿Eso es todo? ¿Decirle que me gusta su vestido y darle a entender que quiero que me lama? ¿Ese es el plan?

—Por ahora.

Gavin volvió a la cama.

—No hay esperanza alguna, entonces.

—Todo sería más fácil si nos contaras lo que realmente pasó entre vosotros.

—Me temo que eso no va a pasar.

—De acuerdo —dijo Del con la mirada perdida—. Entonces danos una pista. Lo que sea. Dinos algo que te dijera el sábado y que pueda ayudarnos a pensar un plan para esta noche.

Gavin cayó sobre su espalda y se quedó mirando al techo. Recordaba todo lo que Thea le había dicho el sábado, pero no quería compartirlo con los chicos.

—Quiere quedarse con la casa —dijo.

—¿Que dijo qué? —se sorprendió Del.

—Eso, que así sería más fácil para las niñas si se quedaban viviendo en la única casa que conocen, y me pidió que se la dejara.

Del y Mack se miraron.

—Pues con esto ya podemos hacer algo —dijo Mack.

—Es arriesgado —agregó Del—. Y no estamos en la época de la Regencia. Por ley, a Thea le corresponde la mitad de la propiedad.

—Pero el significado que tiene para ella el lugar puede servirnos —dijo Mack.

—¡Eh! —exclamó Gavin sacudiendo la mano—. ¿Alguien me pone al día?

—Vamos a subir la apuesta.

—¿Y eso qué significa?

Del y Mack intercambiaron una mirada que quería decir que a Gavin no le iba a gustar la respuesta.

Estaban en lo cierto.

Del tomó aire para responder del tirón.

—Vas a darle el divorcio.

¿PER-DO-NA?

—Sí —dijo Mack—. Pero primero vamos a ir de compras.

CAPÍTULO 6

—Mami, me duele.

Thea bajó la mirada a la cera para pintar la cara que tenía apretada contra el rostro de Ava. Se había ofrecido como voluntaria para ayudar con la escenografía y el maquillaje para el musical y, aunque le había venido muy bien la distracción, no podía dejar de pensar en la llegada de Gavin.

Por décima vez deseó que Liv estuviera allí para darle apoyo moral, pero tenía que cubrir el turno de noche.

—Lo siento, cariño —dijo Thea y levantó la pintura.

—Mami, ¡qué bonito! —exclamó Amelia a su lado—. *Digujas* muy bien.

—Dibujas —la corrigió Thea en voz baja—. Y gracias. Eres muy amable.

Thea terminó la última flor del maquillaje de reno de Ava (ambas hacían el papel de cervatillos) y guardó el resto de las pinturas. Apenas faltaban diez minutos para que comenzase el espectáculo. La maestra aplaudió y alzó la voz sobre el murmullo entusiasmado de los niños para pedirles que formaran una fila. Ese fue el pie para que Thea fuera hacia el auditorio. Deseaba haberle dicho a Gavin que tenía que quedarse entre bambalinas durante el espectáculo porque no tenía energía para las conversaciones de pasada ni sonrisas falsas cuando aparecía en público con Gavin. Le pidió a Dios que le diera la fortaleza para no darle un puñetazo a la primera persona que se le acercara a hablar sobre el maldito *home run*.

Su estómago se hizo una bola mientras bajaba las escaleras de detrás del escenario. Miró al público en sus asientos. Una docena de mujeres con la misma expresión cansada que solo podía significar que sus maridos llegaban tarde y ahora no podían encontrar más de dos sillas seguidas para juntar a toda familia. Gracias a Dios, eso sí, no veía a Gavin. Quizás, si llegaba todavía más tarde, tampoco conseguirían lugar para sentarse juntos.

Pero la ilusión duró poco.

—Hola.

El sonido de su voz la sobresaltó y se dio la vuelta. Gavin estaba parado detrás de la escalera, sonriéndole, con un jersey con escote en forma de «V» que no conocía y se abrazaba a sus músculos como si ni siquiera el algodón pudiera resistirse a sus encantos. Por suerte, Thea sí podía. Su corazón roto la volvía inmune a sus bíceps torneados, a los antebrazos gruesos y al embriagador valle que se formaba entre sus pectorales.

Ugh. Terminó de bajar las escaleras.

—¿Has conseguido asientos?

Él señaló el pasillo.

—Fila diez. Puse el abrigo para guardar un par.

Gavin esperó a que ella avanzara y luego apoyó una mano sobre su cintura, como si siguieran juntos, como si fuesen otro par más de padres felices. Con discreción, ella se alejó para que no pudiera rodearla justo cuando una voz destacó sobre el murmullo.

—Eh, eres Gavin Scott, ¿no?

Y ahí estaba. Thea se giró y una cadena de insultos inventados le cruzaron la mente. Uno de aquellos padres de pantalones vaqueros y cortes de pelo iguales le tendió una mano a Gavin, quien se paró a saludar con amabilidad, como a todos sus fans.

Thea puso la sonrisa falsa que tenía tan entrenada y también extendió la mano.

—Thea Scott.

El hombre le devolvió el saludo sin fuerza. ¿Cómo podría haber todavía hombres en el mundo que no le dieran la mano a una mujer como era debido? El hombre, casi sin mirarla, se giró de nuevo hacia Gavin:

—Qué duro lo del último partido —dijo el hombre—. No puedo creer la última infracción que os pitaron. El árbitro está ciego.

Una vena se infló en el cuello de Gavin. Odiaba que la genta culpara a los árbitros de los resultados.

—Fue nuestra culpa por permitir que la decisión del árbitro nos hiciera perder. No jugué tan bien como debía.

—Nah, fue Del Hicks, tío. Está en su peor momento. Se le acaba el contrato el año que viene, ¿no? Quizás podemos librarnos de ese lastre…

—Del Hicks es m-m-mi…

Thea podría haberse dado cuenta de que Gavin había comenzado a tartamudear solo con ver la cara del hombre. El imbécil ni siquiera lo miraba. Como si tartamudear fuese algo de lo que hubiese que avergonzarse. Thea detestaba a la gente como él. Decían ser fanáticos de Gavin, pero en el instante en el que comenzaba a tartamudear, lo miraban como si tuviera una enfermedad contagiosa.

Por instinto, Thea cogió la mano de Gavin y la apretó. Sus dedos envolvieron los de ella y exhaló. Volvió a comenzar la frase:

—Del Hicks es mi mejor amigo —dijo con frialdad.

—Ah. Vaya…Bueno, ya os dejo tranquilos para que podáis tomar asiendo —dijo el hombre, lleno de vergüenza—. Un placer conocerte.

Thea se giró e intentó liberar su mano de la de Gavin, pero él no la soltaba. Al contrario, la atrajo hacia él y acercó los labios a su oreja. Ella sintió el aroma de su jabón y el rastro de los caramelos de naranja en el aliento que le acarició la piel.

—Gracias —le dijo con suavidad.

—Ese tipo era un imbécil.

—Thea.

La solemnidad de su voz hizo que, contra su voluntad, la mirada de Thea se desviara hacia la de él. Sin embargo, la alejó enseguida porque en sus ojos encontró la misma intensidad que oyó en su voz y no podía lidiar con semejante intensidad en ese momento.

—¿Podrías no hacer eso?

—¿Hacer el qué?

—Lo que sea que fueses a hacer. No puedo con esto ahora.

—Lo único que he hecho ha sido decir tu nombre.

—El problema es, más bien, cómo lo has dicho.

—¿Cómo lo he dicho?

—Como si significara algo para ti —masculló ella entre dientes.

Gavin se le acercó despacio, con determinación y con una mirada sorprendentemente traviesa. Se repitió a sí misma: «Thea, tu corazón no se ha detenido y no has sentido un cosquilleo en la piel por la caricia seductora de su voz».

—¿Y si te dijera que esta mañana me desperté diciendo tu nombre? —murmuró Gavin.

¿Quién era aquel hombre…?

Gavin le guiñó un ojo, le soltó la mano y se dirigió hacia sus asientos.

Thea se quedó paralizada en medio del pasillo y chilló a modo de protesta, aunque con retraso. Solo entonces sus pies volvieron a responderle y pudo dirigirse a su asiento.

—¿Qué ha sido eso? —siseó cuando se sentó a su lado.

Gavin tenía una pierna cruzada sobre la rodilla, en una posición muy casual a la par que masculina.

—¿A qué te refieres?

—¡Sabes exactamente a lo que me refiero! ¿Me acabas de guiñar un ojo?

—Eso creo. Sí.

—Tú nunca guiñas el ojo.

—No es cierto.

—Es muy cierto. Una mujer se acuerda de cada vez que un hombre le guiña el ojo, porque nos encanta que nos guiñen el ojo. Es nuestra carnada. Y hace mucho que tú no lo haces.

—Entonces soy un idiota. —Gavin bajó lentamente la vista hasta sus labios—. Porque me encantaría que mordieras el anzuelo.

—¿Disculpa? —chilló Thea.

—Por cierto, estás preciosa —dijo Gavin, y llevó la mirada hacia el escenario como quien no quiere la cosa—. Tendrías que haberme a-avisado de que ibas a usar ese vestido, así me p-p-preparaba.

Por suerte bajaron las luces y nadie pudo ver la forma en que las mejillas de Thea, o al menos eso quiso creer ella, no se ruborizaban.

Gavin echó una mirada de reojo a Thea en la oscuridad del teatro.

Estaba sentada muy derecha, con las piernas cruzadas. Si apretaba las manos con un poco más de fuerza, podía partirse un dedo.

Se iba a ocupar personalmente de destripar a Del y Mack si aquello no funcionaba. Y no se refería solo al coqueteo. No podía creer lo que le habían pedido que hiciera esa noche y, desde luego, no podía creer que hubiera accedido a intentarlo.

En el escenario, el telón se alzó y comenzó a sonar una pieza de música clásica en los altavoces. Una fila de niños bailaba sobre el escenario, descoordinados y con las caras pintadas de diferentes animales. Gavin dejó escapar una risa cuando reconoció a sus hijas. Incluso sobre un escenario sus personalidades salían a relucir. Amelia era llamativa, vibrante y bailaba a su propio ritmo. Ava estaba seria y concentrada en seguir la coreografía al pie de la letra. A su lado, Thea se relajó y se acomodó en la silla; toda la rabia que tenía acumulada se hizo a un lado, al menos el instante en el que vio a sus niñas.

Gavin sintió que caía al vacío mientras la miraba: la forma en que ella reaccionaba a cada gesto adorable que hacían Ava y Amelia, la delicada curva de su mandíbula, el hoyuelo de su mejilla, que se marcaba aún más cuando reía, la diminuta cicatriz en forma de luna que tenía debajo de la oreja izquierda.

Thea le lanzó una mirada en la oscuridad y la cautela que él detectó en su expresión hizo que un escalofrío le recorriera el cuerpo.

El espectáculo duró una hora. Tan pronto como el telón se cerró, Thea se giró y lo miró.

—Basta.

Él se hizo el tonto, pero el sudor en sus axilas lo delataba.

—¿Basta de qué?

—De lo que sea que estés haciendo —susurró Thea y miró a su alrededor para asegurarse de que nadie estuviera escuchando—. Me has estado mirando todo el rato. ¿Y ese comentario del anzuelo? ¿Qué estás haciendo?

Gavin intentó copiar la sonrisa que le había visto a Mack.

—Solo estoy tonteando un poco con mi mujer.

—¡¿Tonteando?! —Ella le puso una mano en la frente—. ¿Tienes fiebre?

Con el corazón acelerado, Gavin le cogió la mano, le dio la vuelta y besó su palma.

—Sí —murmuró con un tono que esperaba que fuera seductor—, de hecho sí.

Thea alejó la mano con brusquedad y se inclinó hacia atrás, mirándolo como si acabaran de crecerle cuernos.

—Has tenido un accidente de coche, ¿verdad? ¿O te has caído por las escaleras y te has golpeado la cabeza?

Gavin tragó saliva.

—¿Eh?

—Una contusión cerebral. Es la única explicación. Tienes que ir al médico.

—¿Y si jugamos a los médicos…? —La incertidumbre de su voz hacía difícil cualquier intento de seducción.

Thea abrió sus exuberantes labios pintados con la intención de encararse, pero apenas un segundo después los cerró y apretó los dientes. Como un soldado al que se le pide atención, se puso de pie. Él no hizo lo mismo y ella miró sus rodillas, que le entorpecían la salida, con fastidio, como si su metro noventa la estuviese conteniendo de marcharse de forma dramática.

Él se puso de pie al fin, la dejó pasar y luego la siguió entre la multitud, que se dirigía a la salida. El vestíbulo fuera del auditorio se llenó de familias que esperaban a sus hijos. Gavin se abrió paso a codazos tratando de mantenerse tan cerca de Thea como podía. Ella caminaba rígida, con la cabeza gacha y el bolso aferrado a su costado, como si dentro llevara las claves para hacer explotar una bomba nuclear.

A Gavin lo saludaron con algunas sonrisas genuinas y él las devolvió. Hacía mucho que había aprendido la habilidad de evitar toparse con otro tipo de sonrisa: la del fanático desesperado por pedirle una foto o autógrafo. Los fanáticos eran el alma del deporte profesional, y estaba seguro de que en ningún lado podría encontrar seguidores más fieles que en Nashville. Pero los deportistas también eran humanos que, a veces, tan solo querían pasar una tarde tranquila con sus familias para ver la obra escolar de sus hijos.

O, en ese caso, intentar convencer a sus mujeres de que no les pidiesen el divorcio.

Cuando alcanzó a Thea, metió las manos en los bolsillos de manera casual.

—Estaba pensando que después de esto podríamos ir…

No pudo terminar la sugerencia de que salieran a cenar en familia (idea de Del) porque una mujer vestida de rojo y tacones llamó a Thea y, acto seguido, se acercó con un gesto alegre.

—Señorita Martínez —la saludó Thea.

—Llámame Lydia —respondió la mujer con una sonrisa—. Me alegra mucho verte.

Thea miró a Gavin y pestañeó.

—Ah, emm. Gavin, esta es la señorita Martínez, la directora de primaria del colegio. Lydia, este es Gavin, mi marido.

«Mi marido». Esas dos palabras nunca le habían sonado tan falsas ni le habían dado, a la par, tanta esperanza.

La mujer extendió una mano con amabilidad y Gavin la saludó.

—Un placer conocerla.

La directora se dirigió de nuevo a Thea:

—Solo quería avisarte de que tendré tu carta de recomendación la semana que viene. ¿Te va bien así?

«¿Carta de recomendación?», pensó Gavin.

Aparentemente nerviosa, Thea lo miró y luego le respondió a Lydia:

—Perfecto, Lydia. Muchas gracias por tomarte la molestia.

Lydia hizo un gesto como para hacerle saber que no era nada.

—Es lo menos que puedo hacer después de todo el esfuerzo como voluntaria que has estado haciendo este año y el pasado.

Lydia añadió un «nos vemos la semana que viene» susurrado por encima del hombro mientras reemprendía la marcha.

—¿Carta de recomendación para qué? —preguntó Gavin.

—Vanderbilt —respondió ella con una sonrisa falsa—. Volveré a la universidad para terminar la carrera.

—¿C-cuándo lo has decidido?

Una tormenta se desató en los ojos de Thea.

—Siempre he querido terminar la carrera, Gavin.

—Thea, no digo que no puedas…

«Mierda». Gavin sabía que había empleado las palabras equivocadas. Muy equivocadas. Thea estiró el cuello y sus mejillas se pusieron muy rojas.

—Bueno, ¡gracias a Dios! Porque no iba a hacerlo a menos que tú me dieras permiso.

Gavin se pasó una mano por el cabello.

—No he querido decir eso, amor. ¿Podemos relajarnos un poco…?

—¿En serio me estás pidiendo que me calme? Porque no suele ser un método muy efectivo para tranquilizar a una persona.

Santo Dios, todo se estaba yendo a pique para Gavin. Tanto que podía sentir cómo se iba a caer de bruces contra el suelo. Un silbido en el oído le recordó que estaba a tan solo un comentario estúpido de estrellarse.

—Mami, ¿has visto nuestra actuación?

—Gracias a Dios —espetó Gavin por lo bajo mientras Amelia y Ava corrían hacia ellos.

El rostro de Thea se transformó. Abrió los brazos y esperó a que las niñas la abrazaran.

—¡Habéis estado increíbles! —dijo a la par que se inclinó a besarlas—. Los mejores cervatillos bailarines del mundo.

—Papi, ¿nos viste? —preguntó Amelia abrazándose a sus piernas.

—Sí, cariño. Habéis estado maravillosas.

—Tengo hambre —dijo Ava, y a Gavin le dieron ganas de abrazarla por darle paso a la excusa perfecta.

—Prepararé macarrones con queso cuando lleguemos a casa —le respondió Thea.

El silbido en su oído se intensificó, y fue entonces cuando Gavin decidió arriesgarse:

—¿Sabes qué? Yo también tengo hambre. ¿Por qué no vamos a Stella's?

Stella's era el restaurante favorito de la familia. Un local pequeño en el centro del pueblo al que iban desde que las niñas tuvieron edad para sentarse en sillas infantiles.

—¡Sí, mami! ¿Podemos ir a Stella's? —preguntó Amelia.

Gavin contuvo la respiración y se topó con la dura mirada de Thea, que tragó saliva.

—Así me cuentas más sobre Vanderbilt —sugirió él.

Thea le lanzó una mirada que Gavin sintió como una patada en los testículos, pero acto seguido les regaló una amplia sonrisa a las niñas.

—Excelente idea —dijo al fin Thea—. ¿Por qué no llevas tú las niñas y yo os veo allí directamente?

—Quiero ir con mami —dijo Ava, y se aferró a la mano de Thea.

Gavin se estremeció por el dolor que le provocaban aquellas palabras, pero logró conservar la sonrisa.

—Yo puedo ir con Amelia y tú con Ava —añadió él.

Habían dejado los coches en extremos opuestos del aparcamiento, por lo que se despidieron en la acera. Amelia se cogió de la mano de su padre con firmeza y comenzó a balancear su brazo hacia delante y hacia atrás.

—Ava *ziempre* duerme con mami —dijo mientras saltaba del bordillo.

A Gavin se le paró el corazón al oír el ceceo. Thea le había dicho muchas veces que no debía preocuparse. Sin embargo, él no podía evitarlo. Por supuesto que ser tartamudo no era motivo de vergüenza, pero a Gavin le había llevado mucho tiempo estar en paz con su condición. En el camino, eso sí, había tenido que soportar demasiadas burlas como para que no le preocupara que su hija pudiera sufrir algo similar.

—¿Siempre, dices? —le preguntó cuando por fin pudo procesar lo que Amelia acababa de decirle.

—Sí, se despierta y se va a la cama de mami. Pero yo no. Yo duermo en mi cama toda la noche. Ava dice que soy un bebé porque me dan miedo los truenos, pero la bebé es ella porque le teme a la oscuridad.

Gavin se detuvo entre las filas de coches estacionados y se agachó para quedarse a la misma altura que la niña.

—Cariño, no es muy amable que os llaméis bebés la una a la otra. Es normal tener miedo de ciertas cosas. —La sabiduría paterna salió de lo profundo de su corazón, pero su cabeza estaba centrada en otra cosa. ¿Hacía cuánto que Ava le temía a la oscuridad?—. Hasta los adultos tenemos miedo, y no somos bebés, ¿o sí?

Amelia sacudió la cabeza. Gavin se puso de pie con una sonrisa. Volvieron a caminar, pero solo llegaron a dar un par de pasos antes de que Amelia le preguntara:

—¿Qué te da miedo a ti, papi?

«Perderos a vosotras y a mamá», pensó mientras un nudo se instalaba en su garganta. Parecía que sus hijas estaban determinadas a destruir sus emociones en una sola tarde. Tragó saliva con dificultad.

—Los payasos —dijo él con un gesto de temor exagerado—. En especial, los zapatos rojos grandes y esas narices tan chillonas.

Luego la cogió por las axilas, la subió a sus hombros y disfrutó como un niño al oírla chillar de alegría.

CAPÍTULO 7

—Allí están.

Thea señaló la camioneta de Gavin cuando entraba al aparcamiento del Stella's. Llevaba cinco minutos esperando con Ava en un banco fuera del restaurante. Seguro que Gavin se había quedado atrapado en un atasco a la salida del aparcamiento tras el recital. Mejor, porque Thea necesitaba un minuto (o cinco, tal vez) para tranquilizarse. Y no precisamente porque Gavin se lo hubiera dicho, sino porque necesitaba hacerlo. ¿Cuándo se había calmado una mujer porque un hombre se lo dijera?

Lo único que conseguiría calmarla sería que la noche se acabara de una vez. Thea podría haberlo asesinado por haber sugerido ir a Stella's frente a las niñas, porque sabía bien que a ellas les iba a encantar la idea y que le rogarían que accediera.

Se quedó allí, de pie, mientras Amelia atravesaba la explanada de aparcamiento. Esquivó su sonrisa al verlo llegar, pero aun así sintió el peso de la mano de Gavin cuando esté encontró la manera de volver a posarla en su cintura. Cuando ella se estremeció, él la alejó.

—Bueno, ¡pero quiénes han venido! —dijo Ashley, una camarera que trabajaba en Stella's desde la primera vez que habían ido a comer allí—. No os veía desde el verano. —Suspiró con dramatismo cuando vio los rostros pintados de las niñas—. Creo que aquí no servimos comida para ciervos.

—Somos cervatillas —corrigió Amelia con alegría—. ¡Venimos del musical de la escuela!

—¿Un musical en la escuela? No te creo. Sois muy pequeñas para eso. —Ashley le guiñó un ojo a Thea e hizo un gesto para que la siguieran—. Vuestra mesa favorita está libre.

Eso es lo que Thea adoraba de vivir en un pueblo pequeño. Todos sabían cuál era su mesa favorita. ¿Había algo mejor que un lugar en el que conocieran tu nombre y donde la carta jamás cambiara? Thea y Liv no habían crecido con ese tipo de tradiciones de pequeñas. ¿Iba a ser menos especial para las niñas cuando dejasen de ir como cuarteto y pasasen a ser un trío?

Las niñas siguieron a Ashley por el laberinto de mesas decoradas con manteles a cuadros y floreros con flores frescas que se cambiaban cada mañana. Las ventanas estaban enmarcadas con persianas blancas cuyo estilo semejaba una granja, y en los que Stella colgaba fotografías de los clientes y sus familias. Allí estaba la de ellos. Irónicamente, en unos meses les resultaría extraña.

Las niñas se deslizaron por lados opuestos de la mesa y Thea dejó salir la exhalación que estaba conteniendo desde que habían entrado: no quería sentarse junto a Gavin. Sabía que se trataba de una pataleta infantil, pero prefería no hacerlo.

—¿Os traigo las bebidas de siempre? —les preguntó Ashley cuando se hubieron acomodado—. ¿Dos aguas y dos batidos de chocolate?

—Sí, perfecto —respondió Gavin—. Gracias.

—Quiero el sándwich de queso —dijo Amelia mientras se

arrodillaba y apoyaba los codos sobre la mesa—. Y compota de manzana.

—¿Y tú, cariño? —le preguntó Thea a Ava—. ¿También quieres un sándwich de queso?

Ava se encogió de hombros y Thea contuvo un suspiro. No podía permitirle esas actitudes por mucho más tiempo; el comportamiento de Ava comenzaba a rozar la falta de respeto. Aunque aquel no era el momento de enfrentarse a ello. Además, no iba a castigar a su hija por el crimen de ser una niña y manifestar su confusión de la única forma que conocía. A veces los adultos esperan demasiado de los niños.

Una vez, semanas después de que su padre le hubiera pedido el divorcio, la madre de Thea se había encerrado en su habitación durante días. Cuando Thea llamó a la puerta para decirle que tenía hambre, su madre le gritó que creciera y dejara de ser tan egoísta.

Thea tenía diez años por aquel entonces. Después de aquel incidente, tanto ella como Liz aprendieron a cocinar.

Thea tenía pensado mandar a las niñas a la terapia necesaria y adecuada a su edad cuando Gavin y ella se hubiesen divorciado (algo que, sin duda, les hubiese ido bien a ella y a Liv). Esperaba que eso ayudara a Ava a adaptarse a la nueva realidad.

La camarera les trajo las bebidas, tomó nota y, tras su marcha, todos se quedaron en un silencio incómodo.

—Margaritas —exclamó Gavin de repente, señalando el florero que había en el centro de la mesa y sonriéndole a Amelia—. Mami llevaba una margarita puesta en el pelo la primera vez que la vi.

Amelia se rio.

—¿Sí?

—¿Sí? —repitió Thea.

Gavin la miró.

—Estaba enredada en tu trenza.

—¿Por qué llevabas una margarita en la trenza, mami? —le preguntó Amelia.

—Pues no lo sé. No lo recuerdo.

—Qué pena… —le susurró Gavin—. Porque yo jamás lo olvidaré.

—A mami le gustan los dientes de león —gruñó Ava.

Thea pestañeó un par de veces y alejó la mirada de Gavin, que escrutaba su rostro del mismo modo que lo había hecho en el teatro. Y como lo había hecho el sábado… Como si la estuviera viendo por primera vez. Y quizás era así. Hacía años que no sentía el peso de su mirada de aquel modo.

Thea acarició el cabello de Ava.

—Los dientes de león son mis favoritos si me los regalas tú.

La incomodidad flotaba en el aire, que se volvió espeso. Thea sacó los lápices de colores y los libros para colorear que siempre llevaba en el bolso para entretener a las niñas. Aunque aquella vez era la propia Thea la que necesitaba la distracción. Ayudó a Ava con un dibujo hasta que Gavin se aclaró la garganta.

—Y dime… —comenzó a decir Gavin, jugueteando con su vaso de agua—. ¿C-cuándo tienes pensado volver a la universidad?

Thea mantuvo la vista fija en el libro de colorear.

—Si me aceptan, comenzaré las clases este verano.

—¿Y es solo un semestre?

Thea resopló.

—Ojalá. Quizás si lo hiciese a tiempo completo me llevaría solo eso, pero con las niñas ni me lo planteo. Espero poder terminar en año y medio.

—Dieciocho meses —repitió él—. Bueno… parece factible.

—Me alegra que te parezca bien.

—¿Y después qué? ¿Qué harás después de graduarte?

—Pues intentaré dedicarme a mi carrera artística. Como siempre quise hacer.

Él dudó un instante antes de responder.

—Eso es, eh, genial —dijo—. Me alegra ver que vuelves a tu arte.

—A mí también.

La comida llegó y, por suerte, la tarea de ayudar a las niñas mientras iba picoteando algo de comida, interrumpió toda conversación posible. A mitad del postre (un *brownie* que siempre compartían entre todos), la mismísima Stella salió de la cocina y fue hasta su mesa para saludarlos.

—Justo estaba pensando en vosotros —dijo—. Hace mucho que no venís.

—Hemos estado ocupados —dijo Thea automáticamente, y la mentira le salió tan natural que casi se la creyó—. Las niñas ya van a preescolar y entre eso y las clases de danza, es difícil organizar una salida.

—¿Tenéis planes para las fiestas?

—Nada confirmado —respondió Thea.

Amelia alzó la vista con la boca manchada de chocolate.

—Iremos a ver a los abus en Ohio para *Acción* de *Graziaz.*

Oh, mierda. Thea no les había dicho a las niñas que se había cancelado el plan de ir a visitar a los padres de Gavin. Estaba convencida de que se habrían olvidado después de meses sin hablar de ello. Pero las niñas rara vez se olvidan de un viaje para visitar a los abuelos que las malcrían.

—Bueno, eso pensábamos, pero, em... —Thea buscó una excusa, pero no la encontró. Estaba perdiendo facultades a la hora de mentir de forma espontánea—. Pero resulta que tendremos que quedarnos aquí.

—¡Pero yo quiero ir a ver a la abu! —lloriqueó Amelia.

—¡Yo también! —dijo Ava con la voz una octava más aguda que la de su hermana.

Thea apoyó una mano sobre la pierna de Ava.

—Ya lo hablaremos luego, cariño.

—Pero ¿por qué no podemos ir? —preguntó Amelia.

—Amelia —dijo Gavin despacio, pero con firmeza—. Mami ha dicho que l-lo hablaremos en casa.

—¡Pero tú ya no estás nunca en casa!

El silencio atronador que siguió a esa frase fue tan cómico y digno de un dibujo animado que a Thea no le hubiera extrañado si de fondo hubiesen empezado a sonar grillos.

—Bueno —dijo Stella, ruborizada y tratando de fingir que no se había dado cuenta de que Amelia acababa de anunciarle a todo el restaurante que Thea y Gavin estaban separados—. Me alegra volver a veros. Os dejaré tranquilos.

La dueña se alejó y entonces sí que se desató el caos.

—¿Podemos ir junto a la abu, por favor? —preguntó Amelia.

—Este año no, cariño —dijo Gavin.

—Pero ¿por qué no?

—Estoy muy ocupado con el béisbol, cariño —añadió él.

Ava se desplomó en la silla con el ceño y los labios fruncidos.

—¿Puede leernos papi esta noche? —sugirió Amelia, entonces.

Thea se masajeó las sienes con las yemas de los dedos.

—Papi no puede esta noche, ¿vale?

—Pero ¿por qué no? —preguntó Amelia, y sus labios comenzaron a temblar al borde del llanto.

—Eh —dijo Gavin y abrazó a Amelia con fuerza—. Iré a leeros muy pronto, ¿vale?

—¡Pero yo quiero hoy! —Las lágrimas comenzaron a rodar por las mejillas de Amelia… lo que hizo que Ava también empezase a llorar (porque así son las mellizas).

Además, cuando Ava se echaba a llorar, tendía a hacerlo a todo volumen. Y, de pronto, la niña espetó:

—¡No quiero que papi juegue al béisbol!

A la frase le siguió un nuevo silencio atronador, hasta que Ava comenzó a llorar todavía más alto y Amelia gritó:

—¡Yo tampoco quiero que papi juegue al béisbol!

Para ese entonces todo el restaurante los estaba mirando. Gavin maldijo por lo bajo y se llevó las manos a la cara.

Thea temblaba cuando pasó un brazo sobre los hombros de Ava.

—Cariño, ¿por qué no quieres que papi juegue al béisbol?

Ava se limpió las lágrimas con una mano y el gesto hizo que las manchas blancas del maquillaje de cervatillo se convirtieran en líneas que atravesaban sus mejillas.

—Porque se va y hace que os digáis cosas feas.

La mirada de Thea chocó con la de Gavin, donde pudo leer que él pensaba lo mismo que ella.

—¿Cuándo nos hemos dicho cosas feas? —preguntó Gavin.

—Cuando papi hizo el *home run*—respondió Ava entre espasmos de hipo—. Primero hicisteis ruidos de pelea y luego os dijisteis cosas feas.

El calor trepó por el cuello y las mejillas de Thea mientras en su cabeza rehacía la secuencia de los hechos de aquella noche. Parecía ser que Ava se había despertado y no solo los había escuchado durante el sexo (es lo único que la niña podría haber entendido como «ruidos de pelea»), sino que también había escuchado la discusión posterior.

Thea agitó la cabeza como si estuviese hecha de gelatina y, una vez más, alzó la vista hacia Gavin. Se miraron a los ojos: en los de él había dolor, los de ella estaban nublados.

Las niñas lloraban. La gente miraba. Un escalofrío recorrió el cuerpo de Thea. Antes de que pudiera contenerse, abrió la boca y dijo:

—¿Sabéis qué? ¿Qué os parece si papi os lee esta noche? ¿Eso os haría sentir mejor?

Gavin pagó la cuenta mientras Thea metía a las niñas en su coche. Él las siguió hasta casa en la oscuridad, con las manos firmes en el volante y el estómago revuelto. ¿Cuándo dejaría de repetir las palabras de Ava en su cabeza? «Porque se va y hace que os digáis cosas feas». ¿Qué demonios les había hecho a sus hijas? ¿A su familia?

Aparcó detrás de Thea. Evitó mirarla mientras ella desabrochaba los cinturones de las niñas en el asiento trasero. Mantequilla fue a saludarlos a la puerta.

—Primero os bañáis y luego papi os lee, ¿vale? —dijo Thea mientras colgaba los abrigos. Su tono de voz era frágil, como si estuviera a apenas un par de palabras más de desmoronarse o romper otra pared a martillazos.

—Le voy a abrir a Mantequilla —se ofreció Gavin.

Thea le agradeció el gesto con una frialdad que lo hizo sentirse como si estuviera de visita en su propia casa. Thea subió las escaleras con las niñas y él llevó a Mantequilla hasta la puerta trasera. El olor a polvo y yeso se mezclaba con los aromas provenientes del interior: el perfume de Thea, las velas de lavanda que siempre encendía, el rastro del perro de fondo, y los ya clásicos olores de rotuladores y pinturas que usaban las niñas para sus manualidades. Cuando Mantequilla terminó de inspeccionar el jardín y finalmente encontró el lugar perfecto para orinar, Gavin escuchó el agua del baño en la planta alta. Entonces subió y llamó a la puerta cerrada del lavabo.

—¿Necesitas ayuda? —preguntó.

—No —respondió Thea.

Gavin volvió a sentir que era un extraño merodeando al otro lado de la puerta. Llevó la vista a la derecha y vio el dormitorio matrimonial. Su dormitorio. Caminó hacia allí y se quedó parado bajo el marco de la puerta. Thea no había hecho la cama y ver las sábanas revueltas hizo que el arrepentimiento se instalara en su estómago con la fuerza de un puñetazo. La última vez que había estado en esa cama había sido aquella noche: la noche en que uno de los momentos más maravillosos de su vida fue seguido, casi de inmediato, por el peor.

—¿Qué haces? —preguntó Thea a sus espaldas.

Gavin no había escuchado la puerta del baño, pero sus hijas ya estaban en el pasillo, envueltas en toallas a juego.

—Nada —respondió él—. Estaba... Las ayudaré a ponerse el pijama.

Reinó el silencio mientras ambos terminaron de secar a las niñas y pasaron sus brazos y piernas por los pijamas de unicornios. Thea se incorporó, juntó las toallas húmedas y les pidió que eligieran un libro mientras ella se cambiaba de ropa.

Las niñas se pusieron de acuerdo en un cuento sobre un mapache que se perdía cuando estaba yendo a casa de su abuela a pasar Navidad. Acababan de acomodarse en la cama de Amelia cuando Thea volvió a la habitación. Llevaba un pantalón de chándal y su viejo jersey de cuando había jugado en los Huntsville Rockets; se lo había robado a Gavin poco después de empezar a salir juntos. En un instante, recordó cómo había perdido la razón la primera vez que se lo había visto puesto. Lo invadió una sensación primitiva: quería poseerla, hacerla suya. Oficialmente. Todo por un jersey.

Todavía había algo que lo excitaba en ver a su mujer, menuda como era, enfundada en su ropa enorme. Probablemente ella lo había elegido porque le resultaba cómodo y estaba limpio. Pero para él significaba algo más; estaba lleno de recuerdos. Thea llevaba puesto ese mismo jersey cuando le había dicho que estaba embarazada. Por aquel entonces, hacía tres días que no sabía nada de ella. Thea ignoraba sus mensajes y sus compañeros de trabajo de la cafetería le habían dicho a Gavin que había llamado para decirles que estaba enferma. Finalmente, él había ido a su piso y la había convencido de que, al menos, le abriera la puerta. Se había preparado mentalmente para cualquier cosa… o eso creía.

—¿Qué haces aquí? —preguntó mientras cruzaba los brazos con las manos escondidas en las mangas del jersey.

Gavin apoyó las palmas en el marco de la puerta. Había ensayado un discurso, pero le había entrado el pánico nada más verle la cara.

—Solo quiero que hablemos, ¿vale? D-dime qué te pasa, tan solo dímelo.

Por un momento, Thea clavó su mirada vacía en él y luego se dio la vuelta sin decir palabra alguna.

Desde la puerta, Gavin la vio meterse en el baño. Al segundo regresó con un palito blanco en la mano.

Cada nervio del cuerpo de Gavin explotó como si le hubiera caído un rayo encima.

—¿Q-qué es eso?

Thea se detuvo en pleno centro de la pequeña sala de estar. Gavin entró, cerró la puerta tras él y avanzó hasta donde estaba ella. Thea levantó el palito. Él bajó la mirada y vio la marca de un símbolo positivo de color azul.

—¿Estás embarazada? —Cogió el aire justo antes de sentir pequeños estallidos de luz frente a sus ojos.

Ella se guardó el palito y volvió a su pose de brazos cruzados.

—Estoy embarazada... —dijo con voz firme, desafiante y determinada.

Él la besó antes de que tan siquiera pudiera acabar la frase.

—¿Estás listo para leer? —le preguntó Thea, interrumpiendo el recuerdo.

—Hacedle hueco a mami —dijo Gavin.

Amelia se acercó más a él y Thea se sentó como pudo en el diminuto hueco que quedaba entre las niñas y la pared. Había espacio de sobra al lado de él, pero a Gavin no le pareció buena idea indicárselo.

Gavin leyó con las niñas acurrucadas y, entre línea y línea, le robaba miradas a Thea. Ella se rehusaba con obstinación a encontrarse con su mirada. Cuando, unos minutos más tarde, terminó de leer el cuento, Thea se levantó tan rápido que, en el gesto, sacudió la cama. Les pidió a las niñas que le dieran un beso y les dijo que papi las arroparía.

A Ava le costaba más dormirse. Necesitaba a Thea y varios peluches a su alrededor para relajarse. Con Amelia era más fácil. Cuando Gavin la tapó y le dijo que todo iba a salir bien, ella le creyó. Lo miró con confianza, esperanzada, y entrelazó su mano diminuta con la suya. Antes de quedarse dormida, le susurró:

—Te quiero, papi.

Gavin apenas tuvo fuerzas de levantarse y salir del dormitorio.

Cerró la puerta con suavidad, conteniendo la respiración, y bajó las escaleras. Encontró a Thea en la cocina, escribiendo algo en la pizarra.

Ella se tensó cuando lo sintió acercarse a sus espaldas.

—¿Ya están dormidas?

Gavin tuvo que aclararse la garganta para ser capaz de hablar.

—Sí. Estaban cansadas.

—Yo también.

Se fijó en cómo Thea tapaba el rotulador y lo guardaba en el cajón y, en el gesto, bajó la mirada hacia el corcho en el que había una invitación pinchada con un alfiler. Tuvo que pestañear dos veces para asegurarse de estar leyendo bien.

—¿Tu padre se casa de nuevo?

Thea se alejó de él y caminó hacia el fregadero.

—¿Te sorprende?

—¿Qué ha sido de Christy?

—Crystal. La engañó con el nuevo amor de su vida. —Thea llenó un vaso con agua y lo usó para bajar la pastilla que se tomaba cuando sentía que se avecinaba una migraña.

—¿Cuándo ha pasado todo esto?

Thea se encogió de hombros y se dio la vuelta.

—¿El invierno pasado? No lo recuerdo.

—¿Por qué no me lo contaste?

—No lo sé. —Suspiró—. No me pareció importante.

—¿Y cómo se lo ha tomado tu madre?

Thea se masajeó las sienes.

—No quiero hablar de mis padres ahora.

—Lo siento. Tienes razón. ¿Estás...? —Gavin señaló su frente—. ¿Estás bien?

—Sí. —Ella se tragó la pastilla y bajó la mirada al suelo—. Gavin, tenemos que tomar algunas decisiones.

Sus palabras lo hicieron viajar hacia atrás en el tiempo una vez más. No estaba seguro de que ella se hubiera dado cuenta, pero eran las mismas que le había dicho cuando le había contado que estaba embarazada.

Thea dejó que la besara, pero no por mucho tiempo. Entonces apoyó las manos en su pecho y lo alejó.

—¿Qué haces?

Gavin tocó su vientre para sentir cómo su hijo, el hijo de ambos, crecía bajo sus dedos.

—Estoy feliz, Thea.

—Qué bien —dijo ella con más amargura de la que él hubiera esperado—. Pero tenemos que tomar algunas decisiones, Gavin.

—¿Qué hay que decidir? —La mano derecha siguió en su vientre mientras que con la izquierda le acarició el rostro—. Cásate conmigo.

Se le ocurrió una idea. Esas palabras le habían funcionado entonces y quizás volverían a hacerlo. Sin duda, era algo que haría el Conde-No-Sé-Qué de la novela.

Gavin se acercó. Thea levantó la vista del suelo justo cuando él llevó la mano izquierda a su mejilla.

—¿Qué hay que decidir? —dijo—. Cásate conmigo.

Ella alejó la cabeza con un gesto de confusión en el rostro.

—¡¿Qué!?

El corazón de Gavin se aceleró por los nervios.

—Es... lo que te dije c-cuando...

—Lo sé, Gavin. —Thea cruzó los brazos en una pose que era, al mismo tiempo, ruda y vulnerable—. Me hubiese gustado que no me hubieras arruinado el recuerdo de este modo.

«¿Arruinarlo?». Su corazón se detuvo.

—No estoy preparado para darme por vencido.

—Ya es tarde.

—No es tarde —dijo invocando al Conde-Que-Dice-Siempre-Lo-Correcto—. Nunca es tarde para el amor.

Thea resopló.

—¿Estás hablando en serio?

Cierto era que quizás se había pasado. «Gracias por nada, estúpido Conde», pensó. Sin embargo, era en ese momento o ya podía olvidarse.

Y si no funcionaba, iba a asesinar a Mack y a Del e iba a tirar al Conde Estupideces a la hoguera.

—¿Y si...? ¿Y si pudiéramos empezar de nuevo?

Thea alzó las manos para detener sus palabras.

—Gavin, basta.

—Déjame volver a casa...

—No. —Thea lo esquivó y antes de que él pudiera alcanzarla con pasos o palabras, ya estaba en medio de la sala de estar.

—Déjame volver a casa —repitió él—. Y si no puedo r-r-recuperarte, te... te dejaré ir. Te daré el divorcio.

Thea se dio la vuelta con una mirada incrédula.

—Estamos en pleno siglo veintiuno. Me puedo divorciar, te guste o no.

«Claro. Por supuesto. Mierda».

—Lo sé. Q-quiero decir que te daré lo que quieras. Te dejaré la casa, te daré todo el dinero que necesites. Cualquier cosa. Ni siquiera necesitaremos abogados.

Ella arqueó las cejas.

—Tu agente va a asesinarte si te divorcias sin abogados.

—¿Por qué? ¿Tienes pensado dejarme en la calle?

Su intento de humor no dio resultado porque Thea apretó los labios.

—No, pero ¿qué va a pasar si te transfieren y te tienes que mudar? La custodia de las niñas se puede complicar mucho.

Custodia. La palabra le dio ganas de vomitar.

—Por favor, Thea. Dame una oportunidad.

—Pero ¿para qué? —espetó ella extendiendo los brazos en un gesto exagerado.

—Para demostrarte cuánto te quiero.

Se lo quedó mirando boquiabierta un momento que duró una eternidad.

—Por favor, basta de decir eso —susurró con la voz cargada de dolor.

—¿Basta de decir qué? ¿Que te quiero?

Ella asintió en silencio y el gesto le dolió como un puñal en el pecho.

—¿Por qué? —preguntó retrocediendo un par de pasos.

—Porque ya no te creo.

A Gavin le costó respirar. Había tenido que enfrentarse a algunos momentos difíciles que le habían cambiado la vida, a humillaciones que todavía le dolían. Pero aquello… Aquello era lo más cerca de la destrucción total que había estado jamás. Si existía el momento idóneo en el que necesitaba que el Conde le dijera qué decir, era aquel. Pero solo podía escuchar la voz de una mujer.

«Solo con amor no alcanza, mi señor».

Cuando había leído esas palabras dichas por Irena, Gavin había gruñido entre dientes y casi tuvo que cerrar el libro. ¿Qué clase de novela romántica decía que el amor no era suficiente? ¿El objetivo de las novelas románticas no era, acaso, probar que el amor lo podía todo? Tenía la sensación de que estaba a punto de experimentar en la vida real que las palabras de Irena eran verdad. Esperaba que el Conde Mal-De-Amores tuviera una idea mejor que la que había tenido él para demostrarle a su mujer que estaba equivocada.

—Es tarde —dijo Thea en voz baja, como si endulzando el tono fuese a aliviar el dolor—. Tienes que irte a tu casa.

—Estoy en mi casa. Las niñas y tú sois mi casa.

Thea cogió aire en una diminuta bocanada. Fue apenas perceptible, pero lo suficiente como para hacerle saber que sus palabras (o más bien su honestidad lastimosa) habían surtido efecto. Era momento del golpe final.

—¿Sabes qué? —dijo él—. Estoy decepcionado. La antigua Thea hubiese aceptado esta propuesta sin dudarlo.

Él contuvo la respiración mientras ella lo miraba fijamente. Thea torció la boca y juntó las cejas. No estaba enfadada, dedujo él. No. Se lo estaba pensando. Gavin lo sabía por el brillo de osadía en sus ojos. Fue ese brillo, más que cualquier otra cosa, el que lo hizo arriesgar todas sus cartas a un todo o nada con sus siguientes palabras.

—Vamos, Thea —la desafió—. No tienes nada que perder.

Thea se dio la vuelta y caminó hacia las puertas francesas que conducían al patio. Contempló la oscuridad en silencio, con los brazos nuevamente cruzados. Gavin hubiese dado cualquier cosa por poder leerle la mente, por escuchar la discusión que estaba teniendo lugar en su cabeza. El sonido del reloj de su abuelo en el pasillo marcaba el paso del tiempo con una lentitud exasperante.

La incertidumbre se acabó apoderando de él.

—Thea…

Ella se dio la vuelta, rígida.

—Tengo una serie de condiciones.

Sus palabras quedaron suspendidas en el aire durante un largo instante antes de que el cerebro de Gavin las pudiera procesar. ¿Acaso estaba diciendo…? ¿Estaba accediendo a…?

—¿Q-qué condiciones? —preguntó despacio, temeroso de que su brusquedad la hiciera arrepentirse.

—Esta… —Ella agitó una mano en el aire como buscando la

palabra adecuada—. Esta «propuesta» no puede durar para siempre. Necesitamos poner un plazo límite.

—La pretemporada, en primavera —dijo él.

Era perfecto. Si fallaba, al menos tendría algo con lo que distraerse. Pero no iba a fallar. Faltaban tres meses para la fecha. Contaba con tiempo más que suficiente.

Sin embargo, Thea tenía otra propuesta y sacudió la cabeza.

—Navidad.

—¡Pero si falta un mes!

—Va a ser muy difícil para las niñas si lo extendemos más de la cuenta.

No podía discutir semejante argumento.

—Bien —aceptó.

—Y tendrás que dormir en la habitación de invitados.

Aquella condición le supuso toda una patada en la entrepierna.

—¿Cómo se supone que voy a poder solucionar nuestros problemas si no compartimos habitación?

—No parecía que fuese algo que te molestase antes.

No había respuesta que no fuese a sonar a excusa o lamento.

—¿Qué más?

—Liv se queda.

Por el amor de Dios.

—¿Hasta cuándo?

—Durante todo el tiempo que la necesite.

Él asintió a regañadientes. No tenía otra opción.

—Bien. ¿Algo más?

—Por ahora, eso es todo.

—¿Por ahora? —Aunque no fue su intención, la aspereza en su tono hizo que ella apretase los labios.

—Estas son mis condiciones, Gavin. O las tomas o las dejas.

Iba a aceptarlas. Aceptaría todo lo que le diera. Con la boca de pronto seca, tuvo que esforzarse en tragar.

—¿Cuándo quieres que...? Bueno, que vuelva.

—El miércoles por la noche.

La noche antes de Acción de Gracias. En un par de días.

—Vale.

—Puedes estar aquí cuando traiga a las niñas del colegio.

—Bien, eh. Sí, está bien.

—Pediremos una pizza para cenar.

Pizza. Claro. ¿Qué leches estaba pasando? Debía de tratarse de la conversación más ridícula de su vida, y aun así la normalidad con la que estaba teniendo lugar fue tan bizarra que le provocó una sensación de asentamiento en el estómago. Tenía sentido: aunque estuvieran en medio de un caos de emociones, iban a tener que cenar.

—Entonces nos vemos el miércoles —indicó Thea con la clara intención de dar por cerrada la conversación.

Gavin recorrió el rostro de su mujer y sintió un abismo abrirse en su pecho. Estaba frente a él con la espalda muy recta, pero parecía muy pequeña. En sus hombros rígidos podía ver que se sentía derrotada. Gavin no quería que las cosas fueran así. No quería que ella se quedara con la sensación de que había perdido la batalla más importante de su vida.

—Thea, ¿de verdad q-q-quieres esto?

—¿Quieres volver a casa o no? —bramó sin tan siquiera establecer contacto visual con él.

—Sí. Pero...

—Pero ¿qué? Decídete, Gavin.

Él dejó escapar un suspiro.

—Muy bien. Nos vemos el miércoles.

Pensó en cruzar la habitación en un par de zancadas y abrazarla antes de irse con la intención de sellar el trato y quedarse tranquilo, más que nada. Pero el lenguaje corporal de Thea gritaba: «¡SI ME TOCAS, PIERDES UN COJÓN!». Las cosas prometían.

Gavin se conformó con hacerle un pequeño gesto con la cabeza y dirigirse a duras penas de vuelta a su coche. Encendió el motor, pero se quedó un rato detenido en la entrada mirando cómo en el interior de su casa las luces se apagaban, una tras otra. En esa casa estaba lo que más amaba en el mundo y alejarse en ese momento le iba a resultar más difícil que nunca. Cuando regresara tendría apenas un mes para ganarse el derecho a quedarse. A pesar de que las condiciones que le había impuesto su mujer dificultaban su misión, un bateador como él no elegía las bolas que le tocaban. Solo podía analizar la jugada y pensar una estrategia.

Un mes.

Eso es todo lo que habían necesitado para enamorarse la primera vez.

Podía hacerlo de nuevo.

—De acuerdo, Conde de los Pantalones Ajustados —dijo Gavin en voz alta mientras daba marcha atrás por la rampa—. ¿Cuál es el siguiente paso a seguir?

Cortejando a la condesa

A Benedict le llevó dos semanas, tres días y dieciséis horas darse cuenta del error fatal que había en su plan.

Su esposa no participaba de manera voluntaria.

Resultaba imposible cortejar a quien no quiere ser cortejado.

Tras la noche de bodas, Irena se había empeñado en no tener que pasar a solas con él más que los pocos minutos que fuesen necesarios, pero era lo suficientemente inteligente como para disimularlo y que pareciese casual. Cada vez que él intentaba captar su atención, de pronto a ella le surgía la necesidad impostergable de hablar con el cocinero o recordaba una tarea que tenía pendiente. Cuando él terminaba de ocuparse de los asuntos de la hacienda, ella comenzaba a ocuparse de los suyos. Y aunque siempre dejaban la puerta que separaba sus recamaras abierta, Benedict no se atrevía a atravesarla y satisfacer su abrumador deseo de consumar el matrimonio. No lo haría mientras ella siguiera considerando que recibirlo en su cama no era más que un deber. No lo haría hasta que el deseo de su esposa fuese tan fuerte como el suyo.

Benedict no iba a rendirse. No lo asustaba asumir riesgos, y eso era algo que compartía con Irena. Después de todo, así había sido como se habían conocido: cuando había escuchado que el caballo de un humilde barón le había ganado a uno de sus más prestigiosos purasangre y, para su sorpresa, había descubierto que el caballo había sido entrenado por la hija del barón.

A ambos les gustaba la rebeldía y las apuestas, algo que los hacía tan perfectos el uno para el otro que Benedict no había creído que fuera posible.

Y ahora era momento de subir la apuesta.

Benedict se sirvió dos dedos de *brandy* en un vaso y se acomodó junto a la chimenea de su oficina para esperarla. Cuando escuchó el golpe contra la madera maciza de la puerta, se bajó de un trago la bebida para calmar los nervios y le ordenó a Irena que pasara.

Ella caminó hacia él con un vestido azul celeste y una expresión de fastidio en el rostro. Tenía las manos entrelazadas.

—¿Me ha mandado llamar, señor?

Benedict ignoró el sarcasmo y señaló el sillón junto a la ventana.

—Siéntese, por favor.

Irena dudó, probablemente porque la formalidad de su tono la había pillado desprevenida. Aun así obedeció. Se sentó en una posición digna de una dama: la espalda recta, las manos juntas sobre el regazo, las piernas cruzadas por los tobillos y acomodadas a un lado con elegancia.

—Tengo otro regalo para ti —dijo él.

El suspiro de ella resultó tan profundo que podría haber arrancado un motor a vapor.

—Mi señor…

—Benedict.

—… esto tiene que terminar.

—¿No le gustaron los otros regalos que le di?

Hasta el momento habían sido siete. Pendientes, collares y brazaletes con incrustaciones de todas las piedras preciosas conocidas.

—Son innecesarios.

—Sois la única mujer que conozco que describiría pendientes y anillos como innecesarios.

—Entonces no debe conocer muchas mujeres.

—*Touché*.

Benedict se levantó y fue hacia su escritorio. Sacó una caja sin envoltorio. Los pocos pasos que le llevó alcanzar de nuevo a su esposa resultaron eternos bajo el peso de su mirada y la amenaza de un inminente fracaso.

—Quizás este regalo le resulte más útil.

Ella aceptó la caja y la abrió sin decir ni una palabra. Juntó las cejas mientras sujetaba el objeto plateado.

—¿Qué es?

—Se trata de una pluma estilográfica —señaló Benedict sentándose a su lado.

—Ya veo.

—Se sumerge esta parte en el tintero —dijo, señalando la punta—, y, por un capilar, el líquido sube, se queda ahí y baja hacia el papel a la hora de escribir. Permite escribir mucho más sin tener que recargar tinta.

La vio debatirse entre la fascinación y su terquedad.

Ganó la terquedad. Irena volvió a guardar la pluma en la caja.

—¿Qué utilidad podría encontrar en algo tan frívolo?

—Todos los días le escribe a su hermana menor, ¿no es así, Irena? Pensé que esto facilitaría un poco la tarea.

La máscara de indiferencia que le otorgaba al rostro de ella una neutralidad de piedra cedió y reveló un atisbo de la soledad que la invadía.

—De veras lamento mucho que la extrañe tanto —dijo Benedict.

—Me preocupo por ella —corrigió Irena sin más—. El escándalo de nuestro matrimonio también la ha afectado. Mis padres están determinados a encontrarle un candidato respetable antes de que sea demasiado tarde…, y no les importa lo que ella quiera. Ahora no hay nada que pueda hacer para protegerla.

La culpa amenazó con sofocarlo: no solo por lo que había hecho, sino también por lo que estaba por hacer. Estiró una mano y la apoyó sobre la de su esposa.

—Irena, he tomado una decisión.

Ella clavó su mirada en la de él como un puñal.

—¿Qué decisión?

—No habrá heredero.

El pánico invadió los ojos de Irena. Sus pupilas se dilataron y el iris color esmeralda se oscureció.

—¿Qué? —exhaló, balanceándose en su asiento.

—Se negó a aceptar mis intentos de demostrarle que la amo.

Irena se puso de pie y la pluma cayó al suelo.

—¿Y así pretende cambiar eso? ¿Negándome un hijo?

—Jamás le negaré nada. —Él acarició su mano—. Si no puedo recuperar su amor, le daré un hijo de la forma fría y desapasionada que me pida. Luego le compraré una finca con un gran establo donde usted y el niño puedan vivir con sus amados caballos y nunca más volveré a molestarla. Pero no lo haré hasta que no me dé una oportunidad para recordarle cuánto más puede haber entre nosotros.

Ella sacudió la cabeza de manera frenética.

—¿Por qué accedería a un pacto así de cruel?

—Porque usted no tiene nada que perder. Yo, en cambio, puedo perderlo todo.

El fastidio ensombreció la expresión de la joven, quien alejó las manos.

—Habla como alguien que mira el mundo desde la perspectiva masculina. Sin tener en cuenta lo que pueda suceder entre nosotros, usted conservará su estatus, su título, su dinero, su propiedad sobre el resto del mundo. Seguirá siendo bienvenido a todas las reuniones y todos los bailes. Siempre será la víctima de una mujer cruel y perversa, mientras que yo seré la Dalila que le cortó el cabello. En realidad, no puede perder nada.

Benedict la agarró por los hombros.

—¡Puedo perderos a vos! —exclamó.

Ella dejó escarpar un suspiro.

Benedict desplazó las manos para acunar su rostro.

—Si cree que me importa algo de todo eso: el dinero,

el título… está equivocada. Nada de eso importa si no la tengo a usted.

Irena quería creer en sus palabras. Podía verlo en sus ojos. Y, sin embargo, se alejó, se giró y fue hacia la mesita de licores que estaba en la otra punta de la habitación. Benedict la contempló con amargura mientras se servía una buena copa de *brandy* y se la bebía de un solo trago con una precisión entrenada. Su amada, siempre llena de sorpresas.

—No entiendo qué es lo que quiere que haga, mi señor.

—Permítame cortejarla. Déjeme llevarla al teatro, a bailes. Siéntese a mi lado por las noches y converse conmigo durante la cena. Baile conmigo. Pasee conmigo por el parque. Hagamos todas esas cosas que hacíamos antes de que… —interrumpió sus propias palabras.

Fue ella la que acabó la frase con la voz quebrada.

—Antes de que me acusara de traicionarlo y se negara a escuchar mi versión de la historia.

—Sí —respondió él con calma.

—¿Y si me niego?

Benedict respiró hondo y jugó su última carta.

—Le arruinaría la vida a su hermana.

Irena volvió a acercarse hasta donde estaba él.

—¿Qué tiene que ver mi hermana con todo esto?

—Ha sido usted quien ha dicho que nuestro escándalo amenaza su reputación. Si podemos convencer a la masa de que lo nuestro fue… es… amor y que los rumores que circulan sobre usted no son ciertos, entonces la situación mejorará para su hermana. En cambio, si seguimos comportándonos como niños y los rumores siguen circulando, a ella la obligarán a casarse con el primer canalla que sus padres tengan a mano. Sabe que tengo razón.

Pasaron largos segundos de silencio, cada uno de ellos más doloroso que el anterior, hasta que por fin ella habló:

—Benedict, hay algo que todavía no entiendo.

Que usara su nombre lo hizo acercarse a ella.

—¿Qué?

—¿Qué obtiene usted de todo esto si gana?

Benedict cogió la mano de Irena y la apoyó sobre su corazón.

—El premio más grande de todos. Gano su amor.

CAPÍTULO 8

Thea se levantó a la mañana siguiente con mariposas en el estómago y un pie en la cara. Ava se había despertado en mitad de la noche, le había dado miedo la oscuridad y se había ido a dormir a su cama.

Thea besó el pie de su hija con suavidad y se deslizó fuera con cuidado. La lista mental de tareas por hacer que nunca podía olvidar se abrió camino en su cerebro. Comprar verduras. Lavar toallas. Llevar el resto de la ropa de Gavin a la habitación de invitados.

Pero antes, tenía que enfrentarse a Liv.

Thea pasó por el baño y caminó por el pasillo. La puerta de la habitación de invitados estaba abierta, pero no encontró a Liv dentro. Eso quería decir que, una vez más, se había quedado dormida en el sillón después del trabajo. Cuando le tocaba el turno de noche volvía muy acelerada y no podía dormirse de inmediato, por lo que miraba un rato de televisión hasta poder conciliar el sueño.

Bajó las escaleras. El amanecer iluminaba con un particular brillo anaranjado las fotos familiares que estaban cuidadosamente colgadas en la pared de la escalera. Como toda buena WAG, Thea no había dejado pasar un solo año sin que los cuatro se sacaran una foto nueva.

No se podía considerar la mujer de un jugador de béisbol profesional si no tenía la foto perfecta para las tarjetas navideñas.

Mantequilla gimió en la puerta. Le abrió para que saliera y escuchó a Liv bostezar y estirarse en el sillón a sus espaldas. Thea se giró.

—¿A qué hora volviste?

—Sobre las tres. —Liv estiró un brazo por encima de su cabeza e hizo un sonido de cansancio mientras se incorporaba—. Anoche fue una locura. A última hora llegó un grupo muy desagradable que pidió todo el menú. —El intento fue fallido y se desplomó sobre los cojines—. Odio las despedidas de soltero.

Mantequilla entró corriendo y siguió a Thea hasta la cocina. Se quedó esperando el desayuno moviendo la cola y saltando. Tras ponerle comida, Thea comenzó a preparar un poco de café.

—¿Me vas a contar cómo te fue ayer o te lo voy a tener que sacar con pinzas? —preguntó Liv.

Thea llenó una taza con café, leche y azúcar y se sentó en un taburete frente a su hermana. La forma más fácil de decirlo era simplemente decirlo.

—Gavin volverá mañana a casa.

Liv puso cara de muñeca poseída y exclamó:

—¡¿Qué?!

Thea alzó una mano para detener su lamento.

—Será solo un mes.

—¿Qué coño? ¿Y por qué?

—Es complicado.

Liv se sentó sobre el respaldo del sillón con una agilidad impresionante para una persona que parecía desmayada minutos atrás.

—¿Qué tiene de complicado? Estabas muy segura de tu decisión. ¿Qué leches ha cambiado?

—Me hizo una oferta que no pude rechazar.

«Y me pegó donde me duele», agregó en silencio. Al recordarle cómo solía ser —impulsiva, atrevida, preparada para cualquier desafío—, Thea había perdido la capacidad de todo razonamiento lógico y, cuando quiso darse cuenta, ya había dicho que sí.

Liv sacudió la cabeza.

—¿Qué fue lo que te ofreció para convencerte de que le permitieras volver?

Thea le resumió su conversación con Gavin.

—Básicamente, si no me reconquista para Navidad, no discutirá ningún aspecto del divorcio, me dará la cantidad que le pida de pensión y nos dejará la casa.

Al acabar la frase, observó una calma misteriosa en el rostro de Liv. Sus ojos pestañearon despacio y aflojó los labios.

Liv se giró y caminó con lentitud hacia la nevera. Thea miró a su hermana abrir la puerta, coger el zumo de naranja, servirse un vaso y volver a guardar la botella. Parecía tranquila, pero Thea la conocía bien. Liv era como una tormenta de verano inesperada: al silencio solo podía seguirlo una lluvia y un viento implacables.

Thea miró la hora en el microondas. La tormenta Liv llegaría en tres, dos, uno…

Liv golpeó el vaso contra la encimera.

—¡Es un hijo de puta manipulador!

Thea miró hacia las escaleras.

—¡Baja la voz!

—Sabe lo importante que es para ti tener una casa. Te ha pasado por la cara lo que más te importa en el mundo a sabiendas de que harías cualquier cosa por conseguirlo.

—Liv, no me subestimes —respondió masajeándose la frente.

—¿Cómo no voy a subestimarte si te comportas como…?

Thea apoyó la taza de café con tanta fuerza que provocó un tsunami en su interior.

—No-lo-di-gas. No soy como nuestra madre y mi situación es completamente diferente a la suya.

—¿Qué tiene de diferente? —preguntó Liv con una risa incrédula.

—Yo estoy haciendo esto por mis hijas, no por mí. —Thea le contó lo que había pasado en el restaurante: lo mal que se pusieron las niñas cuando se enteraron de que no iban a ver a sus abuelos, que dijeron que echaban de menos a Gavin, que odiaban el béisbol. Todo.

Bueno, no todo. Dejó de lado las cosas que le dijo Gavin y que hicieron saltar su corazón: «Las niñas y tú sois mi casa».

Liv permaneció inmutable.

—Sabes que las niñas son muy pequeñas como para entender nada de todo esto.

—Sí entienden nuestras tradiciones y las entristece que cambien. Al menos ahora no tendrán un día de Acción de Gracias y una Navidad de mierda.

—No, la tendrán el año que viene.

—Espero que para el año que viene ya se hayan acostumbrado a la situación y no les afecte tanto. —Liv quiso seguir discutiendo, pero Thea alzó una mano—. No estabas allí. No las oíste llorar ni viste sus caras.

—Pero estoy viendo la tuya.

Ignoró la observación, más que nada porque no quería saber a qué se refería.

—Tomé una decisión impulsiva. Creí que te gustaba que fuese impulsiva.

—Sí, cuando es por diversión. Esto es un desastre.

—Será un desastre si no me apoyas.

Liv le propinó otro sorbo al zumo.

—Y exactamente, ¿qué planea hacer para reconquistarte?

—No tengo ni idea.

—¿No se lo preguntaste?

—No me importa.

—¿Cómo que no te importa?

—Ya he aprendido la lección, Liv.

—¿Y si…?

—¡No lo sé! ¿De acuerdo? ¡No lo sé! Tengo miles de voces en la cabeza que me dicen qué hacer: la tuya, la de él, la de la abuela, la de las niñas… No tengo ni idea de cuál es la mía. Solo sé que cuando me desafió a que aceptara el trato, algo en mí se rompió en dos. Así que no me juzgues.

—No te estoy juzgando —dijo Liv con tono de disculpa—. Me preocupo por ti.

Thea quería ignorar esa observación, pero acabó por preguntar:

—¿Por qué?

—Porque desapareciste, Thea —dijo Liv—. Tengo la sensación de que apenas te he recuperado y no podré soportar volver a perderte.

Thea abrazó a su hermana con fuerza.

—No me vas a perder —prometió—. Solo es un mes.

—Eso es todo lo que le llevó la primera vez.

—Pero esa vez yo también tuve algo que ver.

—¿Y ahora no?

—Ahora tan solo he accedido a que volviera a casa —dijo Thea mientras se soltaba del abrazo—. No a pasar tiempo con él.

—Algo me dice que evitarlo va a ser más difícil de lo que crees.

—No si duerme en la habitación de invitados.

—¿Y dónde dormiré yo? —se quejó Liv.

—En el sótano.

—Genial. ¿Primero me roba a mi hermana y ahora me roba la cama?

Thea caminó con determinación hacia la pizarra y estudió el calendario. Solo faltaban cinco semanas para Navidad.

Cinco semanas, solamente.

Podía hacerlo.

Solo tenía que fingir.

Los chicos (Del, Mack, Yan y Malcolm) ya estaban comiendo cuando Gavin entró al restaurante del centro de Nashville en el que lo esperaban con la barba crecida y el ceño fruncido. Su lenguaje corporal gritaba «no es un buen día para pedirme un autógrafo». Ignoró las sonrisas de las personas que lo reconocieron. El local no estaba en la zona turística, pero aun así había bastante gente como para fastidiarlo.

Gavin se desplomó en una silla. Del miró su aspecto horroroso y lanzó:

—Joder, ¿te ha dicho que no?

—Peor. Ha dicho que sí.

—¿Por qué peor?

—Ha puesto «condiciones».

Mack pinchó un trozo de clara de huevo y habló con la boca llena.

—¿A qué te refieres?

Gavin les relató lo acontecido la noche anterior. Mientras hablaba, Del le hizo un gesto a la camarera para informarla de que el quinto comensal por fin había llegado. Gavin pidió un plato que se llamaba «Desayuno Talla Grande» porque ya no le importaba nada; la temporada había terminado y su mujer no creía en su amor.

Cuando la camarera se fue, Mack se estremeció.

—Amigo, esa mierda va a hacer que engordes y acabará por matarte.

Gavin se levantó la camiseta y bajó la mirada. Todo estaba plano y firme, como exigían su entrenadores y preparadores físicos.

—Me arriesgaré.

Mack también levantó su camiseta y dejó ver una tabla de chocolate tan perfecta que humilló a Gavin.

—Vida sana —dijo Mack con una sonrisa presumida y regresó a su tortilla de claras—. Deberías intentarlo.

—Vete a la mierda, *Terminator*. El sábado por la noche te comiste una pizza tú solo.

Malcolm miró a Del.

—¿Siempre están así?

Del suspiró.

—Siempre.

Yan se dirigió a Gavin.

—¿Cuáles son las condiciones?

Gavin respiró hondo y comenzó a enumerarlas. Cuando terminó, hasta Mack parecía preocupado.

—Joder, tío. ¿En serio no te dejará decirle que la quieres? Está difícil la cosa.

—¿Cómo se supone que voy a reconquistarla si tengo que dormir en otra habitación y no puedo decirle lo que siento?

—Sí, y sin… —Mack hizo un gesto universal que no precisó de mayor explicación: metió y sacó su dedo índice de un agujero formado con su otra mano.

—Lo estás enfocando de forma incorrecta —añadió Malcolm—. Esto es una oportunidad.

—¿Cómo?

—Te ha retado a que descubras dónde está el truco, a que aprendas a hablar en su idioma. Si no quiere que le digas que la quieres, tendrás que aprender a expresarlo de otro modo, del modo que te deje.

—Ni siquiera sé por dónde empezar.

—Nosotros sí —dijo Del y luego todos hablaron al unísono—: trasfondo.

—¿Qué coño es el trasfondo?

—Todo, amigo —dijo Mack—. El trasfondo lo es todo.

—Se refiere a que lo sucedido en la vida de tu mujer antes de conocerte resulta importante para la persona que es hoy en día —dijo Malcolm—. Todos somos la suma de las experiencias que hemos tenido hasta este momento, y son esas experiencias las que moldean la forma en que reaccionamos frente a las cosas. Como en las novelas románticas. Las cosas que vivieron los personajes antes del comienzo de la historia determinan cómo reaccionan a las que les suceden en el libro.

—Pero estamos hablando de mi vida, de la vida real. No de un libro.

—Ya, pero se aplican los mismos principios —añadió Malcolm—. Por eso la ficción tiene un efecto tan poderoso en la gente. Habla de verdades universales.

La comida de Gavin llegó y este devoró una tira de panceta con solo dos mordiscos. Al otro lado de la mesa, Mack infló las mejillas e hizo un gesto para hacerle saber que iba a crecerle la barriga. Gavin cogió una segunda tira y se la comió mirándolo fijamente a los ojos.

—Cuéntanos sobre la infancia de Thea —le incitó Malcolm.

La panceta se convirtió en una roca en su estómago.

—No le gusta hablar de eso. Siempre ha cambiado de tema cuando he intentado que me cuente algo.

—Entonces, ¿tuvo una infancia difícil? —insistió Yan.

—Su padre es un imbécil y su madre es la típica narcisista. Se divorciaron cuando Thea tenía diez años. Ella y su hermana vivieron con su abuela durante algunos años porque ninguno de sus padres quería hacerse cargo de ellas.

—Pero… ¿no las querían? ¿Qué quieres decir con eso? —preguntó Del.

—Después del divorcio, su padre volvió a casarse bastante rápido y su nueva mujer no quería que las niñas vivieran con ellos. Su madre era demasiado egoísta como para asumir esa responsabilidad. —Gavin propinó otro bocado apurado—. Anoche me enteré de que en un par de semanas su padre volverá a casarse, creo que es la cuarta vez.

Los chicos cruzaron miradas de asombro.

—¿Y tú esto no lo sabías?

—No

—¿Cuándo se enteró Thea?

—No estoy seguro. Hace unos meses se enteró de que se estaba divorciando, pero creo que la invitación llegó hace un par de semanas, cuando yo ya me había ido.

Del se inclinó hacia delante.

—¿Y qué opina al respecto? ¿Cómo se siente?

—No irá a la boda, si a eso es a lo que te refieres.

—¿Te ha dicho por qué?

Gavin intentó recordar esa parte de la conversación.

—Dijo que no tenía sentido porque al final va a acabar engañándola y dejándola también.

Los chicos le miraron fijamente.

Él pestañeó.

—¿Qué pasa?

Mack resopló.

—Eres estúpido.

—¿Creéis que la boda de su padre tiene algo que ver con que Thea me haya permitido volver?

Del le dio una colleja en la nuca.

—No, idiota. Tiene que ver con que te echara.

Gavin abrió la boca para protestar, pero acto seguido la cerró. No podía discutirlo sin revelar la verdadera y humillante razón por la que Thea lo había echado.

—¿Y eso de que no quiera que le digas que la quieres? —continuó Yan—. Está claro que no cree en las palabras, Gavin. ¿Cuándo le demostraron por última vez que se puede confiar en el amor, que puede durar?

—Las palabras no importan, Gavin —dijo Mack, extrañamente serio—. Lo que importa son las acciones. Y si lo que pasó en su infancia la hace sentir insegura, no importa cuántas veces le repitas lo que sientes. La hiciste dudar de tu amor cuando te fuiste.

—Igual que su padre —dijo Del.

—Pero ella me echó —gruñó Gavin.

—Quizás era una prueba —dijo Yan.

Gavin giró la cabeza para mirar a su compañero de equipo.

—Una prueba —repitió.

—Quizás quería ver qué hacías si te pedía que te fueras. ¿Pelearías por ella o te marcharías? Y te fuiste, así que…

El desayuno comenzó a pudrirse en el estómago de Gavin.

—Ahí está —señaló Mack—. Por fin ha visto la luz.

Gavin se sentía demasiado mareado como para responder a la provocación. «Solo con amor no alcanza». ¿Irena tenía razón?

—Mira —le dijo Malcolm con calma—, nunca te dijimos que sería fácil. De hecho, tienes que estar preparado para que Thea te lo haga tan difícil como le sea posible. Al principio va a resistirse a cada uno de tus movimientos.

—Ya lo está haciendo.

—Por eso tienes que ponerte a leer —dijo Del.

—Leí algo anoche —respondió Gavin con un suspiro.

—¿Y? —insistió Del—. ¿Algo que destacar?

Gavin miró a su alrededor y se encogió de hombros.

—No lo sé. Puede ser.

—Léenoslo.

—¿Ahora?

—A menos que quieras esperar a que nos den las campanadas para salvar tu matrimonio —dijo Yan.

Gavin volvió a mirar a su alrededor. Había algunas personas que los miraban, pero la mayoría estaba concentrada en su comida y en sus conversaciones. Gavin sacó el libro de su bolsillo. Al abrirlo, extendió la palma sobre la cubierta para que nadie pudiera ver qué libro era.

Buscó la página en la que estaba y leyó el párrafo que había subrayado:

—«Sobre todo temía levantarse un día y darse cuenta de que toda su vida le había pasado de largo. Que, en algún punto, se había vuelto menos ella. Menos de lo q-q-que imaginaba. Menos de lo q-q-que deseaba. Menos de lo q-q-que anhelaba. Un simple accesorio para un hombre. Nada más que su propia madre, un rostro inexpresivo en una mesa reluciente».

Gavin bajó el libro y esperó el comentario mordaz de Mack. Sin embargo, se hizo un silencio. Entonces alzó la vista y los vio a todos mirándolo fijamente.

—¿Qué?

—Dínoslo tú, colega. ¿Qué te ha llamado la atención de este pasaje?

Gavin se sintió acalorado de golpe. No tendría que haberlo leído en voz alta. Tendría que haber elegido cualquier otro párrafo superficial y sin sentido solo para darles el gusto. Porque sabía exactamente por qué le había llamado la atención ese pasaje. Porque, en algún momento de los tres años que había durado su matrimonio, Thea se había vuelto «menos ella». Ya no era esa mujer despreocupada e impulsiva de la que se había enamorado; la mujer que se levantaba en medio de la noche para pintar, la mujer que una vez lo había besado con tanta pasión en el coche que terminaron en el asiento trasero en un callejón oscuro; la mujer que se había esposado a una excavadora para protestar porque querían deshacerse de un árbol centenario; la mujer que había inventado peleas con él solo para tener después sexo de reconciliación.

Y la peor parte era que había estado tan ocupado con su carrera que no había notado los cambios hasta que había sido demasiado tarde. Hasta aquella noche, la noche en la que hacía tanto que habían dejado atrás esas peleítas que la bola que se había formado era imposible de gestionar.

—¿Necesitáis algo más? —La camarera apareció de la nada. Gavin se sobresaltó y dejó caer el libro sobre los huevos revueltos con la cubierta hacia arriba—. Ah, ¡me encanta esa autora! —exclamó la chica.

Gavin rescató el libro, lo limpió con una servilleta y tartamudeó:

—Es un regalo para mi m-m-mujer.

La camarera alzó una ceja y dejó la cuenta entre los platos vacíos.

—Como quieras, cariño. Tu secreto está a salvo conmigo.

La mujer se alejó y Gavin apoyó los codos sobre la mesa. Se pasó la mano por el pelo y se quedó mirando la cubierta del libro. El Conde Presumido estaba demasiado ocupado babeando por el escote de Irena como para darle algún consejo.

Aunque, quizás, ya se lo había dado.

«¿Y si me niego?».

Benedict respiró hondo y jugó su última carta.

Gavin se puso de pie de un salto. El Conde Baboso no era el único que tenía un as bajo la manga. Dejó treinta dólares sobre la mesa y se puso el abrigo.

—Eh tío, ¿adónde vas? —le preguntó Mack.

—A subir la apuesta.

—¿Perdón? —dijo Del.

—Yo también tengo condiciones.

—¡Eh! —gritó Mack—. ¿Puedo comerme tu panceta?

CAPÍTULO 9

La calle a la salida de la escuela de las niñas estaba completamente atascada por el tráfico previo a las vacaciones. Aunque Thea lo sabía y había salido con veinte minutos de antelación, tuvo que correr de igual modo para llegar a recoger a las niñas a tiempo. Los alumnos de preescolar tenían que ser recogidos por un familiar dentro de las premisas del colegio, y no en el aparcamiento, como el resto de los niños. En días como aquel, parecía que ningún crío volvía a casa en autobús.

Cuando vio a las niñas sentadas una al lado de la otra en el banco junto al despacho del director, Thea sonrió con todo su corazón. Estaban charlando y sus boquitas se movían a toda velocidad. Con el murmullo típico de la salida de la escuela rebotando en los pasillos, Thea no fue capaz de escuchar lo que decían, pero su vínculo era tan fuerte que sintió que ya eran mejores amigas. Aunque el resto del mundo las decepcionara, siempre iban a tenerse la una a la otra.

La secretaria le abrió la puerta y Thea le agradeció el gesto con un saludo. Cuando la vieron, las niñas dieron un salto y le entregaron las manualidades que habían hecho.

—Hemos hecho pavos —dijo Amelia.

—¡Qué bonitos! —Una de las tiras de la mochila de Ava se había caído de su hombro y Thea se la ajustó—. ¿Estáis listas para marcharnos?

Las niñas corrieron sin responder. Thea les pidió que caminaran, pero no podía culparlas por su entusiasmo; los pequeños salían eufóricos el último día antes de las vacaciones. Era difícil quedarse quieto con tanta emoción y ansiedad por las fiestas, por no ir a la escuela, por la celebración de la tradición familiar.

Claro que en su día, tanto a Thea como a Liv no les había llevado demasiado tiempo darse cuenta de que sus fiestas eran muy diferentes a las de sus compañeros. Una vez, en Acción de Gracias solo tuvieron comida de microondas porque su madre había tomado la decisión pasivoagresiva de no cocinar la cena para castigar a su padre por alguna cosa ajena a ellas. Ellos nunca peleaban; preferían la tensión del silencio.

Thea alcanzó a las niñas en la acera y las cogió de la mano. Tenían los dedos fríos y Thea se reprochó a sí misma no haberles puesto guantes esa mañana. Era un invierno más duro de lo que estaban acostumbrados en esa zona de Tennessee.

—¿Adivinad qué? —dijo mientras abría la puerta de su subaru.

—¿Qué? —preguntó Ava mientras esperaba para que su madre la ajustara a su asiento.

Thea se inclinó sobre la niña para ayudarla con el arnés y luego rodeó el coche e hizo lo mismo con Amelia. Después miró a ambas con la sonrisa más grande que tenía.

—Hay una sorpresa esperando en casa —dijo.

—¿Qué? —preguntó Amelia agitada.

—¿Un gatito? —preguntó Ava.

—Nop, no es un gatito. —Thea cerró la puerta de Amelia y se

dirigió hacia el asiento del conductor. Nada más entrar, las niñas siguieron con el juego de adivinanzas.

—¿Un erizo? —preguntó Amelia.

—Nop. —Thea arrancó el coche y salió del aparcamiento directa al tráfico, que seguía atascado.

—¿Una jirafa? —preguntó Ava e hizo reír a Amelia.

—Nop, no es una jirafa.

—¿Un león?

Thea giró hacia la izquierda.

—No es ningún animal.

«Pero podía ser mucho más peligroso», pensó. La tensión había sido la compañera de Thea desde la noche del lunes y ahora —el día del gran regreso de Gavin— era una bomba de relojería a punto de estallar. No tenía ni idea de qué podía esperar cuando llegaran a la casa. Ni siquiera sabía qué iba a decir. Solo sabía lo que tenía que hacer: mantenerse tan lejos de él como pudiera.

Las niñas continuaron con la conversación que habían interrumpido mientras Thea seguía conduciendo. Las hojas marrones se desprendían de los árboles y bailaban en el aire cuando Thea llegó a su calle. A varias casas de distancia, sus ojos encontraron la camioneta oscura estacionada en la entrada.

Sus pulmones se estrujaron cuando subió por la rampa. Apenas apagó el motor del coche, la puerta principal se abrió. Gavin caminó hacia la entrada y agitó la mano como si nunca se hubiera ido.

Amelia lo vio a través de la ventanilla y gritó:

—¡Papi!

—¡Sí! Papi está en casa —dijo Thea tragando saliva con dificultad.

—¿Esa era la sorpresa? —preguntó Ava y, por su tono, Thea no pudo descifrar si estaba entusiasmada o decepcionada.

—¡Esa era la sorpresa! —Thea forzó la alegría en su voz—. Papi ha vuelto a casa para Acción de Gracias.

El grito de Amelia tapó la respuesta de Ava. Ambas estaban obnubiladas cuando Gavin bajó la escalera de la entrada y fue hacia ellas.

Thea se percató de dos cosas. La primera: parecía que Gavin no se afeitaba desde el lunes. La segunda: le gustaba el resultado. Y probablemente él lo sabía, porque solía decirle lo *sexy* que estaba cuando se dejaba la barba.

También llevaba la clase de ropa que él sabía que le gustaba: vaqueros sueltos bajos de cadera y una camisa leñadora abierta sobre una camiseta básica. Estaba atacando con artillería pesada. Menos mal que su corazón era de piedra.

—¡Hola, papi! —gritó Amelia.

Gavin sonrió mientras saludaba a las niñas. El nerviosismo se transformó al convencerse de ello: sus hijas estaban felices. Eso era lo que importaba. Por ellas, iba a soportarlo. Iría día a día.

Thea siguió a Gavin con la mirada mientras él rodeaba el capó. Se detuvo junto a su puerta con una expresión extraña en las cejas.

Tenía sentido: se había quedado allí dentro, paralizada.

Thea quitó las llaves del coche y cogió su bolso del asiento del copiloto. Gavin retrocedió unos pasos para dejarla abrir la puerta. Al verla bajar, tragó saliva y metió las manos en los bolsillos.

—Hola —dijo con voz grave y *sexy*.

—¿Te estás dejando crecer la barba? —lanzó ella sin miramientos.

Él sonrió y se acarició la barbilla.

—Depende.

—¿De qué?

—De si te gusta.

Thea se encogió de hombros y abrió la puerta trasera del lado de Ava.

—Es tu cara —gruñó.

—Cierto. Aunque, sin duda, yo tendría algo que decir si tú decidieras dejarte crecer la barba.

Las niñas se rieron. Thea se inclinó para desabrochar el arnés de Ava. Gavin fue hacia el lado de Amelia e hizo lo mismo. Thea esquivó su mirada mientras ayudaba a Ava a bajar del coche.

—Ve con papi —le dijo.

Gavin bajó a Amelia, la alzó en el aire y esperó a que Ava rodeara el coche.

—Hola, ardillita —le dijo con su otro brazo abierto para abrazarla.

Thea contuvo la respiración mientras Ava dudaba. Sin embargo, exhaló con alivio cuando la niña fue hacia Gavin con alegría. Él se puso de pie con las dos niñas en brazos y su mirada se encontró con la de Thea sobre el techo el vehículo.

—¿Necesitas que entre algo? —le preguntó.

—El pavo —respondió ella.

Gavin volvió a hacer ese gesto con las cejas.

—¿Tienes pensado llevar un pavo a casa de Del?

—¿A casa de Del? ¿A qué te refieres?

—Pensaba que... ya que cancelamos el plan con mis padres...

Él se encogió de hombros.

—¿Te ha parecido buena idea hacer planes sin consultármelos? —terminó ella la frase por él.

—Es lo que hicimos el año pasado así que... Sí, creí que haríamos lo mismo.

—Sí, mami. Queremos ir con Del —añadió Amelia.

—Quiero ir casa de Del a jugar con Jo-Jo —dijo Ava.

El resentimiento trepó por la espalda de Thea.

—¿Te parece bien? —preguntó Gavin.

—No, no me parece nada bien. He comprado un pavo para que lo comiéramos en casa.

—Quizás deberías habérmelo consultado, ¿no? —replicó Gavin.

—¿Consultártelo? —La voz le salió sorpresivamente aguda.

Gavin la dejó sola en la entrada y llevó a las niñas dentro.

Thea se dio la vuelta y fue hacia el maletero. ¿De verdad pensaba que pasar Acción de Gracias con otra gente era una buena idea ese año en concreto? Y no con cualquier gente: con el resto de los Legends y sus mujeres. ¡Claro! Eso era exactamente lo que necesitaba.

Thea sacó dos bolsas de la compra y las llevó dentro. Las apoyó sobre la isla de la cocina y se estremeció cuando sintió el ruido de los recipientes de vidrio golpeando contra el granito de la encimera. Sus ojos se posaron sobre un ramo de margaritas frescas que no estaba ahí cuando se había ido a recoger a las niñas. Contuvo un gruñido.

Comenzó a desplegar todos los ingredientes necesarios para la comida de Acción de Gracias que no iba a preparar cuando escuchó la puerta abriéndose. Unos segundos después, Gavin apoyó las otras dos bolsas que faltaban por recoger del maletero sobre la isla.

—Hola —dijo él.

Sus manos, que sujetaban un paquete de arándanos frescos, se paralizaron dentro de la bolsa.

—Hola —respondió mientras seguía vaciando el contenido lo más lejos posible del calor que irradiaba Gavin.

—He puesto una lona.

Ella lo miró y él señaló hacia la pared a medio tirar, que ahora estaba cubierta con una lona de nailon azul.

—Ah…

—En algún momento tenemos que decidir qué haremos.

—Yo me voy a encargar de derrumbarla por completo.

Gavin se aclaró la garganta.

—Me refería a mañana.

—¿Qué pasa con mañana?

—Estoy confundido. Fuiste tú la que dijiste que quería que las niñas pasaran unas buenas fiestas. Les gusta ir a casa de Del y es lo que hicimos el año pasado. No pensé que sería para tanto.

—Es para tanto.

—¿Por qué?

—Con todo lo que está pasando entre nosotros, ¿en serio crees que quiero pasar Acción de Gracias con gente que va a diseccionar cada uno de mis movimientos?

—Son nuestros amigos, Thea.

—Son tus amigos, Gavin.

—¿Qué quieres decir?

—No soporto a casi ninguna de las mujeres, excepto a Nessa. Para ser más precisa, ellas no me soportan a mí.

Gavin sacudió la cabeza como si lo que acababa de escuchar no tuviera sentido.

—¿De qué estás hablando? ¿Desde cuándo?

—Desde siempre. —Thea se llenó los brazos de latas y caminó hacia la despensa.

—¿Hay algo que no me estás contando? —le preguntó Gavin a sus espaldas, parado en el umbral de la puerta con los brazos extendidos para bloquear el paso.

—No importa —susurró ella con un bufido—. Mañana iremos a casa de Del y esa será la última vez que tenga que pasar tiempo con esas mujeres.

Pasó al lado de él, esquivándolo como un huracán, y buscó a las niñas en la sala de estar. Estaban sentadas en el suelo mirando dibujos animados. Thea se inclinó para besarlas. Lo hacía por ellas; tenía que recordarlo.

Y, de hecho, lo hizo durante buena parte de la noche: mientras comieron pizza, bañaron a las niñas y las metieron en la cama. Cuando las dos estuvieron dormidas, Thea se fue hacia su dormitorio sin decirle ni una palabra a Gavin y cerró la puerta. Si podía mantener esa rutina durante el resto de las noches, quizás sobreviviría.

Acababa de quitarse el sujetador y la ropa interior cuando la puerta se abrió.

Thea chilló cuando vio entrar a Gavin.

—¿Qué estás haciendo?

Él cerró la puerta a sus espaldas y se apoyó en ella. Tragó saliva a pesar del nudo que se le había formado en la garganta cuando vio la piel desnuda de su mujer.

—Tú pusiste tus condiciones, Thea. Ahora es mi turno.

«Tienes que estar de broma» le dijeron los ojos de ella, que sacudió la cabeza con una exhalación furiosa.

—No. No tienes derecho a poner ninguna condición.

—Primero —dijo él alejándose de la puerta—, vamos a ir a la fiesta de Navidad del equipo.

Todos los años, al final de la temporada, el club organizaba una fiesta de gala para los jugadores y el resto del personal con sus familias.

—No. —Thea sacudió la cabeza—. Me niego en redondo.

Él se acercó más.

—Segundo, todas las semanas tendremos una cita. Los dos solos.

Thea se rio a carcajadas.

—No.

Gavin dio un paso más.

—Una cita de verdad, Thea. No me refiero a hacer la compra juntos o a cualquier otra actividad mundana que se te ocurra para evitar estar a solas conmigo.

—Lo siento, no. ¿Qué más?

Él dinamitó la distancia que quedaba entre ellos.

—Todas las noches nos daremos un beso. Y empezaremos hoy.

—No puedes estar hablando en serio —espetó Thea apretando la mandíbula con rabia—. No. De ninguna manera.

Gavin dio entonces un paso hacia atrás. Era hora de jugar su última carta.

—De acuerdo, bien —dijo alzando las manos y encogiéndose de hombros—. Entonces terminemos con esto. Vamos a buscar a las niñas, les decimos que vamos a divorciarnos y dejamos que los abogados decidan quién pasa Navidad con ellas y quién se queda con la casa.

Thea comenzó a parpadear a toda velocidad y ese fue el signo de la primera grieta en su armadura. No iba a hacerles eso a las niñas y él lo sabía. Sin embargo, a Gavin no le supuso placer alguno ver el dolor en sus ojos. Solo entonces supo que los chicos tenían razón: había cosas de su mujer que aún tenía que aprender.

Ella apretó de nuevo la mandíbula.

—No puedo creer que uses a las niñas en mi contra —musitó entre dientes, temblando de rabia.

Gavin se estremeció por dentro, pero avanzó de nuevo hacia ella.

—Me dejas sin opciones, Thea. Las condiciones que pusiste hacen que sea imposible que yo pueda ganar.

—¿Ganar? ¿Acaso esto es un juego?

Él bajó la mirada y la dirigió hacia sus labios.

—¿Un juego? No. ¿Una competición? Sí.

Thea se aferró con fuerza al borde de la cómoda que estaba detrás de ella mientras Gavin se acercaba cada vez más. Sus ojos lanzaron una mirada a los labios de él y ya no pudieron moverse de ahí. La sangre se agolpó en los oídos de Gavin y comenzó a fallarle la razón. En lugar de alejarse, como debería haber hecho, se acercó todavía más. Bajó la cabeza. Presionó la punta de su nariz con la de ella.

—¿Qué estás haciendo? —susurró Thea.

Podría haber estado más que enfadada, pero el jadeo ansioso en su voz develaba que no era así. Estaba tan excitada como él.

—Estoy cerrando el trato —exhaló Gavin.

Acto seguido la cogió por la nuca y la besó. La besó como lo había hecho el fin de semana anterior: con dedicación y la boca abierta. Y, al igual que el fin de semana anterior, ella ofreció un segundo de resistencia a su pasión y luego se desarmó con un suspiro que disparó una enorme dosis de lujuria directo a su ingle. Gavin cambió el ángulo de su boca y fue más a fondo para comunicarle con el movimiento de sus labios todo lo que él no podía decir y ella no quería escuchar.

Thea se aferró con fuerza al borde de la camiseta de Gavin. Cuando ella se despegó para coger aire, Gavin aprovechó la oportunidad. Bajó los labios hacia la piel sensible y tibia de su garganta.

—Voy a arreglarlo todo —susurró él, acalorado y apasionado—. Te juro por Dios que haré que vuelvas a confiar en mí, Thea. Voy a hacer que todo vuelva a ser perfecto.

Y entonces Thea se enfrió. Lo alejó y le giró la cara.

—¿Qué pasa? —preguntó Gavin entre jadeos, sosteniéndola por las caderas para que no pudiera escaparse.

—No existe la perfección —dijo ella con rotundidad.

Gavin invocó la sabiduría del Conde Seducción para saber qué decir, pero no tuvo éxito en su intento. El retraso en su respuesta le otorgó a Thea el tiempo necesario para coger de las muñecas a Gavin y alejarlo de sus caderas.

—Necesito que te vayas.

—Thea…

—Vete, Gavin.

Gavin retrocedió y deseó haber elegido una camiseta más larga para poder ocultar el bulto que asomaba entre las piernas. Thea se apartó y se dio la vuelta para agarrarse, con las manos firmes, a la cómoda. Era como si la necesitara para mantenerse en pie.

Probablemente pagaría el precio de lo que iba a hacer después, pero Gavin no puedo evitar volver a acercarse a ella. Bajó su boca a la oreja de Thea y notó cómo los hombros de ella se tensionaron.

—Sé lo que estás haciendo —le susurró a su mujer—. Y sé por qué. Pero no voy a permitir que me alejes. No sin pelear.

Gavin contuvo la respiración.

—¿Por qué haces esto? —dijo ella—. ¿Qué ganas con esto?

Él le regaló una amplia sonrisa. «Gracias, Conde Benedict», pensó.

—El premio más grande de todos —murmuró Gavin mientras deslizaba un dedo por el cuello de su mujer—. Gano tu amor.

A la mañana siguiente, Thea se despertó debido a un sonido extraño.

Se parecía a la lluvia, pero a través de su ventana el cielo se veía celeste y despejado.

Entendió de dónde provenía el sonido cuando sintió un cálido roce de humedad en su piel. Thea se incorporó de golpe y comenzó a liberarse de las sábanas a patadas. La puerta del baño estaba entreabierta y de ella escapaba una nube de vapor.

«No. Mierda, no», pensó. ¿Gavin estaba usando su ducha? ¿No había sido ya bastante cruel que la chantajeara para besarla todas las noches? ¿También tenía que usar su ducha? No estaba dispuesta a dejar que eso pasase.

De pronto el agua dejó de caer y Thea salió de la cama. Sus piernas tropezaron como las de un potrillo recién nacido que aprendía a caminar. Se apoyó en la mesita de noche. No tenía pensado estar allí cuando él saliera del baño; no iba a darle esa satisfacción. Escuchó cómo Gavin abría la puerta de la ducha. Era hora de irse. Sin embargo, cuando dio un paso al frente para salir disparada, el dedo meñique de su pie se estrelló contra la misma mesita de noche que la había salvado de una caída hacía tan solo unos segundos.

—La put… —reprimió el insulto y comenzó a saltar sobre un pie, con tan mala pata que todavía sentía las piernas aletargadas cual potrillo y se cayó de espaldas sobre la cama.

¡Mierda! Tenía que irse antes…

La puerta del baño se abrió de par en par y su marido salió con solo una toalla apenas sujeta a sus caderas y otra colgada del cuello.

Por el amor hermoso. En su torso brillaban las gotas de agua que no había barrido con la toalla. Gavin nunca se secaba por completo después de ducharse y, en este momento, Thea lo odió por eso. Una gota se deslizó y formó un río diminuto entre sus enormes y bien torneados pectorales que murió entre la mata de pelo oscuro que invadía sus sólidos abdominales.

Tenía el pelo mojado. Tenía el pecho mojado. Y de pronto ella también estaba mojada.

¡Joder! Dios, por qué, ¿POR QUÉ tenía que estar casada con un hombre cuyo trabajo consistía, literalmente, en estar en perfecta forma física?

—Eh, hola.

Él sonrió y dejó entrever sus dientes blancos y brillantes a propósito. O no. Al menos eso le parecía a Thea, porque de golpe Gavin semejaba el maldito protagonista de un anuncio de televisión.

—Feliz día de Acción de Gracias.

Thea bajó la mirada hacia sus pies, donde todavía le palpitaba el meñique, algo que no hizo más que alimentar su ira.

—¡Estás haciendo trampa!

—Em, ¿qué?

—Estás usando mi ducha. Eso es hacer trampa.

—¿De qué estás hablando? —Rio él.

¿Desde cuándo creía él que podía reírse, como quien no quiere la cosa?

—Estás usando mi ducha. Eso no era parte del trato.

—Nunca aclaramos qué ducha iba a usar, Thea. Pero puedo usar la de las niñas si esa es otra de tus condiciones.

—Oh, deja de hacerte el tonto. Lo has hecho a propósito.

—Sí, me he duchado a propósito. No suelo hacerlo por accidente.

—¡Ya sabes a qué me refiero! Has hecho todo eso… —señaló con un gesto su pecho, sus abdominales y, por Dios, la toalla, que comenzaba a deslizarse hacia abajo— a propósito.

Él alzó las cejas y bajó la mirada hacia su propio cuerpo.

—Me temo que no sé de qué estás hablando.

—¡Te estás paseando semidesnudo para tentarme!

—Te juro que no era mi intención, pero, si ese ha sido el resultado, me parece bien.

Gavin levantó las cejas de manera juguetona y se alejó de ella, de vuelta al lavabo. Dibujó un círculo en el espejo empañado con sus fuertes y gruesos antebrazos. Thea lo vio hacerse con la maquinilla de afeitar eléctrica y recortarse la barba, torciendo la cabeza para poder llegar al pelo que le crecía bajo el mentón.

Eso era... sencillamente jugar sucio. Gavin no se estaba esforzando ni un poco por atenerse a las reglas.

Él había llamado a su pacto una competición.

No. Aquello no era una competición.

Era una guerra.

Y ella también sabía jugar sucio. Sin pensarlo, porque la impulsividad parecía ser su peor enemigo, Thea agarró el dobladillo de la camiseta y la deslizó por su cabeza.

Gavin se quedó petrificado ante la imagen, con la maquinilla paralizada sobre la piel de su cuello. Se le escapó la mirada de su reflejo en el espejo hacia el de Thea. La nuez de su garganta rebotó mientras tragaba saliva y miraba su semidesnudez, fruto de su enfado. Ella lo miró a los ojos a través del espejo y, sonriendo, se bajó el pantalón del pijama y la ropa interior.

La mirada de Gavin se ensombreció y volvió a tragar despacio. Sus ojos recorrieron con detenimiento el cuerpo desnudo de su mujer y luego subieron por otro sendero diferente, deteniéndose en partes que reaccionaron ante semejante escrutinio con calor.

Thea puso una mano en su cadera.

—¿Y? ¿Qué te parece?

—Ayúdame a entenderlo —dijo él con la mirada fija en sus pechos—. ¿Qué parte de verte desnuda debería resultarme un castigo?

Acto seguido le guiñó un ojo, lo que hizo que sus pezones se endurecieran. ¿Qué demonios...? Thea bajó la mirada hacia sus areolas rosadas y redondas, firmes y erectas. Dios. Cuando él estaba cerca, sus tetas se comportaban como el perro de Pávlov.

Y él lo sabía.

—Si crees que me molesta este jueguito, estás equivocada —dijo entrecerrando los labios—. Porque, sin duda, he ganado esta batalla.

Thea abrió la puerta de la ducha, se coló dentro y se sobresaltó cuando el agua caliente rozó su piel.

—¿Por qué te bañas con el agua tan caliente? —gruñó mientras regulaba la temperatura del grifo.

Él volvió a centrarse en su barba.

—Jamás me hubiese imaginado que nuestra primera discusión sería por mis hábitos de higiene.

Thea cogió la botella de gel. Iba a hacérselo pagar. Se iba a enjabonar de pies a cabeza y lo obligaría a mirar.

—No es nuestra primera discusión —dijo ella con desinterés mientras ponía una buena cantidad de gel perfumado en su mano—. Ya discutimos anoche.

—Eso no fue una discusión.

—¿Y qué fue, entonces?

—Una negociación.

—¿Y esto de ahora qué es?

Thea frotó el gel contra su estómago con círculos lentos. Él le respondió con un sonido ahogado. Thea alzó la vista y volvió a encontrarse con la mirada de él en el espejo. Torció la cabeza en un gesto inocente mientras subía las manos cubiertas de espuma hacia su pecho.

—¿Qué decías? —Los ojos de Gavin ya no mantenían la mirada fija en los de ella; ahora se centraban en sus manos mientras ella frotaba la espuma con suavidad sobre sus pezones—. Me he perdido esto último que has dicho… —musitó a la par que se pellizcaba los pezones.

Gavin tensó la mandíbula y tragó con dificultad. Volvió a bajar la maquinilla de afeitar y se dio la vuelta. El vidrio empañado la dejó ver los ojos de él, que volvieron a recorrer su cuerpo. Thea movió las manos por el sendero que marcaba la mirada de Gavin: desde sus pechos había el ombligo, y más abajo.

La puerta de la ducha se abrió de golpe y Gavin entró con la toalla puesta y todo. La acorraló contra la pared de azulejos y apoyó las manos en sus costados. Su pecho se inflaba y desinflaba como si acabara de terminar de entrenar.

—¿Hasta dónde estás dispuesta a llegar, Thea? —preguntó él.

—¿Llegar adónde? Me temo que no sé de qué me estás hablando.

Gavin volvió a apretar la mandíbula.

—Tan solo d-d-dilo y reemplazo tus manos por las mías.

Thea no se molestó en ocultar su satisfacción mientras liberaba sus manos para limpiar la espuma.

—Lo siento, pero me temo que no va a ser posible.

Dirigió su mirada a Gavin por encima del hombro. Había un músculo tembloroso en la apretada mandíbula de su marido, y eso la hizo sonreír.

—Pero no te preocupes. Soy una chica mayor. Sé cuidarme sola.

Gavin contrajo las cejas y el deseo en sus ojos se convirtió en otra cosa. Algo muy parecido al dolor que Thea había visto en sus pupilas la noche en que había admitido que había fingido los orgasmos.

Él se giró y se fue sin molestarse en cerrar la puerta de la ducha.

Thea volvió a desmoronarse contra la pared mojada y resbaladiza. No sentía que hubiera ganado nada.

Se quedó debajo del chorro de agua hasta que tuvo frío. Luego se vistió rápido y abrió la puerta del dormitorio para poder escuchar a las niñas. Sus risas mezcladas con la voz de Liv le dieron la seguridad de que al menos había una tradición de Acción de Gracias que seguía viva: Liv les estaba dando a escondidas un trozo de pastel de calabaza. No escuchó ningún indicio de que Gavin estuviera con ella, y la puerta del dormitorio de invitados estaba cerrada.

Thea volvió a la habitación, entró en el vestidor y se quedó mirando su ropa. El año pasado, cuando habían ido a casa de Del, Thea se había vestido de gala... Porque eso era lo que hacían las WAG: se ponían sus mejores ropas para ostentar frente a las otras.

No tenía energía para nada de eso este año.

Finalmente, se decidió por unos *leggings* y un jersey largo. Se recogió el pelo en un moño despeinado; no pensaba perder más que un par de minutos con el maquillaje. Por primera vez en mucho tiempo, no le importaba lo que pensaran de ella. De cualquier forma, solo le quedaban un par de semanas más como WAG.

Cuando salió del vestidor, se encontró a Gavin sentado en la cama. Llevaba un par de vaqueros y una camiseta negra que le marcaba los bíceps.

—¿Qué haces aquí? —pregunto Thea.

Gavin alzó la vista.

—¿Qué quisiste decir en la ducha?

Thea se dirigió de nuevo hacia el vestidor. Sus pies descalzos no hicieron ruido al avanzar sobre la alfombra.

—Nada. Solo quería seguirte el juego.

—Está bien. Quizás es porque me gusta torturarme y, créeme, esta pregunta me tortura todas las noches desde que pasó lo que pasó. ¿Es verdad?

A Thea le costó seguir el hilo de la frase.

—¿A qué te refieres?

—¿Tuviste que hacerte cargo de tu propio placer cada vez que teníamos sexo? ¿Te escabullías al baño para tocarte cuando yo ya me había corrido?

—¿En serio me estás preguntando si me masturbaba?

—No, te estoy preguntando si alguna vez te masturbaste después de tener sexo conmigo.

Thea abrió un cajón y pensó en volver a mentir. Pero, de nuevo, no pudo. Mentir. Fingir. Hacer como si todo fuera perfecto. Seguir aquel camino no los había ayudado en el pasado. Cogió un par de calcetines y se dio la vuelta.

—Sí, a veces sí. —El rostro de Gavin se transformó y se ruborizó—. ¿Para qué has preguntado si no querías escuchar la respuesta?

—Que quisiera saberlo no hace que me duela menos.

—¿Por qué te duele? Todo el mundo se masturba. ¿Me vas a decir que tú nunca lo has hecho?

Gavin bajó la vista hacia sus pies y luego la volvió a levantar.

—Por supuesto que me masturbo. Cada vez que me voy de viaje me acuesto en la cama del hotel y pienso en ti, fantaseo con volver a casa y poder acostarme contigo de verdad. —Su cara se retorció en una mueca de dolor—. Pero nunca me acosté contigo… de verdad, ¿no, Thea?

A pesar del dolor que le causaron sus palabras, Thea las recibió sacando pecho.

—Vaya… Y, sin embargo, según tú, estás desesperado por volver a esa época en la que las cosas eran «perfectas».

La dura expresión del rostro de Gavin se ablandó con una disculpa que ella no quería escuchar.

—Thea…

—Sal de mi habitación, Gavin.

CAPÍTULO 10

Thea no lo miró cuando Gavin entró en la cocina unos minutos después. No la culpaba. Después de lo que había dicho, hasta él mismo tenía ganas de ahorcarse. Pero lo había humillado, y la humillación era su propia kriptonita. Siempre había sido así. Era capaz de decir las cosas más horrendas cuando su orgullo estaba en juego. Y enterarse de que su mujer había tenido que ponerse ella misma manos a la obra porque él siempre la dejaba insatisfecha era más de lo que su ego podía tolerar. Por eso había perdido el control y amenazado con destruir el diminuto progreso que habían conseguido.

Thea estaba en la isla central de la cocina cubriendo con papel de aluminio los pasteles que llevarían esa noche a casa de Del.

Al ver que el intercambio que habían tenido seguía enrareciendo el aire, Gavin optó por un tema seguro para romper la tensión.

—¿Dónde están Ava y Amelia?

—En el sótano, haciendo yoga con Liz.

Guiado por el aroma de café, se llenó una taza, le echó leche y azúcar (no entendía a la gente que lo tomaba solo) y se apoyó contra la encimera. Ambos pasaron unos minutos en silencio. Gavin bajó la taza.

—Lo siento —musitó.

Ella ni siquiera alzó la vista.

—¿Por qué?

Gavin atravesó la cocina para pararse a su lado. Un mechón de pelo se había caído sobre la mejilla de Thea. Él volvió a colocarlo detrás de su hombro.

—S-s-soy un imbécil. Lo siento.

—No deberías pedir perdón por decir la verdad —dijo ella con un extraño acento sureño, el que usaba cuando citaba a su abuela. Desde que la conocía, Thea siempre había aplicado la sabiduría de su abuela a diferentes situaciones de la vida.

Se alejó de él y señaló los seis pasteles.

—Hay que llevarlos al coche.

Gavin la cogió de la mano.

Ella se soltó con brusquedad.

—No tiene sentido, Gavin. De todos modos, acabaremos con esto después de Navidad.

Thea se fue antes de que él pudiera responderle. Gavin se quedó en la cocina mientras escuchaba sus pasos subiendo por la escalera. Apoyó los codos sobre la encimera y descansó la cabeza entre sus manos.

—¿Noche dura en la habitación de invitados?

Gavin se sobresaltó y alzó la mirada. Liv se había materializado de la nada. Había trabajado hasta tan tarde la noche anterior que era la primera vez que se la cruzaba desde su vuelta.

—¿Qué están haciendo las niñas?

—Probablemente algo imprudente y peligroso… —Su expresión debió de ser lapidaria porque Liv no acabó la frase—. Dios, relájate. Están frente al televisor con el perro. He venido a por un poco de zumo de naranja.

Llenó dos vasos pequeños, lo miró de forma inquisitiva y guardó de nuevo el zumo en la nevera. Cuando cogió los vasos de la encimera para marcharse, él la llamó.

—Liv. —Ella se giró al oírlo—. Gracias por haber venido y quedarte con Thea y las niñas. Sé que estás siendo de mucha ayuda.

Liv bufó.

—No lo he hecho por ti, imbécil.

—Lo sé. Pero igualmente…

Liv puso los ojos en blanco y se fue hacia el sótano. Sin embargo, justo antes de bajar, se giró hacia él.

—¿Gavin? —Él volvió a alzar la vista. Ella le sonreía en la distancia de forma peligrosa—. Si vuelves a hacerle daño a mi hermana te pondré veneno en los suplementos proteicos. ¡Feliz Día de Acción de Gracias!

Y desapareció escaleras abajo.

Los siguientes minutos Gavin se ocupó de llevar los seis pasteles al coche y luego fue a la sala de estar a sacarse de encima la llamada pertinente a sus padres. Todavía tenían teléfono fijo, al que respondió una voz inesperada.

—Me debes una —gruñó entre dientes Sebastian, su hermano pequeño, a modo de saludo.

—¿Qué haces ahí?

—Trato de llenar el hueco que has dejado. Mamá me llamó llorando porque iba a estar sola en Acción de Gracias y, antes de que me diese cuenta, ya estaba haciendo la maleta para venir. Llevo despierto desde las cinco de la mañana porque este año el pavo da para alimentar a un regimiento… Y claro, se ha tenido que poner a cocinarlo temprano.

Gavin se frotó el ceño con la punta de los dedos.

—Sobrevivirás. Pásame con papá.

—Se está duchando. Habla con mamá.

No le dio a tiempo a protestar. No quería hablar con su madre justo después de haber tenido una conversación sobre masturbación. Es más, estaba seguro de existía alguna regla no escrita que prohibía el hecho. Aun así, Sebastian ya había alejado el teléfono de su oreja.

Un segundo después, la voz de su madre hizo aparición al otro lado.

—¡Hola, cariño! ¡Feliz Día de Acción de Gracias!

—Hola, mamá. ¿Cuánto pesa el pavo de este año?

Cada año hacían la broma familiar sobre cómo su madre siempre compraba un pavo tres veces más grande de lo necesario. Era como si tuviese miedo a que la gente se muriera de hambre en su presencia.

—Casi ocho kilos —respondió ella—. Es un grandullón.

Gavin podía imaginársela, toda orgullosa. Probablemente llevaba puesto el delantal con volantes que solo usaba en ocasiones especiales. Y seguro que se había recogido el pelo para que no le molestara mientras cocinaba. Si no se equivocaba, pronto se serviría una taza de sidra caliente con canela y pondría música navideña porque, en el reino de los Scott, en Acción de Gracias se inauguraba oficialmente la Navidad.

—Me encantaría que estuvierais aquí —dijo—. Os echo de menos. A ti, a las niñas. Y a Thea. Dios, hace varias semanas que intento llamarla y siempre me responde el buzón de voz. Por cierto… ¿recibió mi *e-mail*?

—No tengo ni idea.

—Oh, bueno, seguro se le olvidó decírtelo. Le preguntaba qué han pedido las niñas por Navidad.

—Podrías haberme preguntado a mí. —Su madre resopló—. ¿Crees que no sé qué quieren mis hijas para Navidad? Caray, gracias, mamá.

—A estas alturas, Thea ya debe tener una hoja de cálculo con su propio sistema de colores e hipervínculos para comprar todo al mejor precio.

Gavin sonrió a pesar de su mal humor. Sí, una hoja de Excel era algo muy Thea.

—¡Quizás podáis venir para Navidad! —dijo su madre—. Podríais quedaros a pasar la Nochebuena para que las niñas abran aquí sus regalos. Venga, Gavin, será muy divertido.

Le dolió el pecho al imaginarse la imagen. Podía ser divertido, sin duda, pero no había forma humana de que Thea, quien acababa de aparecer al pie de las escaleras, accediera a aquello.

—Eh, Thea está aquí. ¿Quieres que te la pase, así le preguntas por el correo? —Gavin extendió el brazo con el teléfono en la mano—. Es mi madre.

Thea le disparó un rayo láser con la mirada. Aun así, respiró hondo y puso su mejor voz.

—Eh, Susan. Feliz Día de Acción de Gracias.

Gavin escuchó solo la parte de conversación que pertenecía a Thea y el dolor se expandió por su pecho. Sus padres la adoraban. Decían que era la hija que siempre habían querido tener y bromeaban con que Sebastian iba a tener que esmerarse para conseguir una pareja la mitad de buena que la de Gavin.

Esa era la principal razón por la que no quería contarles que estaban teniendo problemas. La noticia los dejaría devastados. Pero esa no era la única razón. Sus padres tenían el matrimonio perfecto, y los decepcionaría saber que Gavin no estaba a la altura.

Thea se despidió, cortó la llamada y le devolvió el teléfono a Gavin.

—Tienes que decírselo.

—¿Decirles el qué? —replicó él con amargura por el breve recordatorio de que, para ella, aquella oportunidad no era más que un acuerdo temporal—. Me has dado hasta Navidad para reconquistarte. Hasta entonces, no hay nada que contar.

La casa de Del y Nessa estaba a las afueras de Nashville, en un área llena de mansiones en la que vivían muchos de los ricos y famosos de la conocida como «ciudad de la música». El tráfico estaba tan tranquilo por las fiestas que el viaje de unos treinta kilómetros apenas les llevó media hora y, de no haber sido porque las niñas viajaban en el asiento trasero, ambos lo hubiesen hecho en el más absoluto de los silencios.

—Mami, ¿podemos nadar? —preguntó Ava de la nada.

Del tenía una piscina climatizada y ya formaba parte de la tradición anual que, cuando terminaban de digerir la cena, los hombres y los niños se dieran un chapuzón.

—He traído los bañadores.

Las niñas lo celebraron con un grito de alegría. Al menos ellas iban a poder divertirse.

Gavin aparcó frente a la casa de Del. A Thea se le hizo un nudo en el estómago de los nervios. Normalmente hubiese puesto su mejor sonrisa de WAG y hubiese hecho como que disfrutaba de cada segundo.

Pero ese año no se veía capaz. Gavin y ella desabrocharon los cinturones de las niñas, que salieron corriendo hacia la entrada. Cuando sus hijas llegaron a la entrada principal, la puerta se abrió. Nessa, la mujer de Del, apareció al otro lado del umbral, tan despampanante como siempre. Llevaba puestos unos pantalones *palazzo* de color negro y un ajustado jersey de cuello cisne color *beige*. Se trataba de la clase de atuendos casuales pero elegantes que solo se podían permitir personas altas como ella o Liv. Nessa abrazó a las niñas entre sus piernas y luego alzó la vista con una sonrisa, saludándolos en la distancia.

Thea le devolvió el saludo y se inclinó sobre el maletero para coger un pastel. Gavin hizo lo mismo y la siguió hacia la entrada. Nessa acompañó a las niñas hacia el interior de la casa mientras cogía el pastel que llevaba Gavin.

—Déjame que ayude a Thea con las cosas —le dijo—. Será mejor que tú entres para evitar que Del se mate.

—¿Qué está haciendo? —preguntó Gavin.

—El muy tonto ha comprado una freidora para el pavo.

—Oh, mierda. —Gavin entró corriendo.

Nessa se giró para buscar la mirada de Thea:

—Me alegra mucho que hayáis venido —le dijo Nessa con un gesto para que entrara—. Del me contó que quizás teníais que ir junto a los padres de Gavin. La verdad, no hubiera sido lo mismo sin vosotros.

Thea no sabía qué decirle, así que no respondió y siguió a Nessa hacia su enorme, reluciente e impoluta cocina. El glorioso aroma del pavo en el horno se mezclaba con el de la sidra especiada en la olla de cocción lenta.

La salvia y el ajo del relleno la hicieron salivar al instante. Olía igual que la casa de su abuela. Los tres Días de Acción de Gracias que tanto ella como Liv vivieron allí habían sido los mejores de sus vidas.

Las niñas pasaron a su lado corriendo, buscando escaleras arriba a Jo-Jo, la hija de Del y Nessa.

—Desde que se enteró de que veníais está que se sube por las paredes. —Nessa se rio y levantó el pastel para evitar una posible colisión. Luego lo apoyó en la encimera con un suspiro dramático—. Te lo juro, me despertó antes de que amaneciese para preguntarme si ya habían llegado.

Thea se rio.

—Las niñas también están muy emocionadas.

En realidad a Thea el plan no le hubiese parecido tan malo si solo fueran ellos. Nessa era amable y divertida, la única de las WAG que podía considerar su amiga (más que nada porque Del y Gavin eran muy buenos amigos y las niñas adoraban jugar con Jo-Jo). El día podría haber estado bien. Pero no. Porque pronto iba a tener que nadar entre tiburones.

Nessa se hizo con el otro pastel y lo apoyó también en la encimera. Por la manera en la que la miró, Thea supo lo que se avecinaba.

—Entonces... —le dijo Nessa acercándose—. Espero que no te moleste, pero Del me ha contado que Gavin ha vuelto a casa. ¿Estáis bien?

—Genial —dijo Thea de forma automática.

Espera. No. Ya no iba a hacer eso.

—En realidad, no —espetó, enderezándose—. Volvió anoche y no hemos parado de pelear.

—Del quedó con Gavin la semana pasada. Me dijo que nunca lo había visto tan mal.

La piel de Thea se erizó. ¿Gavin estaba mal?

—No es que yo lo esté pasando bien, que digamos...

—Claro que no —añadió Nessa a toda velocidad—. Es solo que...

Sé por lo que estáis pasando. Estos hombres… No son buenos con los sentimientos. Tienes que darle tiempo.

A Thea le hubiese gustado profundizar: ¿qué sabía Nessa de problemas maritales si Del y ella eran la pareja perfecta? Aun así, no tuvo la oportunidad ya que un golpe en la puerta principal, seguido de inmediato por el timbre, interrumpió la conversación.

Nessa maldijo y puso los ojos en blanco.

—Dios, dame fuerza. No entiendo por qué Del lo ha invitado.

—¿A quién?

—Bueno, bueno, tú debes ser la señora Thea Scott.

Thea se giró al escuchar una voz a su espalda, topándose de bruces con unos pectorales impresionantes, enfundados en una ajustada camiseta blanca. Alzó la mirada y una sonrisa brillante casi la dejó ciega (no iba a confirma que podía ser que le hubiese arrancado un pequeño gemido semejante visión). Sus ojos recorrieron aquel espeso cabello oscuro, esos pícaros ojos color café y una barbilla tan afilada que podía cortar el vidrio. Él le guiñó un ojo y ella creyó escuchar un coro de ángeles.

—Braden Mack —se presentó, e hizo que Thea desviara la mirada a sus labios—. Es un placer conocerte al fin.

Mack acarició los nudillos de Thea con sus labios y ella sintió que se le secaba la boca.

—Yo… ¿Cómo sabes quién soy?

—Conozco a tu marido. Aunque es obvio que no tan bien como pensaba porque se le olvidó decirme lo tremendamente guapa que eres.

Thea quiso responder, pero solo pudo suspirar.

Nessa se aclaró la garganta.

—Mack, es muy temprano para semejante despliegue de encanto. ¿Por qué no vas a ayudar a los demás?

Braden acarició la muñeca de Thea con su pulgar.

—¿Necesitan consejos sobre mujeres?

—No, están intentando freír un pavo.

Braden aparcó por un segundo su interpretación de galán y dejó caer la mano de Thea.

—Oh, mierda —espetó mientras salía corriendo por la puerta trasera.

Thea tragó saliva y se estremeció.

—Guau. Siento que acabo de conocer al Dios de la seducción.

—Por favor, jamás se lo digas. No necesita que le alimenten más el ego.

Thea y Nessa se dirigiendo hacia las puertas de vidrio que separaban la cocina del jardín para verlo alejarse. Ella se humedeció los labios y lo buscó con la mirada. Sus ojos se chocaron con los inconfundibles ojos de Gavin llenos de celos.

—Mierda.

—Lo voy a matar.

Cuando Gavin vio a través del cristal cómo Mack besaba la mano de Thea, el calor se apoderó de sus sentidos, que ya estaban bastante revueltos por las últimas veinticuatro horas. Aun encima, después de aquello, el imbécil se dirigía hacia ellos agitando una mano como si no hubiera ocurrido nada.

—Te está allanando el camino —le dijo Del—. Les tira la caña a todas nuestras mujeres.

—¿Y lo dejáis salirse con la suya?

—No lo hace con ninguna pretensión.

Gavin apretó las manos en un puño mientras notaba cómo sus celos iban en aumento. Sabía que se trataba de una actitud infantil, inmadura y completamente irracional, pero el maldito Braden Mack era el tipo de interferencia que su matrimonio no necesitaba en ese momento. Gavin se había pasado la vida compitiendo con aduladores y fanfarrones de la misma calaña. De ninguna manera iba a pelearse con él por su mujer.

Aunque, solo de pensarlo, ya se sentía como un perdedor. Y eso que ya no estaban en el instituto. Thea era su mujer, no la chica con la que quería ir al baile de fin de curso. Sin embargo, en ese momento de su vida le escaseaban la lógica y la razón. Y prueba de ello era la conversación sobre masturbación que habían tenido esa mañana.

—Idiotas, vais a hacer que arda la casa entera —dijo Mack bromeando cuando estuvo cerca. Señaló a Gavin—. Scott, ¿por qué no me has dicho que tu mujer estaba tan buena? Ahora entiendo por qué te tiene así de enganchado.

El puño de Gavin salió disparado antes de que pudiera convencerse de que era una mala idea, e incluso antes de decidirlo siquiera. El puñetazo aterrizó de lleno en el pómulo de Mack, a quien cogió tan por sorpresa que hasta dio un paso hacia atrás con la mano en la mejilla y un gesto de dolor en la mirada.

—¿De qué coño vas? —Mack se miró la mano para buscar rastros de sangre en sus dedos—. ¿Por qué has hecho eso?

—No lo sé. Supongo que a mi masculinidad tóxica no le gusta que le tires los trastos a mi mujer.

—¿Me estás tomando el puto pelo? —dijo Mack—. ¡Le tiro la caña a todas las esposas! Es mi especialidad. No tienes que golpearme por eso.

Gavin retrocedió y Del atravesó un brazo por su pecho para retenerlo.

—Tranquilo, Rocky.

La puerta de cristal se abrió y Nessa y Thea salieron a la parte trasera con la misma expresión de asombro. Aunque la de Thea tenía un rastro de algo más siniestro. Fue entonces cuando Gavin supo que la había cagado. De nuevo.

—¿Qué ha pasado? —exclamó Thea.

—Nada —gruñó Gavin sacudiendo la mano.

El golpe le había dolido. A pesar de los estereotipos, los deportistas profesionales no van por la vida dando puñetazos. Gavin apenas había estado en una sola riña deportiva en toda su carrera, y apenas le había dado tiempo a cerrar el puño antes de que los árbitros la detuvieran.

Thea miró a Mack.

—¿Estás bien?

—¿Te preocupas por él?

—¡Porque es el que ha recibido el puñetazo!

Mack dejó escapar una medio sonrisa e intentó relajar la situación.

—No te preocupes por mí, querida. Provoco esta reacción en más de un marido.

Gavin emitió un sonido ahogado.

Thea lo miró.

—Vamos adentro. Ahora.

Gavin la siguió arrastrando los pies. Thea entró con la fuerza de un tornado, cruzó la cocina y se metió en el despacho que tenía Del en la planta baja. Cerró la puerta de un golpe y se dio la vuelta.

Estaba metido en un lío.

—Amor…

—Si vuelves a llamarme «amor» se cancela nuestro acuerdo.

Gavin cerró la boca. La palabra «acuerdo» le había dejado un gusto amargo. A eso se había reducido su matrimonio.

—¿Qué coño te pasa, Gavin? ¡Te estás comportando como un crío sin cabeza! ¿Es así como planeas reconquistarme?

—Lo siento…

—¿Y si las niñas te hubiesen visto golpearlo? ¿No pensaste que podrían haberse asustado?

No. No lo había pensado. Thea tenía razón. Se estaba comportando como un crío. «Un gusano rastrero indigno de esa doncella», le vino a la cabeza. Genial. El Conde Frases Célebres ahora le daba consejos para insultarse a sí mismo de manera más innovadora.

—¿Qué derecho tienes a volver a mi vida, después de desaparecer durante un mes, y comportarte como un hombre de las cavernas con un tipo que no ha hecho nada, más que besar mi mano? —espetó Thea llena de furia—. ¿En serio confías tan poco en mí?

—Confío en ti, Thea. Es en él en quien no confío.

—Lo que acabas de decir es tan insultante… —Thea se puso una mano sobre la frente y se apoderó de ella el acento sureño—. Para ti solo soy una frágil damisela en apuros que necesita que la defiendan de hombres fuertes y violentos. Salva mi honor, amado esposo. —Clavó su mirada en él—. Esta escenita de celos me hubiera impresionado más si no me hubieras dejado.

—Fuiste tú la que me echaste, Thea. —¿Por qué rayos todo el mundo se olvidaba de esa parte?

«Quizás porque tú la habías abandonado antes, maldito cobarde».

Thea sacudió la cabeza y salió disparada hacia la puerta.

—Espera, Thea —le imploró Gavin intentando alcanzarla—. Lo siento. Tienes razón. Me estoy comportando como un idiota.

Respirando hondo para tranquilizarse, Thea salió y lo dejó a solas con sus pensamientos de Conde Inoportuno. ¿Gusano rastrero? ¿En serio? ¿A qué había venido aquello?

Cuando Gavin salió del despacho, se encontró con una fila de caras serias y brazos cruzados a lo largo de todo el pasillo. Al parecer, habían llegado más invitados mientras estaban allí dentro. Y, al parecer, ninguno parecía contento de verlo.

Del, Yan y Malcolm lo miraban como si los hubiese traicionado a ellos más que a su mujer. Del, muy enfadado, señaló con la cabeza hacia la escalera que llevaba al sótano.

—Abajo. Ahora.

—Tengo que hablar con Thea.

—Está con las niñas. Vamos.

Con un suspiro de resignación, Gavin siguió a los chicos por las escaleras hacia el sótano de Del. Giró en la esquina y se detuvo al ver a Mack sentado en el sillón con una bolsa de hielo sobre la mejilla.

Gavin se dio la vuelta.

—No. Ni loco. No voy a hablar con él.

Del lo cogió del brazo.

—Mack te quiere decir algo.

—Tu mujer está buena.

Gavin gruñó y Del golpeó a Mack en la cabeza.

—Es broma —dijo Mack—. No lo de que está buena, que sí que lo está.

—Te voy a matar.

Mack se puso de pie.

—Siento haberte causado problemas con Thea. Pero soy culpable de tener un carisma abrumador.

—Maldita sea, Mack —se quejó Del.

Mack miró al suelo.

—Lo siento.

—Eso —señaló Del y su mirada saltó del uno al otro—. ¿Mejor? ¿Ya somos amigos de nuevo?

—Nunca hemos sido amigos —dijo Gavin.

—Tranquilo, tío, que no me volveré a acercar a ella.

—Siéntate, Gavin —le indicó Malcolm yendo hacia el sillón. Gavin obedeció, listo para recibir el sermón que sabía que se merecía.

—¿Quieres explicarnos qué es lo que ha pasado? —demandó Del.

—A ver, Del. Ya sabes que mi mujer y yo estamos intentando resolver algunos problemillas.

—A juzgar por la expresión que tenía al salir del despacho, te está yendo bastante mal —dijo Yan.

Gavin se dejó caer sobre los cojines del sofá y se quedó mirando el techo, resentido y obstinado.

—Solo ha pasado un día —exclamó Del—. ¿Cómo puede ser que ya te lo hayas cargado todo?

—¿Y te sorprende? —Mack resopló.

—Ponnos al día, anda —pidió Malcolm con calma.

—Creo que me estoy volviendo loco. No paro de escuchar en mi cabeza una voz con acento británico que me dice qué hacer y qué decir.

—Eso nos ha pasado a todos —dijo Mack.

Gavin alzó la cabeza para ver si bromeaba, pero la expresión de Mack le aseguró que hablaba en serio.

—¿Tú también escuchas esa voz?

—Es tu subconsciente —dijo Malcolm—. En algún momento de este proceso todos hemos tenido que luchar contra un aristócrata británico que narraba en nuestros cerebros cosas que hubiésemos preferido ignorar.

«Quizás porque la habías abandonado mucho antes, maldito gusano rastrero».

—¿Debería hacerle caso?

—Sí, a menos que te diga que tienes que matar gente —le indicó Del.

Gavin pensó en culpar al Conde Pantalones Ajustados por haber golpeado a Mack. Pero lo cierto era que el golpe era culpa suya al cien por cien. Como lo que había sucedido aquella misma mañana, cuando le había preguntado a Thea si se masturbaba.

Gavin se inclinó hacia delante para apoyar los codos sobre sus rodillas y dejó caer la cabeza en sus manos.

—Thea sigue insistiendo en que el trato será solo hasta Navidad. No creo que vaya a darme una oportunidad.

—Mira, tío —Del se sentó frente a Gavin como cuando lo encontraron borracho y desmayado en aquella habitación de hotel—, te resultaríamos de mucha más ayuda si nos contaras lo que causó la ruptura en primer lugar.

Gavin se puso de pie.

—Me temo que eso no va a pasar.

—Está bien —dijo Malcolm—. Pero recuerda esto: el objetivo es cortejarla, Gavin. No seducirla.

—¿Y cuál es la diferencia?

Mack volvió a resoplar.

—Es un milagro que hayas llegado a casarte.

Gavin lo ignoró.

—La diferencia —dijo Mack— es intentar que sea ella la que te desee, y no demostrarle cuánto la deseas tú.

CAPÍTULO 11

Un infierno. Eso habían supuesto las últimas dos horas para Thea: un absoluto infierno. Cuando salió del despacho se puso a ayudar a Nessa en la cocina e hizo como si no escuchase cómo las otras WAG susurraban entre sus copas de vino.

«Me han dicho que están separados».

«¡Le ha dado un puñetazo a Braden Mack!».

«¿Es verdad que él se fue de casa?».

Y justo cuando Thea pensaba que las cosas no podían ir a peor, una voz aguda se alzó sobre el resto.

—¿Hola? ¿Dónde está todo el mundo?

Thea se hizo la señal de la cruz y rezó por lo bajo: «Dios, dame fuerza para no romperle la cara».

—¡En la cocina! —gritó Nessa.

Rachel Tamborn, exmodelo, WAG profesional y archienemiga de lo no convencional, entró a la estancia haciendo ruido con sus tacones, rodeada de una nube de perfume caro que dejaba a su paso un aroma tan delicioso como cargante. Tenía el cabello brillante. El maquillaje perfecto. Llevaba un vestido color piel ajustado que le quedaba increíble. Jake Tamborn, el marido de Rachel y compañero de equipo de Gavin, caminaba tras ella.

Rachel saludó a Nessa con dos besos lanzados al aire.

—Muchas gracias por invitarnos —exclamó—. No podía lidiar con nuestras familias este año y además ya le había dado el día libre a la cocinera así que, si no fuera por vosotros, el pobre Jake se hubiera muerto de hambre.

—Faltaría más —respondió Nessa con dulzura—. Cuantos más seamos, mejor.

Rachel se alejó y recorrió la cocina como si nunca la hubiese visto antes. Solo en ese momento se dio cuenta de la presencia de Thea. Primero puso unos ojos como platos. Luego abrió su boca brillante. A Thea no le hubiese sorprendido en absoluto que de ella salieran colmillos. De pronto, Rachel pareció recordar que había más personas mirándola y, en última estancia, abrió los brazos.

—¡Oh, por Dios! ¡Hola, Thea! —Taconeó hasta abrazar a Thea con la precisión de una boa constrictor—. Me alegra *taaaanto* que estés aquí —dijo mientras se alejaba de ella—. ¡Te he echado de menos!

—¿Me has echado de menos?

—Bueno, me refiero a que... Como no fuiste al último partido...

Ah, el fuego cruzado ya había empezado.

—... y como faltaste al último *brunch*...

—Nadie me invitó.

—Y con todo lo que ha pasado, pensé que no vendrías

Guau. Tenía *taaanto* que responder que no pudo contenerse. La Thea impulsiva se hizo con el control de su boca.

—¿Y por qué no iba a venir?

Rachel sonrió con un gesto edulcorado.

—Oh, me refería a que, ya sabes...

Thea se mantuvo firme frente a Rachel.

—No, no sé a qué te refieres… —La miró fijamente, con las cejas en alto, desafiándola a que terminara la frase.

Finalmente, Rachel juntó las palmas de las manos frente a ella.

—¿Entonces Gavin y tú estáis juntos de nuevo?

Ahí estaba. Lo que Thea había estado esperando.

—Creo que no te incumbe, Rachel —dijo con tranquilidad.

A Rachel casi se le salieron los ojos de las cuencas por el desconcierto que le provocó el hecho de que nadie intercediera para defenderla. Jake se aclaró la garganta y se acercó a su mujer.

—Me alegro de verte, Thea —le dijo abrazándola del modo en el que abrazan las personas que siente lástima por el otro—. Encantadora, como siempre.

Rachel casi se rompe un diente.

—Sí, siempre estás tan encantadora —dijo mientras sus ojos recorrían con desdén la ropa de Thea—. Pero este estilo es nuevo, ¿no? Supongo que a veces la comodidad gana a la elegancia, ¿no?

—Absolutamente. Así como la elegancia gana a la belleza.

Jake se estremeció.

—¿Dónde están Gavin y Del? —preguntó.

Thea señaló la puerta del patio.

—En la parte trasera, friendo un pavo.

—Eso no suena bien. —Jake salió disparado.

Rachel juntó de nuevo las manos frente a su cuerpo y desplegó en su boca su inmutable sonrisa como si se tratase de una pegatina. Resultaba tan falsa que a Thea casi se le escapó una carcajada. Era el tipo de sonrisa que se pone cuando se quiere que la gente sepa que se trata de una sonrisa falsa para hacerlos sentir peor. Por Dios, Rachel fingía hasta el hecho de fingir.

Lo cierto era que siempre había sido así con ella. Siempre. Debajo de esa fachada encantadora se escondía una mujer competitiva y venenosa que había revelado su verdadera esencia la primera vez que Thea conoció a las WAG y con toda su inocencia les preguntó a qué se dedicaban. Fue como si alguien rasgase un vinilo con una aguja.

—A esto —había respondido Rachel.

Como si la respuesta lo explicara todo.

Y la verdad es que con el tiempo fue así.

Para muchas de las WAG, ser la pareja de un jugador profesional de béisbol era su profesión a tiempo completo. Algunas, en cambio, habían dejado de lado sus carreras porque seguir el ritmo de sus maridos y criar hijos requería de ellas más que un trabajo a tiempo completo.

Para otras, era su identidad. Como si hubieran nacido para aquello. Alardeaban del dinero y la belleza de sus parejas como si el orden natural dictara que las personas guapas estaban destinadas a encontrarse con otras personas guapas.

Y después estaba Thea. La que lo miraba todo desde fuera y apenas entendía las reglas del deporte, la que se había casado con un jugador de béisbol porque se había quedado embarazada, la que había entrado a aquel club tan exclusivo sin el esfuerzo que habían tenido que hacer el resto. Thea no había tenido que acompañarlo durante los largos años en los que no había sido más que una promesa, ni en la larga incertidumbre que suponían las ligas menores.

Y Rachel la odiaba por ello.

Thea hacía como si no le importara, pero la verdad era que sí. Ser una forastera era algo que la hacía sentirse sola.

Pero pronto se libraría de todo, y fue ese pensamiento el que le permitió ayudar a Nessa sin preocuparse por lo que decían las demás a sus espaldas.

Por fin la comida estuvo lista. Nessa les gritó a los chicos que trajeran el pavo frito y Thea se ofreció a llevar el resto a la mesa.

Después de que Thea y Gavin sirvieran los platos de las niñas y las dejasen en la mesa de los niños, se sentaron junto a los adultos en el comedor. Ella lo hizo al lado de Nessa porque necesitaba con desesperación una aliada. Desafortunadamente, eso hizo que se situase justo frente a Rachel.

Pasados veinte minutos, Del se puso de pie en la cabecera de la larga mesa.

—Silencio todos. —Las conversaciones se interrumpieron y todos miraron a Del, que sujetaba una cerveza en una mano y cogía de la mano a su mujer con la otra—. Nessa y yo queremos agradeceros que hayáis venido a pasar Acción de Gracias con nosotros. A algunos os queremos. A otros os soportamos.

Todos rieron, aunque Thea sospechó que había algo de verdad en sus palabras. Le sonrió a Rachel y ella le devolvió el gesto. Podía jurar que había visto una gota de sangre escapar por la comisura de sus labios.

—Podría pasarme el día aquí parado hablando sobre la importancia de dar las gracias y toda esa mierda, pero no tengo ganas —dijo Del—. Porque tenemos algo que contaros. Un secreto que guardamos ya desde hace varios meses.

Nessa lo interrumpió y, con los brazos bien abiertos, exclamó:

—¡Estoy embarazada!

Hubo una pausa y luego estalló un caos de aplausos, felicitaciones y todo lo que suele seguir al anuncio de un embarazo. Gavin se puso de pie y se estiró para darle la mano a Del.

—Es una noticia maravillosa, Del. Felicidades.

Unos minutos después, Nessa volvió a sentarse y Thea la abrazó.

—Me alegro mucho.

Nessa se rio por lo bajo.

—Me moría de ganas de contártelo, pero ya hemos pasado por dos abortos espontáneos y queríamos estar seguros.

Thea cogió la mano de Nessa y la apretó con fuerza.

—Lo siento mucho. No tenía ni idea.

—Imagino que no te lo conté porque sabía lo que estaba pasando entre tú y Gavin. No me pareció bien lanzarte a la cara buenas noticias mientras vosotros teníais problemas.

Sin saber muy bien por qué, el hecho de que le ocultaran buenas noticias porque creían que no podría soportarlas la hizo sentir peor. Pero peor fue alzar la vista y darse cuenta de que Rachel lo había escuchado todo.

Inmediatamente, se metió en la conversación:

—Thea, ¿y vosotros para cuándo? ¿Vamos a tener más buenas noticias ahora que se han arreglado las cosas entre los dos?

—No, a no ser que te refieras a que me voy a graduar al fin en la universidad. —Thea sonrió.

—Ah, ¿nunca terminaste la universidad?

—Todavía no.

—¿Y por qué no?

Jake pasó el brazo por el respaldo de la silla de Rachel y sus dedos presionaron con fuerza su hombro.

—Bueno, Rachel, como creo que ya sabes, tuve que dejar la universidad porque me quedé embarazada.

—Ah, cierto. Sí que lo sabía. No hacía mucho que estabais juntos, ¿verdad? Y creo que a Gavin lo llamaron justo para jugar en primera división al poco tiempo, ¿no? Qué oportuno todo.

Por debajo de la mesa, Thea sintió la presión de la mano de Gavin sobre su rodilla.

—Te agradezco el relato tan minucioso de nuestra relación. ¿Podemos contratarte para escribir la entrada de Wikipedia? —Gavin apretó su rodilla con más fuerza y Rachel se quedó boquiabierta ante la respuesta de Thea—. Por favor, recuérdame a qué universidad fuiste tú, Rachel.

La tensión invadió el ambiente. La mitad de la mesa se paralizó para no perderse ni una sola de sus palabras mientras que la otra mitad siguió comiendo como si no hubiera un mañana.

—Me registré en el pregrado de abogacía en Ole Miss, en la Universidad de Mississippi.

—¿Pero no fuiste entonces a la facultad de Derecho?

Rachel sonrió a su marido.

—No. Para mí fue un placer dejarlo todo y dedicarme a acompañar a Jake en su carrera.

Jake fingió estar demasiado concentrado en su comida.

—Pero seguro que sigues queriendo ser abogada, ¿no? —Thea insistió porque su lado impulsivo se había apoderado de su voz y a esas alturas ya la manejaba como un títere.

Gavin apretó más la rodilla de Thea y ella le quitó la mano.

Rachel se acicaló la melena antes de responder:

—No —dijo—. Todas hacemos sacrificios para apoyar a nuestros maridos. Y la mayoría de nosotras no nos resentimos por ello.

La furia lo tiñó todo de rojo. Rachel no tenía ni idea de cuánto había sacrificado Thea por la carrera de Gavin. Estaba a punto de decírselo cuando Soledad Feliciano, la mujer de Yan, rompió la tensión.

—Thea —dijo con el tono nervioso que se emplea para calmar a un perro rabioso—, con tu formación artística podrías ayudarnos a diseñar el nuevo logo del partido benéfico.

El partido benéfico era otra de las tradiciones de las WAG. Todos los veranos jugaban al *softball*, un tipo de béisbol, contra las esposas y novias del equipo de *hockey* de Nashville y recaudaban fondos para comprar material escolar a los niños necesitados. Durante años, el partido se llamó «WAG's contra HAG's» porque, claro, *hockey* comienza con hache. Quizás al fin alguien las había convencido de que necesitaban un nombre mejor para el partido.

—No sabía que íbamos a cambiar el logo —dijo Thea.

—Lo decidimos en la última reunión —respondió Rachel con una sonrisa.

A la que no la habían invitado.

—Me encantaría… —añadió Thea al fin—, pero solo si también nos dejamos de llamar WAG.

Rachel escupió en su copa de vino, un tenedor golpeó contra un plato y alguien maldijo por lo bajo.

—¿Y por qué haríamos eso? —preguntó Rachel mientras limpiaba una gota que había caído en su escote.

—A ver… —dijo Thea—. ¿WAG como acrónimo de esposas y novias? Es demasiado limitante. ¿Y si algún día entra una mujer en primera división? ¿Su novio no podría sumarse al club?

—Dudo mucho de que exista una jugadora lo suficientemente buena como para entrar en primera división, así que no me parece que sea algo por lo que debamos preocuparnos ahora.

—Bueno, ¿y si resulta que algún jugador es homosexual? Es una sigla muy heteronormativa. ¿No preferís algo más inclusivo?

—¿Y qué sugieres? —preguntó Rachel.

—¿Qué os parece «parejas y acompañantes»? Vamos, *Spouses and partners*, por seguir con la fórmula.

Rachel hizo una pausa y luego dijo:

—Pero entonces seríamos las SAP's. —La manera en la que lo pronunció dejó claro que el acrónimo sonaba a «sapas».

—Claro. Tienes razón. Es lo que seríamos. —Thea se puso de pie y levantó su plato—. Iré a ver a los niños. ¿Alguien necesita algo?

Salió del comedor, que se quedó en completo silencio y dobló la esquina. Acto seguido, Gavin apareció detrás de ella.

—¿Qué coño ha sido eso? —le preguntó.

—Pues eso —dijo Thea mientras dejaba el plato sobre la encimera—. La misma clase de mierdas que he tenido que aguantar de Rachel y sus amigas desde que estamos casados. Pero esta vez he decidido hacerle frente, para cambiar un poco.

—¿Siempre te trata así?

Thea resopló.

—Em, sí. Desde el primer día.

Gavin entrecerró los ojos.

—¿Y por qué no me lo contaste?

—¿Y por qué no preguntaste? —Gavin sacudió la cabeza, abrió la boca para replicar, pero se lo pensó mejor y tragó saliva—. No te preocupes —añadió Thea—. Pronto va a dejar de ser un problema.

Entonces se giró sobre sus talones y lo dejó allí plantado, solo. Thea pasó el resto del día con los niños, esquivando todos los intentos de Gavin por volver a hablar a solas.

Cerca de las seis de la tarde, Ava empezó a decir que le dolía la barriga, por lo que Gavin se disculpó con los anfitriones y comenzaron a juntar sus cosas para irse. Nessa llenó unos recipientes de plástico con algunas sobras y se los llevó a Thea al coche mientras Gavin abrigaba a las niñas para salir.

—Ya verás como las cosas mejoran —dijo Nessa por lo bajo mientras dejaba las cosas en el maletero.

—Gracias, pero creo que nunca voy a caerle bien a Rachel.

—Me refería a Gavin. —Thea alzó la vista—. Dale la oportunidad de mejorar, Thea —le dijo Nessa.

La puerta principal se abrió y Gavin salió con Ava en brazos. Amelia correteaba detrás. Nessa apretó el brazo de Thea y bajó la voz:

—Llámame cuando quieras hablar.

Thea cerró la puerta del maletero mientras la veía alejarse de vuelta a la casa. Solo se detuvo para saludar a las niñas y darle un abrazo a Gavin.

Thea abrió la puerta del lado de Ava y la cogió de los brazos de Gavin sin mirarlo a los ojos.

—Voy a ayudar a Amelia —dijo él.

El camino de vuelta fue tan silencioso como el de ida. Gavin se aferró con fuerza al volante. Thea, clavada a la ventana, miraba a las familias que iban en los otros coches. Familias felices, que reían a carcajadas. ¿Esos matrimonios habrían comenzado aquel Día de Acción de Gracias con una discusión sobre masturbación? La sola idea le arrancó una risa histérica que pronto se convirtió en un suspiro frustrado. Sintió el peso de la mirada de Gavin cuando se giró para mirarla, pero ella seguía absorta en el paisaje de la ventana. El cielo iba a juego con su humor: gris, sin vida.

Cuando llegaron a casa, Thea prácticamente se lanzó fuera del coche. Desabrochó el cinturón de Ava, la llevó hasta la entrada y forcejeó con las llaves en la puerta. Mantequilla los saludó en el recibidor con ladridos de alegría.

—Mami, me encuentro mal —lloriqueó Ava.

—Ya lo sé, cariño. Déjame quitarte el abrigo… —El vómito cubrió el suelo antes de que Thea pudiera terminar la oración. Ava se echó a llorar. Mantequilla se puso a olisquear—. ¡Mantequilla, no!

Thea cogió al perro del collar justo cuando Ava volvía a echar de nuevo la papilla sobre el suelo de la entrada. Otra ronda de lo que sea que hubiese comido la niña golpeó con violencia el parqué. A sus espaldas, en la puerta, Gavin maldijo por lo bajo y Amelia gritó:

—¡Qué asco!

Gavin se apresuró a sujetar a Mantequilla del collar.

—Voy a limpiar —dijo Thea—. ¿Puedes subirla y prepararle un baño?

—¡No! —grito Ava—. ¡Quiero ir con mami!

—Ya lo limpio yo —dijo Gavin—. Amelia, cariño, quédate ahí lejos un segundo.

Pero la indicación de Gavin llegó demasiado tarde. Ava se dio media vuelta y vomitó sobre su hermana. Amelia chilló. Gavin volvió a maldecir, pero esta vez en voz alta. Mantequilla ladró como si hubiese encontrado el paraíso y trató de limpiar a Amelia a lengüetazos.

—¡Mantequilla, basta! Niñas, vamos, arriba las escaleras —exclamó Thea, y agregó con dulzura—: Ava, si puedes, intenta resistir hasta que lleguemos al baño.

Ambas subieron las escaleras llorando. Thea las siguió y las ayudó a entrar al baño. Se puso de rodillas, les pidió que estiraran los brazos y les despegó las camisetas que se habían adherido a sus torsos. Tendría suerte si lograba rescatar alguna de aquellas prendas. Les pidió que terminaran de desvestirse mientras ella preparaba el baño.

En la planta baja, Gavin le espetó a Mantequilla una grosería especialmente desagradable y lo echó al patio.

—Mami, yo también me encuentro mal —dijo Amelia con hipo y el rostro pálido.

Oh, no. Thea sujetó a Amelia por los hombros y la inclinó sobre el retrete… De nuevo, ya era tarde. Ahora ya eran dos las estancias que tendría que limpiar.

—No te preocupes, cariño —le dijo Thea, acariciando en círculos la espalda de Amelia.

Se dio la vuelta para mirar a Ava, que estaba desnuda y temblando. Haciendo equilibrio sobre un pie, Thea se estiró para comprobar que la temperatura del agua fuese la adecuada.

—Ya puedes entrar a la bañera, Ava.

Le dio la espalda a Amelia, pero antes le pidió que se siguiera inclinada sobre el retrete por si tenía que seguir vomitando. Y así fue. La niña lloraba llena de angustia mientras Thea le acariciaba el cabello.

—No te preocupes, cariño. Pronto volverás a estar bien.

Unos minutos después logró meter a Amelia en la bañera junto a Ava. Gavin apareció en la puerta mientras ella enjabonaba la cabeza de Ava. Él llevó la vista al suelo, hizo una mueca y estiró una pierna para que Mantequilla, que lo había seguido escaleras arriba, no entrara.

—Amelia también se encuentra mal —le dijo Thea—. ¿Puedes traer las toallas limpias que están en el armario?

—¿En qué armario?

El resentimiento se agolpó en las sienes de Thea.

—En el armario en el que han estado siempre —dijo con la voz quebrada mientras enjuagaba el cabello de Ava.

—¿Y cuál es?

—¿En serio? ¿Hace cuánto que vivimos aquí?

—Perdón por no prestarle atención al sitio de toallas, Thea.

«No me digas», pensó ella.

—El armario de sábanas y toallas que está en el pasillo.

Gavin salió y volvió al rato con una toalla de mano.

—Solo he podido encontrar esto.

Thea sentía que iba a explotar.

—No puede ser. Ayer mismo guardé una pila de toallas limpias.

—Bueno, no las he encontrado, ¿qué quieres que haga?

—Hay algunas en una cesta en mi habitación.

Una vena se infló a lo largo de mandíbula de Gavin.

—¿«Tu» habitación?

Thea se puso de pie.

—Olvídalo. Ya las busco yo.

Salió disparada hacia el armario y cogió la pila de toallas que Gavin había pasado por alto para volver al lavabo hecha un torbellino.

—¿Dónde estaban?

—En el armario. —Dejó las toallas en el suelo y terminó de enjuagar el cabello de Ava—. Bueno, cariño, ve con papi.

—Quiero ir con mami —lloriqueó Ava.

—Vas a tener que conformarte conmigo, ardillita.

Gavin la ayudó a salir de la bañera y se puso de rodillas para secarla. La posición hizo que su cuerpo rozara con el de Thea. Ella se alejó por instinto y Gavin gruñó fastidiado.

—Voy a ponerle el pijama a Ava —añadió para, acto seguido, salir del baño con Ava en brazos.

Thea terminó de limpiarle el pelo a Amelia e hizo una pausa para contemplar a su hija, que seguía pálida.

—¿Te encuentras mejor, cariño?

Amelia asintió y bostezó. Hoy se iban a dormir temprano.

—Vamos, mi amor.

Thea ayudó a Amelia a salir de la bañera y la secó. Luego la llevó al dormitorio de las niñas. Gavin estaba sentado en el suelo, pasando una camiseta por la cabeza de Ava. Alzó la vista, pero ella miró hacia otro lado para evitar mirarlo.

El cuello de Gavin ardía por la frustración que le provocaba el desplante de Thea. Le puso los pantalones a Ava.

—Vamos a la cama.

—Quiero ir con mami.

Guau. ¿Cuándo dejarían de dolerle aquellas palabras? Deseaba que alguien le hubiera dicho que los hijos podían devastar la autoestima a un hombre de formas inimaginables. Gavin se puso de pie y levantó a Ava.

—Mami está vistiendo a Amelia.

Miró hacia atrás. Thea había sentado a Amelia sobre su cama y la estaba ayudando a ponerse una bata. La cara de la niña reposaba sobre el cuello de Thea, quien le acariciaba la nuca y le susurraba con dulzura algo que Gavin no alcanzaba a oír. Lo que sí percibía era su tono de voz. Tierna y amorosa. Era oficial: Gavin estaba celoso de su propia hija.

Ava bostezó y él la metió en la cama, levantó las mantas y la arropó. Thea había decidido no comprarles cunas y habían pasado directamente del moisés a los colchones. Aunque eran camas muy pequeñas para Gavin, tampoco estaban tan mal y consiguió hacerse un hueco al lado de su hija para recostarse junto a Ava y retirarle el cabello húmedo del rostro.

—¿Te sientes mejor? —le susurró.

La niña asintió y volvió a bostezar.

—Ya no me duele la barriga.

—Qué bien. Seguro que comiste mucho en casa del tío Del.

—Comí tres trozos de pastel.

Vaya con la niña.

—¿Y cómo conseguiste tres trozos?

—Mack dijo que podíamos comer todo lo que quisiéramos.

Gavin lo iba a matar.

—Esas cosas tienes que consultarlas con mami o con papi, cariño. Ya lo sabes.

—Pero mami me hubiera dicho que no.

Gavin se rio.

—Seguramente, pero porque sabe que comer tanto no te sienta bien.

Los párpados de Ava comenzaron a pesarle y se acurrucó con su peluche favorito, un pato que antaño había sido de un amarillo vibrante, pero que, a fuerza de mucho amor, había quedado relegado a un *beige* apagado. Gavin acarició la espalda de su pequeña; el calor que irradiaba de su piel atravesaba el pijama.

—Papi —susurró Ava mientras volvía a abrir los ojos.

«Oh, mierda —pensó él—. Por favor, no vomites en mi cara».

—¿Qué pasa, cariño?

—Antes de quedarme dormida necesito un beso de buenas noches.

La niña despegó la cabeza de la almohada e hizo una mueca de pena con la boca.

Un calor devastador se esparció en el pecho de Gavin. La besó, se acomodó junto a ella y la abrazó con fuerza. Ava se quedó dormida a los pocos segundos. Gavin apoyó la nariz contra su cabello húmedo y respiró hondo para absorber ese perfume que era tan característico de Ava.

Siempre escuchaba que la gente decía que haría cualquier cosa por sus hijos. Que darían la vida para protegerlos, que harían lo que fuera por hacerlos felices. Pero era algo que no había entendido hasta que no lo había sentido en sus propias carnes. Se preguntó si sus padres también se sentían así: completamente muertos de amor por él y su hermano. Quizás a eso se refería su padre cuando, el día que nacieron las niñas y lo vio inclinado sobre las cunas de hospital, le palmeó la espalda y le dijo:

—Ay, hijo. No tienes ni idea de en la qué te estás metiendo.

En ese momento le entró la risa, pero su padre tenía razón. Gavin no tenía ni idea de cuánto cambiarían su vida esos bebés. No se imaginaba que fueran a expandir su corazón al punto de que incluso le llegaba a doler. No pensaba que el temor de que pudiera pasarles algo lo paralizaría y lo dejaría mudo. No podía prever que el amor que sentiría por ellas lo haría amar aún más a su mujer, si es que aquello era posible.

Y había estado a punto de arruinarlo todo. De hecho, aún lo estaba arruinando. Si su padre pudiera ver cómo se estaba comportando, sacudiría la cabeza, decepcionado.

La voz suave de Thea a sus espaldas, que le decía a Amelia que cerrara los ojos y soñara con cosas bonitas, fue lo único que rompió el silencio. Un nudo de emociones se instaló en la garganta de Gavin. Unos minutos después, la cama de Amelia crujió cuando Thea se levantó. La sombra de su cuerpo delgado se proyectó sobre la cama de Ava.

—Se ha dormido bastante rápido —susurró Gavin.

Thea tocó la frente de Ava con el reverso de su mano y luego repitió el gesto en sus mejillas.

—No tienen fiebre.

Hacía mucho que Gavin había dejado de preguntar cómo podía estar tan segura. «No hay mejor termómetro que la mano de una madre». Se sabía de memoria esa frase de la abuela de Thea. Y hasta ahora no había fallado. Thea conocía la temperatura de las niñas mejor que la suya propia.

Thea se incorporó con un suspiro de agotamiento.

—Me voy a dar una ducha.

Gavin, con cuidado de no despertar a Ava, deslizó el brazo que tenía debajo de la cintura de la niña para retirarlo.

—Yo voy a limpiar el baño.

—Me había olvidado —dijo Thea con una mueca—. Lo hago yo, que tú ya te has encargado de la entrada.

—No te preocupes, amor. Ve a ducharte.

Cuando lo escuchó decir «amor», Thea pestañeó y la recorrió un escalofrío.

—Te he dicho que ya lo hago yo —respondió.

Estaba muy determinada a no aceptar ni la más mínima limosna.

—Por Dios, Thea. ¿No puedo ni siquiera ayudarte sin que se convierta en una pelea?

La dureza en su tono de voz hizo que Ava se moviera. Thea lo miró mal.

—Está bien. Limpia el baño.

Salió del dormitorio y Gavin tuvo que reprimir una palabrota. Cuando terminó con el lavabo, el agua de la ducha ya no corría en el cuarto de Thea. Sin embargo, Gavin sabía que necesitaba un poco más de tiempo antes de volver a intentar hablar con ella. Fue hacia la habitación de invitados para ponerse algo de ropa deportiva. Solo había una cosa que podía aplacar la tensión de sus músculos: el golpe de los pies contra el pavimento y el sudor corriendo por su cuerpo.

Bajó la basura y la tiró en el contenedor del garaje. Mantequilla lo siguió con tristeza y se desplomó en el suelo de la cocina.

—¿A ti también te ha dejado fuera?

Se inclinó para rascarle las orejas al perro. Mantequilla jadeó y movió la cola. Allí estaban; dos muchachos lamiéndose las heridas después de que la hembra alfa de la casa los espantara con un ladrido rabioso.

Gavin silbó para indicarle que lo siguiera hasta la puerta principal. Cuando vio que se hacía con la correa, el perro comenzó a saltar y dar vueltas. Gavin se puso un gorro de lana, cogió un par de guantes y salió. Por un segundo pensó en avisar a Thea de que iba a correr, pero su propio enfado le indicaba que era mejor darle espacio.

La brisa helada que corría fuera fue como una bofetada directa a los pulmones, algo que lo obligó a tomar la primera bocanada de aire real en horas. Siguió la ruta de siempre, y, como cada vez que corría, durante los primeros diez minutos lo odió. Que fuera un deportista profesional no significaba que disfrutara de correr. Era un mal necesario. Pero, después de un rato, cogía el ritmo y comenzaba a disfrutar.

La tensión de sus hombros se fue aflojando con cada paso. Mantequilla lo seguía moviendo la cola, con la lengua afuera. Parecía que ya lo había perdonado por haberlo echado al patio. Al menos alguien aceptaba sus disculpas.

Corrió un par de kilómetros hasta llegar a una de las plazas del pueblo. Bajó el ritmo y se detuvo en el campo de béisbol, cerca del aparcamiento público. El acceso al campo estaba cercado por un enrejado metálico y dos flanqueaban la base pentagonal de salida. Las luces estaban apagadas, pero la iluminación de la calle dejaba ver el campo polvoriento y la colina del lanzador erosionada. Gavin se sentó en las gradas frías que, en verano, se llenaban de padres y abuelos que pensaban que sus críos eran los más adorables y talentosos beisbolistas de entre todos los demás.

Había pasado buena parte de su infancia en campos como aquel. Allí había empezado a llamar la atención de la gente, que hablaban de él por algo que no era su tartamudez. Allí los entrenadores habían comenzado a juntarse y a preguntar si aquel era el chico del que todos hablaban. Allí habían empezado a aparecer reclutadores con jersey de universidades para presentarse a sus padres. Y allí habían comprobado que el niño de los suburbios de Ohio era tan bueno como todos comentaban.

«Uno entre un millón». Eso decían. La posibilidad de jugar en primera división era de una en un millón. Pero una vez que ese sueño se instaló en su cabeza, Gavin no pudo pensar en otra cosa. Nada iba a detenerlo. Iba a esforzarse más que nadie porque, en aquel campo, era algo más que el niño que no podía leer en voz alta. Algo más que el chaval que se ponía muy nervioso cuando tenía que interactuar con una chica.

Mantequilla se recostó en el suelo junto a Gavin. El teléfono vibró en su bolsillo. Se hizo con él y leyó el mensaje de Thea.

«¿Te has ido?».

Mierda. Tendría que haberla avisado. Tecleó una respuesta rápida.

«He salido a correr un rato».

Pasaron unos segundos hasta que los puntos suspensivos en la pantalla le indicaron que Thea estaba escribiendo una respuesta.

«No pases el cerrojo al llegar. Liv vuelve tarde y Mantequilla va a ladrar si escucha la llave en la puerta. Me voy a la cama».

El mensaje tácito había quedado claro: no pienses que tengo pensado darte un beso de buenas noches.

La estaba cagando y dejando pasar la oportunidad.

Antes de cambiar de opinión, Gavin buscó a sus padres en el listado de llamadas recientes. Al tercer tono, su padre respondió con voz de dormido.

—Hola, anciano —se burló Gavin—. ¿Ya estabas durmiendo la mona?

—Descansando los ojos —le respondió su padre—. Y esperando que vuelva tu madre.

—¿Adónde ha ido?

—Tu hermano la convenció de ir al cine a ver una película.

—Ah. —Gavin se mordió el labio.

—¿Todo bien?

—Sí.

—¿Seguro?

Gavin se aclaró la garganta. Su padre supo al instante que le estaba mintiendo.

—Por Dios, Gav. ¿Qué pasa?

—Hay, em, tengo que contaros algo.

—Oh, mierda. ¿Le ha pasado algo a alguna de las niñas? ¿Están bien?

—Las niñas están bien. Es…

—¿Todo bien con Thea?

Mierda. Respiró hondo.

—No.

Gavin escuchó el crujido de la mecedora de su padre y pudo imaginarlo poniéndose de pie.

—Cuéntame qué sucede, hijo.

Gavin dejó que otra respiración temblorosa se colase entre sus palabras y le hizo un resumen: no estaban bien, tuvieron una pelea grande, se fue de casa un par de semanas y ahora había regresado, pero las cosas no mejoraban. Por supuesto, excluyó de su narración los detalles más humillantes.

Su padre suspiró.

—¿Por qué no me lo contaste antes?

—No lo sé. Supongo que no quería preocuparte. Mamá y tú nunca habéis pasado por algo así. Entonces…

Su padre estalló en una carcajada que lo pilló por sorpresa.

—¿De verdad crees eso?

—Sí…

—Guau. Somos mejores actores de lo que creíamos.

—¿A q-q-qué te refieres? —preguntó estirando la espalda sobre el respaldo del banco.

—Hijo, no puedes pasar treinta años casado con alguien sin tener que pasar por un infierno una o dos veces. Si le preguntas a tu madre, te dirá que ha habido momentos en los que el único motivo por el que no me abandonó fue porque no tenía dinero para criaros sola. Y lo sé porque me lo dijo a la cara.

Un sonido retumbó en los oídos de Gavin. Era el espejismo de la que había sido toda su infancia estallando en mil pedazos.

—Pero si nunca os peleabais.

—Nunca delante de vosotros, pero lo hacíamos. Todavía nos peleamos, de hecho.

—¿Por qué? —Gavin sentía como si acabaran de decirle que Papa Noel no existía.

—¿Qué quieres que te diga? Pues ¡por todo! Ella se enfada porque paso de largo cuando el fregadero está lleno de platos sucios y no los pongo en el lavavajillas, y a mí me molesta que no apunte los gastos de la tarjeta de débito en el libro de contabilidad.

Gavin resopló.

—Papá, ya nadie usa un libro para la contabilidad.

—Oh, por Dios. No empieces con eso tú también.

Gavin se quedó mirando el campo frente a él. No sabía si enterarse de que sus padres no eran perfectos lo hacía sentirse peor o lo aliviaba.

—Mira, papá, entiendo lo que dices, pero mamá y tú os peleáis por estupideces. Nosotros tenemos problemas más grandes.

—¿En serio crees que tu madre me amenazaría con dejarme por no lavar los platos? También ha habido cosas grandes. —Gavin enterró su zapato en el polvo—. Hijo, hay algo que nunca te dije y creo voy a decírtelo ahora. Pero tienes que dejarme terminar antes de reaccionar o decir nada.

—De acuerdo —afirmó él con tensión.

—Cuando nos hablaste por primera vez de Thea y nos dijiste que habías conocido a una chica, estábamos muy felices porque tú estabas feliz. Al fin, después de tanto tiempo. Pero ¿cuando tan solo unos meses después nos contaste que estaba embarazada y que os ibais a casar? Bueno, ahí ya no estábamos tan felices.

—¿Q-qué? ¿Por qué?

—Te he dicho que me dejes terminar primero.

Gavin refunfuñó a modo de disculpa.

—Estaba claro que ibas a jugar en primera división, Gav. Lo supimos desde que ibas a la escuela. Pero también eras, bueno... digamos que inocente con las chicas.

Ah, genial. Hasta sus padres pensaban que era un maldito perdedor.

—Nos preocupaba que fueras una presa fácil para que alguien se aprovechara de ti por el dinero que ibas a ganar.

La ira le recorrió la espalda.

—Thea no es así.

—Lo sé, hijo. Lo supimos tan pronto nos la presentaste. ¿Y sabes cómo lo vimos?

—¿Cómo?

—Porque no ignoraba tu tartamudez. No hacía como si no existiera. Toda tu vida creíste que tenías que encontrar una mujer que te amara a pesar de la tartamudez, aunque en realidad tendrías que haber buscado una mujer que te amara por eso, porque es parte de quien eres. Y Thea era esa mujer.

«Sí que lo era», pensó. Y estaba a punto de perderla.

De repente, su padre dejó de hablar y, de fondo, escuchó el chirrido de la puerta.

—Tu madre ha vuelto —dijo su padre en voz baja.

—No le cuentes lo de Thea.

—No lo haré. —Y en voz un poco más alta agregó—: Hola. Estoy hablando con Gav.

A lo lejos, oyó cómo su hermano gritaba algo parecido a «¡Me debes una!». O quizás podría haber sido un improperio. Cualquiera de las dos opciones era factible.

Su padre volvió al teléfono, pero pasaron unos segundos hasta que dijo en voz baja:

—Escúchame, hijo. No importa cuál haya sido tu error. Tienes que volver y pelear como loco para arreglar las cosas, ¿me entiendes?

—Lo estoy intentándolo.

—Pues hazlo mejor.

Y entonces su propio padre le colgó. En efecto, era un perdedor y no daba una.

Con un silbido corto, Mantequilla se puso de pie y comenzaron a caminar despacio por el sendero del parque. A su regreso, la casa estaba a oscuras y silenciosa cuando cruzó la puerta principal. Mantequilla fue directo a su bebedero y tiró la mitad del agua al suelo. Después de limpiar el desastre, Gavin subió las escaleras. Necesitaba una ducha, pero dudó cuando llegó a la puerta del dormitorio de Thea.

Su dormitorio, también.

Levantó una mano para llamar a la puerta a pesar del resentimiento que le provocaba tener que pedir permiso para entrar en su habitación. Thea no respondió de inmediato y ese segundo de retraso fue suficiente para que él comenzara a pensar lo peor.

—Pasa —dijo ella por fin.

La puerta crujió un poco. Solo estaba encendida la lámpara de la mesita de noche que proporcionaba al ambiente un suave tono amarillo. La habitación olía a la loción que Thea usaba para bañarse. Estaba sentada en la cama, con la espalda apoyada en el cabezal y el portátil en el regazo. Tenía el cabello enroscado con una toalla, como siempre que salía de la ducha, y se había puesto una de las camisetas de Gavin como camisón. Su corazón dio un tumbo cuando la vio así. ¿Qué le diría si le confesara que todas esas veces que había tenido que buscar consuelo con su propia mano mientras estaba de viaje se la había imaginado así: calentita, suave e involuntariamente sexy?

Mantequilla entró en la habitación y saltó sobre la cama. Juraría que el maldito había llegado a sonreírle mientras se recostaba y apoyaba la cabeza sobre las piernas desnudas de Thea.

—Ya he vuelto —dijo Gavin con torpeza; de pronto tenía la boca muy seca.

Ella lo miró por encima de la pantalla del portátil.

—Vale…

—¿Qué estás haciendo? —le preguntó señalando el dispositivo.

—Respondiendo el *e-mail* de tu madre sobre los regalos de Navidad de las niñas.

—Cierto. —Considerando lo lanzado que había resultado la noche anterior, parecía ridículo que estuviera tan nervioso por preguntarle si podía besarla. Pero la situación era diferente. No sabía bien por qué, pero lo era.

Thea suspiró y volvió a concentrarse en la pantalla. Sin pensárselo más, Gavin avanzó hacia ella. El sonido de sus pies sobre la alfombra hizo que Thea alzara la vista de un modo que podía confundirse con la expectativa, aunque probablemente fuera sorpresa.

Gavin esperó a que ella dijera algo, a que hiciera algo. Esperó a que hiciese el primer movimiento, a que inclinara la cabeza o la estirara. Se lo rogó en silencio, con la mirada triste y la respiración acelerada. Porque, aunque fuera una de sus condiciones, ella tenía que querer. No iba a obligarla.

Vio cómo las fosas nasales de Thea se abrieron ligeramente; juraría que se había acercado un poco. Su lengua asomó entre sus labios gruesos y Thea los lamió. Él sintió cómo se le retorcía el estómago en respuesta al gesto.

—Buenas noches —dijo entonces con brusquedad. Y, sin pensarlo, se inclinó y acarició sus labios con los de ella.

Listo. Que le diesen ya una maldita medalla. Había besado a su mujer.

Thea lo miró con los ojos bien abiertos.

—Buenas noches —murmuró.

—¿Quieres que te arrope o también puedes hacerlo sola?

Thea entrecerró los ojos un segundo hasta que se dio cuenta de que él estaba bromeando. Hizo una mueca de fastidio, pero sonrió. No había nada en el mundo que Gavin quisiera más que seguir besándola y ver si podía arrebatarle un gemido como el de la noche anterior.

Pero así eran las cosas.

Y era su culpa que no pudiera ocupar su lugar en la cama junto a ella.

Se tumbó en la cama del dormitorio de invitados, abrió el libro y esperó a que la sabiduría del Conde Sabelotodo arreglara el desastre en el que se había metido.

CAPÍTULO 12

Por suerte, a la mañana siguiente el festival del vómito había terminado.

Las niñas se despertaron risueñas, hambrientas y desesperadas por comer *pancakes*. Thea amaneció tensa, caliente y desesperada porque le dieran otra cosa. Había tenido sueños tórridos.

Se puso unos *leggings* y bajó junto a las niñas. La puerta de Gavin estaba cerrada así que, o seguía dormido o…

Cuál fue su sorpresa cuando comprobó que estaba despierto, duchado y preparando café en la cocina. Guau. Muy bien.

—¡Papi! —Amelia corrió hacia él y se abrazó a sus piernas.

—Buenos días, mi amor —dijo posando una mano sobre su cabeza—. ¿Os encontráis mejor?

—Quiero *pancakes* —dijo.

—No veo por qué no. —Gavin miró a Ava—. ¿Tú también quieres *pancakes*, ardillita? —La niña asintió abrazada a su pato.

Gavin se giró y en el gesto se topó con los ojos de Thea. Levantó los labios, formando una sonrisa torcida. Algo en sus ojos pedía perdón.

—Buenos días —le dijo—. ¿Quieres café?

—Em. Sí, claro. —Ella avanzó para sentarse en uno de los taburetes de la barra y, unos minutos después, tenía una taza humeante frente a ella.

—¿Quieres que prepare yo los *pancakes*? —le preguntó.

—Puedo hacerlo yo —respondió ella mientras se llevaba la taza a los labios. Gavin había acertado a la perfección con la cantidad de leche y azúcar.

—Ya lo sé —dijo con calma—. Pero te lo pregunto por si quieres delegarlo, ni que sea por una vez. Para cambiar un poco.

Era una tregua. Una ofrenda de paz en forma de *pancake*. Hubiese sido bastante mezquino por su parte seguir discutiendo. Y, aunque últimamente esa era su actitud, Thea cedió.

—De acuerdo. Gracias.

Gavin sonrió como si ella hubiera accedido a volver a compartir el dormitorio.

—¿Dónde está Liv? —preguntó Thea mientras se ponía de pie.

—Supongo que durmiendo. No me la he cruzado.

Thea fue hacia la puerta del sótano. La abrió, pero no escuchó nada. Bajó por las escaleras, dobló la esquina y casi estalló en una carcajada. Liv estaba desmayada, atravesada en la cama, con toda la ropa puesta y el cabello enmarañado como si acabara de cruzar un huracán.

Thea comenzó a alejarse de puntillas cuando la escuchó murmurar.

—Estoy despierta.

Thea se dio la vuelta.

—Lo siento.

Liv gruñó y se puso boca arriba.

—¿Noche difícil?

—La gente que va a restaurantes en Acción de Gracias es la peor gente del mundo. No quiero volver a preparar un pastel de calabaza nunca más.

Thea se apoyó en la pared y le dio un sorbo a su taza de café.

—¿A qué hora volviste?

—¿Qué hora es? —preguntó Liv con un bostezo.

—Las ocho.

—Hace cuatro horas.

Thea se atragantó.

—¿Trabajaste hasta las cuatro?

—Odio mi vida.

—No odias tu vida. Odias tu trabajo.

—He trabajado hasta las cuatro de la mañana el día de Acción de Gracias. Está claro que mi trabajo es mi vida.

Thea volvió a subir las escaleras. La imagen que la recibió en la cocina la dejó sin aliento. Las niñas estaban arrodilladas sobre los taburetes para alcanzar los recipientes en los que cada una batía con torpeza la mezcla de *pancakes* usando los batidores tamaño infantil que les había comprado Liv.

Gavin estaba de pie tras ellas, con un brazo detrás de la espalda de cada una de sus hijas, alerta por si perdían el equilibrio o derramaban algo. Murmuraba palabras de ánimo y esperaba con paciencia a que terminaran de batir el resultado. Cada tanto una de ellas alzaba la mirada para buscar aprobación y él se la daba con una sonrisa o un beso en sus cabezas.

El corazón de Thea se agitó. Incluso cuando sus padres estaban juntos, su padre nunca hacía estas cosas con ella y con Liv. Aunque no viajaba como Gavin, estaba mucho más ausente en sus vidas que Gavin en las de las niñas. Cuando su padre se fue, a Thea no le importó porque, en realidad, nunca había estado presente.

Gavin alzó la vista y se encontró con su mirada. Ella intentó recuperar el control de su expresión, pero no fue lo suficientemente rápida. Gavin juntó las cejas. Thea forzó una sonrisa y trató de encontrar un tono ligero. Por las niñas. No por él.

—Tiene buena pinta, chicas.

Amelia bailoteó en su silla y levantó el batidor.

—Ya estoy, papi. —La mezcla chorreaba por sus manos y caía en la encimera. Gavin la limpió y le preguntó a Ava si había terminado.

Ava negó con la cabeza. Su mezcla tenía que estar perfecta.

—Ya la ayudo yo, así vosotros podéis empezar a preparar el resto —se ofreció Thea.

Trabajaron en sincronía y en silencio durante los siguientes diez minutos. Gavin daba vuelta los *pancakes* y Thea los rociaba con sirope, nata batida y chips de chocolate. Después limpió la encimera y les puso platos a las niñas. Tras asegurarse de que estaban bien sentadas en sus sillas, Gavin preparó un plato para él y para Thea. Los cuatro comieron frente a frente en la isla, atentos los adultos por si tenían que evitar que el cabello de las niñas se llenase de sirope. Las únicas que hablaron mientras comían fueron ellas.

Gavin le dio un último bocado al *pancake* y se apoyó contra la superficie.

—Bueno, estaba pensando... —Thea alzó la vista y Gavin se mordió el labio como si tuviera miedo de terminar la frase—. Ya que las niñas se encuentran mejor, estaba pensando en llevarlas al centro a hacer algunas compras navideñas y así tú puedes quedarte aquí y desempolvar tus pinturas o descansar un poco. —Las niñas se sobresaltaron con la palabra «navideñas». O quizás había sido «compras» la culpable. En cualquier caso, ambas tenían un efecto poderoso en ellas—. ¿Qué te parece?

—¿Podemos, mami? —preguntó Amelia mientras desparramaba sirope por su mejilla.

Thea no podía negarse. Todo su plan se basaba en mantener la distancia, así que nada mejor que se fuera de casa. Aunque solían hacer las compras navideñas en familia, hubiese sido muy hipócrita por su parte hacerse la ofendida porque no la incluyera en sus planes. Así iba a ser de ahora en adelante; tenía que acostumbrarse. Además, también tenían que acostumbrarse las niñas.

—Claro, me parece bien —respondió al fin—. Voy a avanzar un poco con la pared.

Se sirvió otra taza de café y la llevó consigo al piso superior para cambiarse. Unos minutos después, Gavin entró en la habitación con el teléfono de Thea en la mano.

—Te ha llamado Dan.

Su padre. Thea lo apoyó sobre la cómoda. Era muy temprano para pensar en él.

Gavin se quedó en la puerta.

—¿Q-qué querrá?

—Todavía no he confirmado asistencia.

—¿Estás… estás bien? Quiero decir, ¿te afecta que vuelva a casarse?

Thea juntó las cejas. ¿De dónde había salido aquella pregunta?

—No lo pienso demasiado —admitió ella.

—¿Quieres que me ocupe de él?

—¿Que te ocupes de qué?

—Si no quieres hablar con él, puedo responder yo cuando vuelva a llamar. O directamente lo llamo yo y le digo que no vuelva a molestarte. ¿Quieres?

Su corazón dio un vuelco con una emoción difícil de identificar. Intentó imaginarse a Gavin «ocupándose» de su padre. Se habían visto en persona solo una vez, unos meses después de que nacieran las mellizas, Dan había pasado por casa de camino a un congreso de negocios o algo así. Hasta donde ella sabía, su marido y su padre solo habían hablado un par de veces más por teléfono, pero la posibilidad de no tener que dirigirse a su padre para confirmar su asistencia a la boda era tan tentadora como un helado de chocolate.

—No, gracias —respondió al fin—. Ya lo llamaré.

Gavin asintió.

—Avísame si cambias de opinión.

—De acuerdo —dijo ella en voz baja—. Gracias.

Cuando Gavin y las niñas se fueron, Thea decidió descargar toda la confusión que sentía contra la pared. Los ruidos hicieron que Liv saliera del sótano como un zombi en busca de cerebros.

—Café —gruñó.

Thea le señaló la jarra en la cocina.

—Vas a tener que calentarlo.

—¿Dónde está todo el mundo?

—Gavin se ha llevado a las niñas a hacer compras.

—¿Cuánto van a tardar?

—No lo sé. ¿Por qué?

—Porque podríamos ir a hacernos la pedicura o unos masajes o algo —dijo Liv con un bostezo.

—No creo que… —Thea dejó a medias la frase.

Iba a repasar la lista de razones por las que no podía. Tenía que hacer compras, doblar la ropa, planificar las comidas de la semana siguiente. Pero ¿por qué no podía incluir en aquella lista el hacer algo relajante y solo para ella? Gavin estaba con las niñas y, aunque no fuesen a tardar mucho, podría quedarse en casa todo el día con ellas. Y Liv no tenía que trabajar… Así que, ¿por qué no?

—¿Sabes qué? Tienes razón. Y ya que estamos, también podemos ir a comer *sushi*.

—Esto me recuerda a cuando te estabas vistiendo para tu boda.

Thea miró a su hermana en el espejo del probador. Liv había tenido que insistir, pero finalmente Thea había accedido a ir al centro comercial a comprarse algo de ropa. Un centro comercial en día de rebajas era el último lugar en el que quería estar, pero Liv le recordó que tenía que renovar su vestuario de damisela sureña.

—Recuerdo la fuerza que tuviste que hacer para subir la cremallera —le respondió Thea mientras se giraba para ver cómo le quedaba el vestido negro por atrás.

—Pero entró.

—A duras penas.

—Joder, estabas embarazada de mellizas.

—Tenía el trasero tan grande que deberían haberle dado su propio código postal.

—Estabas feliz.

—¿Sí?

Liv alzó una ceja.

—¿No?

—Estaba nerviosa —aclaró Thea—. No estaba segura de que se me viera feliz.

Liv resopló.

—Bien salvado.

No era una excusa. Thea había sido feliz aquel día. Aterrorizada, pero feliz e ilusionada y cien por cien ingenua. Si hubiese sabido lo que sabía ahora…

—Bueno, a Gavin se le veía resplandeciente, no hay duda. Jamás me hubiese imaginado que iba a terminar siendo un imbécil tan grande.

Thea se quitó el vestido y volvió a ponerse su ropa.

—No quiero que lo odies, Liv.

—No lo odio. Es que me ha decepcionado.

Thea volvió a mirar a su hermana en el espejo.

—¿A qué te refieres?

—Pues que erais mi ejemplo de pareja perfecta. Me hacíais pensar que todavía quedaban hombres decentes en el mundo.

—Es un hombre decente.

Liv cogió la pila de ropa y la lanzó a los brazos de Thea.

—¿Por qué lo defiendes?

—No lo defiendo. Es que… —Thea separó las prendas que iba a comprar de las que no.

—¿Es que qué?

—Me parece peligroso pretender que las personas sean perfectas.

Liv resopló.

—¿Podrías ser un poquito menos críptica?

Thea no tenía ninguna intención de desarrollar aquella reflexión, pero Liv no se la iba a dejar pasar.

Cuando llegó a la mesa la comida en un restaurante de *sushi* de la zona, su hermana estaba lista para volver al ataque.

—¿Y bien? —preguntó Liv mientras sumergía en salsa de soja una pieza de atún picante.

—¿Qué?

—¿Qué por qué de repente lo defiendes?

—No lo defiendo. Solo he insistido en que tampoco es un villano.

—Pero algo ha cambiado. ¿Qué ha pasado?

«Lo que ha pasado es que se ha ofrecido a hablar con papá. Que me ha besado de una forma que ha hecho que quisiera olvidarme de todo. Que ha preparado *pancakes* con las niñas».

Thea sacudió la cabeza.

—¿Y bien?

—Nada.

—No me dejes ahora con la intriga. —Liv enlazó su meñique con el de Thea—. Las dos contra el mundo, ¿recuerdas?

Thea tomó aire. Liv no iba a dejársela pasar.

—Bueno, hay algo que no te he contado.

—Lo sabía —siseó Liv—. ¿Qué ha hecho esta vez?

Thea le explicó las condiciones que Gavin había puesto, excepto la parte del beso. Eso era demasiado personal.

Liv casi se fractura la mandíbula de lo fuerte que la apretó al escucharla.

—Y quieres convencerme de que no es el malo de la peli. ¡Pero si te está chantajeando!

—No me importa. No voy a cambiar de opinión solo por tener una cita con él.

Ya era de noche cuando volvieron a casa. Gavin y las niñas estaban en la sala de estar. Él levantó la vista con una sonrisa que hizo que el corazón de Thea diera un vuelco. Sin embargo, él cambió la expresión al escuchar el bufido de Liv.

—¿Os lo habéis pasado bien? —preguntó Gavin estirando un brazo sobre el respaldo del sillón.

—Sí —exhaló ella mientras se inclinaba para besar a las niñas.

—Estábamos a punto de poner *Elf* —dijo Gavin.

—¿La podemos ver todos juntos? —preguntó Ava.

—Sí, claro —respondió Thea mirando a su hermana—. Y quizás Liv nos puede preparar unas palomitas.

—¡Como no! —exclamó Liv arrastrando las palabras en un tono exageradamente acaramelado—. ¡Y nos las comeremos como la gran familia feliz que somos!

Thea suspiró resignada.

Cuando la película terminó, Gavin se ofreció a ser quien acostase a las niñas para que Thea pudiera cerrar el día con un largo baño. La oferta sonó demasiado gloriosa como para rechazarla, pero, cuando salió del baño cuarenta y cinco minutos después, se dio cuenta de que no había sido completamente altruista.

Gavin estaba sentado en la cama, recostado contra el cabezal con las piernas cruzadas sobre el colchón. Junto a su cadera había un regalo envuelto con demasiada delicadeza como para que lo hubiera hecho él. Sus habilidades para envolver eran tan malas que, por cada paquete, usaba un rollo de cinta entero y un trozo de papel cinco veces más grande de lo necesario.

—¿Querías algo? —le preguntó Thea con los brazos cruzados sobre el albornoz que cubría su desnudez.

«Ah, claro», pensó. El beso de buenas noches. Su corazón se aceleró.

Gavin le extendió el regalo.

—Te he comprado algo. —Como ella no se movió, Gavin se arrastró por la cama para acercárselo—. No es gran cosa, pero pensé en ti cuando lo vi.

Con reticencia, Thea cogió el paquete y despegó la cinta de la parte trasera. El envoltorio rojo y dorado se deslizó y cayó al suelo.

Junto con su estómago.

Era un libro.

Pero no un libro cualquiera. Era su libro, el libro de ambos. El que

Thea estaba leyendo en la cafetería en la que trabajaba el día que Gavin por fin se hizo con el coraje para hablarle tras semanas sin hacer nada más que sonreírle con timidez. «¿Q-q-que estás leyendo?», había sido lo primero que le había preguntado.

Ese había sido el libro que él se había ofrecido a leerle tres meses después, cuando estaba en cama por lo que ella creía que era una indigestión.

—¿Dónde lo has conseguido? —le preguntó. Fue lo único que se le ocurrió, aunque en realidad no era difícil encontrar un ejemplar de una novela de Faulkner.

—En la librería del centro. —Gavin se aclaró la garganta—. Se me ocurrió que podíamos volver a leerlo, ya que nunca lo terminamos.

No, no lo habían terminado. Porque la indigestión pronto se había convertido en náuseas matutinas y ya poco después se habían olvidado del libro. Thea ni siquiera estaba segura de dónde había ido a parar su viejo ejemplar. Probablemente estaba embalado en alguna caja en el ático, junto con tantos otros libros olvidados.

La calma del día comenzaba a disiparse como una nube.

—Sé lo que estás tratando de hacer Gavin. Y valoro el gesto, pero…

—Ayer fue un día de mierda —la interrumpió él—. Ya lo sé. —Las palabras se agolparon en su boca—. Q-q-quiero empezar de nuevo. ¿Podemos hacer como si las últimas veinticuatro horas no hubieran existido?

—Hacer como si todo estuviera bien no resuelve las cosas, Gavin. —Su tono era combativo y a la defensiva. Pero así era como se sentía, ¿por qué iba a ocultarlo?

—Q-quiero que leamos juntos como antes.

—¿Y después qué? —preguntó Thea—. ¿Terminamos de leer y qué?

—Te doy un beso de buenas noches y me voy a mi cuarto. Y mañana por la noche lo hacemos de nuevo, y al día siguiente igual...

Thea caminó hacia la cama. Gavin debió confundirlo con una señal de que estaba dejándose llevar, por lo que decidió acercarse.

—Intento que volvamos a estar juntos, Thea. ¿Crees que podrías ayudarme un poquito?

Ante el silencio de ella, Gavin pasó a su lado, se sentó en la cama, volviendo a recostarse en la misma posición en la que ella lo había encontrado cuando había salido del baño. En cambio, esta vez, abrió el libro, levantó la vista y alzó una ceja como para invitarla a unirse.

Thea puso los ojos en blanco.

—Está bien. Leamos.

Dio la vuelta y se tumbó en su lado de la cama, junto a él, aferrada con fuerza al albornoz. Ahuecó la almohada y se desplomó contra ella con tanta fuerza que el golpe hizo crujir el cabezal.

Gavin se rio.

—¿Estás cómoda?

—Estoy bien.

La sonrisa de él fue tan grande que hasta emitió un sonido.

—Solo quería asegurarme.

Thea dejó escapar un suspiro de fastidio.

—Bueno, ¿vas a retomar la lectura donde la dejamos o qué?

Gavin dudó.

—Creo que será mejor empezar de nuevo.

CAPÍTULO 13

Gavin arrancó la mañana del lunes mintiéndole a su mujer.

—Tengo entrenamiento —dijo mientras les ponía un bol de cereales a las niñas. Estaban sentadas en sus sillas de comer con cara de dormidas y unos pijamas rojos que hacían juego—. Volveré al mediodía.

—Bueno —dijo Thea mientras le pasaba el cartón de leche sobre las cabezas de las pequeñas. Sus dedos se rozaron y ella no reaccionó, lo que ya era un gran progreso.

Se había instalado una agradable tregua entre ambos desde el viernes a la noche. Desde entonces habían leído y se habían dado un beso casto todas las noches. Thea todavía no había cedido del todo, pero le había permitido abrazarla en el sillón mientras veían una película con las niñas la noche anterior. Era como intentar crear un vínculo de apego y confianza con un perro asustadizo.

—Me gusta con mucha leche, papi —dijo Amelia.

—Ya lo sé, cariño. —Él llenó su recipiente hasta el tope y el de Ava por la mitad. En secreto, creía que Ava decía que quería menos solo para diferenciarse de su hermana.

—¿Puedes anotarlo todo en la pizarra? Así sé cuáles son tus horarios —dijo Thea mientras volvía a guardar la leche en la nevera. Miró a las niñas, que seguían en la fase de bostezar y mirar un punto fijo—. Comed, que vamos a llegar tarde. —Volvió a mirar a Gavin—. Yo tengo que pasar por la escuela a buscar la carta de recomendación y después me voy a reunir con el supervisor universitario.

—Ya lo sé. Lo he visto en la pizarra.

Mantequilla le ladró a su plato vacío, lo giró con la pata y de alguna forma se las arregló para volcar el agua. Thea se sobresaltó e hizo una pirueta para no pisar el charco, cogió un puñado de servilletas de papel con las que solventó el desastre. Todo eso mientras le respondía a Amelia dónde estaba su cinta del pelo rosa.

—En el cajón del baño, cariño. ¿Quieres usarla hoy? —Amelia asintió con la leche chorreándole por la comisura de los labios. Thea hizo el mismo baile de vuelta y con otra servilleta de papel le limpió el rostro—. Bueno, tengo que ir a vestirme o llegaré tarde.

Cuando salió de la cocina como un torbellino, Gavin podría haber jurado que había dejado una brisa a su paso. Por las mañanas, Thea seguía una coreografía perfectamente sincronizada. Gavin le puso comida al perro y recogió las servilletas de papel usadas.

Acto seguido, abrió la aplicación de calendario en su teléfono, sacó la tapa del rotulador con los dientes y empezó a escribir en la pizarra sus entrenamientos, citas, reuniones y eventos hasta fines de diciembre. Cuando terminó, vio que ambos tenían libre el martes por la noche. Y, además, Liv no trabajaba. Todavía no habían fijado fecha para su primera cita, pero él no iba a desaprovechar la oportunidad. Cogió un rotulador de otro color diferente al que había usado y escribió CITA.

Cuando la escuchó bajar la escalera lo guardó rápido, como si lo estuviese a punto de pillar haciendo una travesura. Thea entró en la cocina ataviada con una falda, una chaqueta de punto y unas botas color café de caña alta que no le había visto antes. Seguro que se las había comprado el viernes. También traía la cinta del pelo de Amelia.

—Ya lo he anotado todo en la pizarra —le dijo.

—Gracias. —Thea lo miró cuando leyó lo que había dejado planeado para la noche siguiente.

—¿Te parece bien? —le preguntó él mientras sentía como si la hubiera invitado a salir por primera vez.

Ella esquivó su mirada.

—Tengo que preguntarle a Liv si puede cuidar de las niñas.

—Si no, podemos llamar a una niñera.

Ella asintió sin asumir ningún compromiso, pero tampoco dijo que no.

—Aquí está tu cinta, cariño. ¿Ya habéis terminado? —les preguntó a las niñas.

Ambas asintieron. Thea recogió los platos, los llevó al fregadero para enjuagarlos y, mientras los metía en el lavavajillas, dijo:

—¿Puedes comprar camping gas para la parrilla? Pensaba que podríamos hacer una parrillada para la cena.

—Claro. ¿Necesitas algo más?

—Creo que no, pero te aviso si se me ocurre algo. Muy bien —dijo ella con un suspiro y se giró hacia las niñas—, vamos a buscar los abrigos.

Gavin las ayudó a bajar de las sillas y entre los dos se ocuparon de ponerles abrigos y colgarles mochilas de sus pequeñas espaldas. Mantequilla, que percibió que todo el mundo estaba a punto de marcharse, se tiró al suelo con dramatismo.

—Mantequilla está triste —le dijo Thea a las niñas—. Dadle besos.

Ellas se tambalearon hasta allí, se inclinaron, lo cubrieron de besos y le prometieron que volverían pronto.

—Ahora toca darle un beso a papi —dijo entonces.

—Vaya por Dios, ¿yo voy después del perro? —se burló él.

—Al menos das menos lástima que el perro.

—Guau. Qué halago.

Thea se rio por lo bajo y el sonido hizo que Gavin lo sintiera como una pequeña victoria.

Justo después cogió a las niñas en brazos, las besó en las mejillas y las llevó hasta el coche. Después de abrocharles los cinturones, fue hacia el asiento del conductor. Los ojos de Thea se desviaron con timidez hacia un lado mientras acomodaba el bolso en el asiento del copiloto.

—Volveremos después de la escuela —le dijo.

Gavin apoyó una mano sobre el techo del coche. Había una línea que todavía no había cruzado: la del beso de despedida.

—Bueno… —dijo él.

—¿Nos vemos luego?

Gavin asintió mirándole los labios sin miramientos. Thea se quedó sin aliento y miró los de él.

—Adiós —murmuró él mientras se alejaba. Ella miró al frente y arrancó el coche.

Media hora después, Gavin llegó al restaurante. De nuevo, era el último en llegar. Esta vez, los chicos habían conseguido una mesa en la esquina, lejos de las miradas de los turistas. Sin embargo, Gavin se bajó la gorra sobre la frente. Del le deslizó una taza de café nada más sentarse.

—Queremos novedades.

—Mañana tenemos una cita.

—¿Los dos solos?

—Sip.

—¿Y adónde la vas a llevar? —preguntó Malcolm.

—No te lo voy a decir.

—¿Por qué no?

—Porque, conociéndolo —dijo mientras señalaba a Mack con la cabeza—, es capaz de venir a espirarme.

—Voy a ir disfrazado. Ni te enterarás de que estoy allí.

La camarera se asomó a la mesa con más café y tomó nota de sus pedidos. Gavin volvió a pedir el menú de la última vez y señaló con el dedo a Mack.

—Aléjate de mi beicon.

—Por lo que cuentas, me parece que nadie va a querer acercarse a tu beicon.

La camarera contuvo la risa.

—Bueno, concentrémonos —dijo Del—. ¿A dónde la vas a llevar?

—A Todo para el Artista.

Mack se atragantó con el café.

—¿Qué?

—Es una tienda enorme de materiales artísticos que está cerca del centro.

—Sé lo que es. ¡Pero no puedes tener una cita con tu mujer allí!

Gavin resopló.

—No conoces a Thea. Para ella, ese lugar es el paraíso. En mi casa hay un cajón dedicado en exclusiva a guardar bolígrafos organizados por color. Además, tiene una cesta llena de cinta adhesiva con dibujitos.

—¿Y para qué sirve?

—Supongo que para decorar. No lo sé. Pero le encantan esas cosas.

Del asintió.

—Nessa tiene dos cajones llenos también. La he pillado ya varias veces mirándolas con una sonrisa.

Mack cogió su teléfono y comenzó a teclear.

—¿Qué haces? —preguntó Gavin.

—Buscando fotos.

—¿Por qué?

—Es obvio que tengo que saber qué es esa mierda para la futura señora Mack.

—Es una buena idea —indicó Malcolm en referencia a la idea de Gavin—. Me gusta. Demuestra que conoces sus pasiones y que la apoyas en la decisión de volver a estudiar.

—¿Y después qué? —preguntó Del.

—Pensaba en ir a cenar.

—Ya, pero ¿adónde? —le preguntó Yan.

—No lo sé.

—Vaya —dijo Mack distraído—. Esto es una locura. —Giró su teléfono para mostrarles la pantalla—. Hay tableros enteros en Pinterest solo para cintas adhesivas de este tipo.

—¿Tableros de qué?

—Pinterest.

—¿Y qué leches es Pinterest? —preguntó Gavin.

—Siento que estoy con una panda de *boomers* —suspiró Mack. Se acercó y le enseñó de cerca la pantalla del teléfono—. Si las novelas románticas son los manuales, en Pinterest es donde se suben todas las fotos.

—¿Es un sitio web? —Del se hizo con su teléfono para anotarlo—. ¿Cómo se escribe?

—Tienes que crearte una cuenta. Pero puedes mirar el mío. —Mack le dio su teléfono a Del.

—¿Podemos volver a hablar de mi cita? —preguntó Gavin.

Lo ignoraron.

—¿Y tú para qué lo usas? —le preguntó Del mientras deslizaba con el pulgar.

—Busco ideas para combinar la ropa. —Mack señaló a Gavin—. A ti no te vendría mal.

—Vete a cagar.

Mack tecleó en la pantalla.

—Probablemente también haya fotos nuestras aquí.

—¿Por qué?

—Porque somos famosos y guapos. —Volvió a mirar a Gavin—. Algunos… por lo menos.

Del emitió un sonido ahogado.

—Por Dios, este maldito sitio web está lleno de fotos mías. ¿Por qué no lo conocía?

—La mitad las debe de haber subido tu equipo de redes sociales, amigo. Tranquilízate.

—Espera, esta mujer tiene un tablero solo de fotos mías.

Mack miró la pantalla.

—Sep. Anda, y mira. Dice que es una súper fan.

—¡Es una jodida acosadora! ¿Y si lo ve mi mujer?

—Quizás es ella. —Mack le arrebató el teléfono—. Busquemos a Gavin.

—Mejor no.

Mack tecleó su nombre y apretó el botón *buscar*.

—Joder, Gav.

Giró la pantalla y Gavin se topó con fotografías suyas en la universidad, algunas sin camiseta y varias sudado después de las sesiones de entrenamiento de la primavera pasada.

—Alguien te ama con locura —dijo Mack.

—Si no es mi mujer, no me importa.

—Oh, se está ruborizando. Qué adorable.

—¿En serio os estáis buscando en Pinterest? —La camarera los pilló con las manos en la masa cuando trajo la comida.

—Estábamos buscando *outfits* para nuestro amigo. La moda es todo un desafío para él.

La chica sonrió a Gavin. Le sonrió, de verdad. Honestamente.

—A mí me gusta su estilo —dijo mientras le ponía el plato en la mesa. Gavin se rascó la barbilla para mostrarle disimuladamente su alianza de casado.

Mack resopló.

—Sutil.

—Bueno, volviendo a la cita de Gavin —dijo Del—. Nos habíamos quedado en el lugar para la cena.

—Voy a investigar —dijo Mack y tecleó en su teléfono mientras hablaba—. Mejores… restaurantes… de Nashville… para tener… sexo.

—Tío, déjate de joder.

Mack lanzó una carcajada.

—Por Dios, ¡que existe esta lista!

Gavin le arrebató el teléfono.

—¿En serio?

—Parece que hay esperanza, Gav. El consuelo manual tiene los días contados.

Gavin le devolvió el teléfono a Mack. No le interesaba. De hecho, no esperaba tener sexo. Se conformaba con volver a hacerla reír y, quizás, ganarse un beso de buenas noches un poco más largo.

—Gavin, escucha —dijo Del—. Al final, lo que suceda mañana depende de cómo manejes tú las cosas. Así que no pierdas tanto tiempo planificando la cita perfecta y ocúpate de no olvidarte de lo más importante.

—¿Qué?

—Hablar. Hacer que se sienta cómoda, que se abra. Estamos pasando a la siguiente fase del plan.

Mack se rio.

—Oh, sí. Ahora sí que se va a poner interesante la cosa.

—Por Dios. —Gavin se pasó una mano por el rostro—. ¿Qué?

—Hijo —dijo Malcolm en un tono que no parecía el de alguien solo un año mayor que Gavin—, ¿qué sabes del punto G? —Gavin se atragantó con la comida y tosió—. Escucha —continuó Malcolm—. Tu mujer no quiere que le digas «te quiero»…, pero eso no significa que no puedas expresárselo.

Yan asintió.

—No puedes usar esas palabras porque ya no forman parte de su lenguaje.

—Tienes que decirle que la amas como quiera ella —dijo Del—. De la forma que la haga sentir bien y cómoda. De la forma que pueda derribar sus barreras y miedos.

—¿Y q-qué tiene que ver eso con el punto G?

Malcolm sonrió.

—Tienes que encontrar y estimular su punto G… emocional.

—Todas las mujeres lo tienen —dijo Del con voz temblorosa—. Un sitio oculto que solo puede alcanzar el hombre indicado.

Hizo una pausa y se llevó una mano a la boca. Mack le dio una palmadita en el hombro.

—No pasa nada, tío. Déjalo salir.

—Todos tenemos un vacío —siguió Del un momento después—. Algo que nos falta. Algo que necesitamos. Pero no queremos admitirlo o ni siquiera lo sabemos que hasta que lo encontramos en otra persona. Si quieres arreglar las cosas con Thea, tienes que descubrir qué es lo que le falta y acariciar esa herida hasta que deje de dolerle. Solo de ese modo le estarás diciendo «te quiero».

—No hay más que eso, Gavin —añadió Malcolm—. Tu mujer tiene un vacío. Un agujero. Encuéntralo y llénalo.

Las palabras de Malcolm se toparon con un silencio incómodo como el que suele hacerse cuando, por accidente, una profesora de primaria dice la palabra «erecto» frente a una veintena de niños de doce años. Todos quieren reírse, pero nadie se lanza a hacerlo primero.

Hasta que Mack se animó:

—Hace mucho que Gavin no le llena el agujero a Thea.

—Un día te voy a hacer daño en serio.

Del gruñó frustrado.

—Mira, es bueno que haya accedido a ir a la cita. Es un avance. Pero no creas que será fácil. Va a estar inquieta. Puede que quiera buscar pelea.

Yan asintió.

—No te olvides de que ella está en modo resistencia. Tú tienes que estar tranquilo, relajado y tener paciencia.

Tranquilidad y paciencia. Podía con eso.

Mack guardó el teléfono en su bolsillo.

—Y juro que ni te darás cuenta de que estoy ahí.

—Ahora —dijo Del—. Hablemos del libro. ¿Por dónde vas?

—Cerca de la mitad.

—Perfecto —dijo Malcolm.

—¿Por qué?

—Porque las cosas están a punto de ponerse serias.

Cortejando a la condesa

Si existía algo rescatable del fiasco que había supuesto la velada, había sido que Irena, con la cabeza bien alta, le dijo a su esposo las palabras que cualquier mujer desearía decirle a un hombre al que la sociedad, su familia y la iglesia siempre le habían otorgado la razón.

Con las manos cuidadosamente apoyadas en el regazo, sentados frente a frente en el carruaje, miró a Benedict a los ojos e hizo un esfuerzo por no sonreír.

—Se lo dije.

Benedict se recolocó el pañuelo del cuello con un gesto de disgusto y golpeó su muslo con el puño cerrado.

—No puedo creer el coraje de esa mujer.

—¿A qué mujer se refiere? Había tantas.

—A la duquesa.

—Ah, por supuesto.

La duquesa de Marbury no había invertido ni un segundo en disimular el rechazo que le generaba Irena. Otras mujeres menos poderosas chismorrearon en voz alta desde la otra punta de la estancia con miradas de desdén, pero la duquesa había sido la más hábil para insultarla: se había rehusado a hablarle o tan siquiera mirarla desde el momento que fueron presentadas.

—No me importa el título que tenga. Nadie ignora a mi mujer. Nadie.

—No sea tan duro con ella, mi señor. Las mujeres tenemos que ostentar nuestro poder cada vez que se presenta una oportunidad y, tristemente, en esta sociedad ese poder se reduce a la degradación de otras mujeres.

—Si fuera un hombre, la hubiese increpado levantando la voz. —Una carcajada escapó del pecho de Irena, tan alegre como inesperada. Benedict la miró a los ojos, sorprendido—. ¿Se ríe de mí?

—Lo siento —se disculpó Irena, que se llevó una mano a los labios—. Es que… esa es una imagen que jamás olvidaré.

—Tenga cuidado, querida. Su risa es un sonido tan encantador que puede despertar mi instinto homicida.

—Qué idea tan romántica.

—Ya le dije que estoy dispuesto a cualquier cosa con tal de probarle mi amor.

—Entonces me alegra que se vaya a ausentar durante los próximos días —musitó ella.

Benedict se debía a un viaje para visitar un pueblo cercano en el que debía ocuparse de algunas cuestiones. Irena no iba a admitirlo, pero su pronta partida tampoco la entusiasmaba.

El carruaje se veía sacudido por los pozos de la carretera empantanada. Irena hacía muecas de dolor cada vez que las varillas de su corsé se le clavaban en el torso.

—¿Se siente indispuesta? —le preguntó Benedict.

—Estaré bien cuando me libre de esta monstruosidad de vestido.

Él sonrió.

—No sé si es el momento apropiado para decirlo, pero me resulta abrumadoramente excitante cuando habla así.

—No, no es el momento apropiado.

—Si necesita asistencia para quitarse el susodicho vestido, estoy a su servicio.

El calor le recorrió la piel, acumulándose en zonas de su cuerpo a las que no les importaba que, para conservar su dignidad, tuviera que mantenerse firme en su postura de víctima ofendida. Aunque su dignidad, al igual que su cuerpo, había sucumbido ante los encantos de su esposo aquella noche. En especial cuando bailaron juntos y él la sostuvo tan cerca que pudo resultar inapropiado incluso para un matrimonio. El calor que irradiaba la mano de él en su cintura atravesó la seda de su vestido y le dejó sobre la piel una huella que sintió latente mucho después de que la música se detuviera.

—Lamento que la noche no haya resultado como deseaba —añadió Irena, que de pronto estaba nerviosa.

—Pude estar junto a vos, así que la noche fue exactamente lo que deseaba.

Aquellas palabras hicieron que un escalofrío le recorriera el cuerpo y la piel de gallina se adueñó de sus brazos. Era un milagro que pudiera escuchar algo más que el latido de su corazón. Pero se sintió ridícula por permitirle volver a acercarse y por haber creído que iba a ser capaz de mantenerlo a raya. Sobre todo cuando su cuerpo exigía lo mismo que el de él, y su corazón parecía determinado a seguirlo.

El carruaje redujo la velocidad frente a su casa. Un lacayo abrió la puerta y Benedict pisó el empedrado. Se giró y le extendió la mano para ayudarla a bajar. Cuando tomó su brazo, Irena sintió un calor que casi prendió fuego a su mano. Si las cosas seguían el curso de las últimas dos veces que habían salido, Benedict la acompañaría hasta su dormitorio y le daría un beso casto en el dorso de la mano. Más tarde, una hora después, se juntarían en la biblioteca para leer junto al fuego.

Pero algo le decía que esa noche él iba a querer ir más allá.

O quizás era su propio deseo el que hablaba.

Ambos entraron en casa y él la escoltó por la escalera. No hablaron hasta que llegaron a la puerta del dormitorio.

—Gracias por acompañarme hasta aquí —dijo Irena.

Ese era el instante en el que él debería llevarse su mano a los labios. Sin embargo, Benedict dio un paso y se acercó a ella.

—Irena —dijo con voz ronca.

—¿Sí? —preguntó ella jadeante.

Benedict acercó los labios a su oreja.

—¿Puedo darle un beso de buenas noches? —murmuró.

«No». Su mente le imploró que lo dijera en voz alta. Pero, cuando él le acarició los pómulos con la punta de su nariz, su cuerpo actuó por cuenta propia y ella giró la cabeza para encontrarse con él frente a frente.

La primera caricia de sus labios encontrándose tuvo la ligereza de una pluma, algo más que una respiración, tan sutil que hasta llegó a preguntarse si acaso se lo había imaginado. Pero luego la presión se intensificó. Benedict devoró sus labios mientras le acariciaba el cabello con los dedos de una mano y acercaba la otra, entrelazada con la suya, a sus corazones. Entonces, lo que había estado reprimiendo —recuerdos, anhelos y deseos— agitó la bandera blanca de rendición. Ella, al fin, se rindió.

Benedict se inclinó cada vez más hacia su cuerpo, hasta que la espalda de Irena quedó apoyada contra la puerta de su dormitorio. Su boca exploraba la de ella con una pasión y una ternura que hizo que su corazón saliera volando por los cielos.

Él apoyó la frente contra la suya.

—Y ahora sí, la noche es perfecta. —Se alejó y le guiñó un ojo—. ¿Nos vemos en nuestro lugar secreto?

Se trataba de una rutina tonta para una pareja casada. Pero esa cita secreta se había convertido en su parte favorita del día. Irena asintió.

—Allí estaré.

Cuando Irena entró en la biblioteca una hora más tarde, él ya se encontraba allí. Había acomodado los cojines del sillón y una enorme manta en el suelo frente a la chimenea. Ella apoyó la vela sobre una de las mesas y, con la ayuda de Benedict, se inclinó y recostó sobre la manta. Lo contempló mientras, arrodillado frente a la chimenea, encendía el fuego. Un brillo anaranjado hizo desaparecer la oscuridad.

Benedict se sentó detrás de ella y luego se acomodó en su espalda. Con un brazo sujetándole la cabeza, irradiaba esa masculinidad seductora sobre la que cuchicheaban las solteras en los bailes. La miró y estiró el otro brazo sobre la manta hasta que sus dedos rozaron la tela del vestido de ella.

—La he echado de menos —dijo en voz baja.

—Apenas ha pasado una hora.

—Es mucho tiempo.

—¿Qué leeremos hoy?

Benedict le alcanzó un libro que Irena nunca había visto. Ella acarició la cubierta mientras sentía cómo un nudo se instalaba en su garganta.

—¿Cómo lo ha sabido? —susurró.

—Una vez mencionó que con Sophia soñaban con ir a América para ver caballos salvajes. Ese mismo día encargué este libro. Ha llegado hoy mismo. —El gesto hizo que su corazón rebotara en su pecho—. ¿Por qué mi amada quiere ver los caballos salvajes?

La garganta se le cerró por una súbita tristeza. ¿Alguna vez superaría la muerte de su adorada hermana?

—Porque son libres —susurró Irena—. Por las noches, mi hermana y yo solíamos idear planes para escapar. Pensábamos en vestirnos de varones y ofrecernos para trabajar en un barco. O comprar un pasaje y fingir que éramos huérfanas que cruzaban el océano para encontrar una familia. Me hubiese ido. Por ella, lo hubiera hecho.

—Hábleme más de ella —indicó Benedict por lo bajo.

—Le gustaban los caballos tanto como a mí.

—¿Era tan buena jinete como usted?

—No. Podría haberlo sido, pero no contó con la misma libertad que tuve yo para entrenar.

—¿Por qué no?

—Era la mayor de las tres hermanas. Sobre sus hombros cargaba toda la responsabilidad de conseguir un buen partido para la familia. Y todos la consideraban la más bella de la tres.

Benedict soltó un ingenioso rosario de insultos que la deleitaron en secreto.

—Sois la mujer más hermosa que conozco, Irena. Perdí el habla en el preciso instante en que mis ojos se posaron sobre vos.

—No necesito halagos, mi señor. Soy consciente de mi atractivo, aunque, por supuesto, no es de buena educación que una dama lo admita. Pero qué más da. Parece que la sociedad inglesa precise apoyarse en la exigencia de que las mujeres se enfrenten entre sí hasta que a todas nos ciegue la envidia.

Benedict se quedó en silencio solo por un momento.

—¿Sentía envidia de su hermana mayor?

Irena sacudió la cabeza.

—Nunca. Pero ella sí de mí.

—¿Por qué?

—Porque yo no tenía tanta presión como ella. Toda su vida estuvo dedicada a conseguir un marido solo para contentar a mis padres, sin importar si lo amaba o no.

—Y, cuando ella murió, esa carga pasó a pesar sobre sus hombros. —Irena miró hacia otro lado, pero asintió.

Él tomó su mano—. Hable conmigo, mi adorada. Confíe en mí.

—Cuando enfermó se sentía muy culpable —dijo devolviéndole la mirada—. Antes de morir me hizo prometerle que nunca me casaría por algo diferente al amor verdadero.

Benedict se acercó hasta que sus rostros quedaron a pocos centímetros.

—¿Y cumplió usted esa promesa?

Los segundos parecieron durar horas mientras él no apartaba la vista de su boca a la espera de una respuesta.

Alguien se aclaró la garganta con discreción y ambos se alejaron de golpe, como si los hubieran atrapado en una situación comprometedora. Por supuesto, al estar casados no tenían nada de lo que avergonzarse, pero de todos modos Irena se ruborizó.

Benedict se giró hacia el intruso. Se trataba de su mayordomo de toda la vida, que se encontraba a algunos metros de distancia.

—¿Qué sucede, Isaiah?

—Discúlpeme, mi señor. Ha llegado un mensajero desde Ebberfield con noticias urgentes.

Ebberfield era el nombre de la hacienda de los Latford en Dorset.

—¿De qué noticias se trata? —preguntó Benedict lleno de tensión.

—Rosendale ha sufrido un terrible accidente.

Su esposo se enderezó.

—Enseguida voy.

Irena apoyó una mano sobre su hombro.

—Iré con usted.

—No. Su presencia puede retrasarme.

—Soy mejor jinete que usted, mi señor.

—Irena, por favor —dijo él recuperando de repente un tono de voz formal—. Como su esposo, le ordeno que se quede aquí.

Sintió como si aquellas frías palabras la hubieran abofeteado. Ella retrocedió, las manos le temblaban.

Benedict maldijo su reacción y se acercó a ella.

—Lo siento —le dijo con tono áspero. Acarició los rizos sueltos de su nuca y la acercó hacia él. Apoyó su boca sobre la de ella antes de que Irena pudiera reaccionar. Fue un beso intenso, desesperado. Cuando se alejó, solo lo hizo lo necesario para hablar contra su frente—. Lo siento, pero hay cosas que no puedo contarle ahora.

Acto seguido se dio la vuelta y partió.

♥

CAPÍTULO 14

—No puedo creer que vayas a hacer esto.

Era martes por la noche y el sonido de la voz de Liv en la puerta de su baño hizo que Thea se sobresaltara justo en el momento en que se estaba aplicando la máscara de pestañas.

Como resultado le quedó una medialuna de manchas color café justo debajo de su ojo derecho. Genial. Tampoco es que le importase ponerse guapa. En realidad no se trataba de una verdadera primera cita. Era una formalidad. Una parte del acuerdo.

Thea se limpió con un bastoncillo y se convenció de que aquello era lo mejor que iba a conseguir. Se alejó para evaluar el resultado en el espejo. Tampoco estaba tan mal.

—Cuando se acaban los recursos, muestra un poco los muslos, ¿no? —se burló Liv.

—No es el momento para citar a nuestra madre.

—Solo digo que te estás esmerando demasiado por un hombre al que supuestamente no quieres impresionar.

Thea se calzó los tacones negros.

—Es solo un simple vestido.

—Que pide a gritos «empújame contra la pared y hazme tuya».

—Pues a mí me está diciendo: «¿no fuiste tú la que me obligó a comprarlo la semana pasada?».

—Sí, pero eso fue antes de saber que te había chantajeado para que tuvieseis una cita.

El sonido de una tos en la puerta hizo que se giraran con un gesto de culpabilidad que pretendía insinuar «no estábamos hablando de ti».

—¿Estás lista? —preguntó Gavin con los labios fruncidos en una mueca que en realidad quería decir «ya sé que hablabais de mí».

Thea quiso responder, pero lo único que consiguió emitir fue un pequeño chillido. Porque, ¡madre mía! Su marido SÍ que se había arreglado. Llevaba puesto un pantalón de vestir gris que no le había visto nunca, pero parecía que lo habían cosido directamente sobre su cuerpo. Tampoco había visto antes la camisa: lisa, de color azul oscuro y lo suficientemente ajustada como para resaltar sus hombros y bíceps. Dejaba a la vista sus musculosos antebrazos porque Gavin había decidido arremangarse las mangas. Se abanicó metafóricamente y pensó en que los hombres deberían pasar más tiempo trabajando sus antebrazos porque no eran conscientes de lo que podía provocar en una mujer ese músculo, como fuera que se llamara, cubierto por una fina capa de vello.

—Estás preciosa —dijo él.

—Tú también.

—¿Ese vestido es nuevo?

—Sí. ¿Y la camisa?

—También.

—Me gusta.

—Y ahora es el momento de la escena en la que te marchas, Liv —dijo él sin sacarle los ojos de encima a Thea.

—Y también es el momento para que tú te…

—Liv —la amonestó Thea. Su hermana cerró la boca y se bajó de la cama.

Gavin entró a la habitación con una sonrisa que casi parecía ocultar cierta timidez.

—¿D-dónde está tu bolso?

—En el armario. ¿Por qué?

Gavin sacó de su bolsillo un pañuelo doblado.

—Porque tienes que guardarme esto.

—Em, ¿debería preocuparme?

—Ya verás —respondió él con una sonrisa un poco menos tímida.

Bajaron a la planta inferior, besaron a las niñas, esquivaron la baba del perro y le pidieron a Liv que no mostrara a las mellizas ningún estúpido vídeo de YouTube. Ella les respondió que no podía prometerles nada y los empujó hacia la puerta.

Gavin ayudó a Thea a subir al automóvil y luego ocupó su lugar al volante.

—Bueno… —Se aclaró la garganta antes de entrar en la autopista—. ¿H-h-ay alguna noticia de Vanderbilt?

—Todavía no. Pero deberían contactarme esta semana.

—¿Y q-qué pasa si…? —No terminó la frase, pero no hizo falta. Ella sabía lo que le estaba preguntando.

—¿Si no entro? No lo sé. Todavía no quiero pensar en ello.

—Vas a entrar —afirmó Gavin con una seguridad infundada—. Y lo vamos a celebrar.

Thea emitió un sonido de desconfianza.

Unos minutos después, Gavin puso el intermitente para indicar que saldría de la autopista en la siguiente salida.

—Tápate los ojos —dijo con tono juguetón.

—¿Aquí? —Thea miró a su alrededor. Estaban en un aparcamiento imposible de identificar.

—Sip. Aquí.

Entonces entendió el propósito del pañuelo, que sacó del bolso para atarlo sobre sus ojos con el corazón latiendo a toda velocidad. La situación era ridícula a la par que emocionante. Lo que la volvía peligrosa. Se suponía que iba a soportar la cita, no a disfrutarla.

—¿Ves algo?

—Nada.

—Muy bien. No vale hacer trampas.

El coche giró un par de veces y volvió a detenerse. La luz brillante que se filtraba por la tela del pañuelo hizo que su visión pasara del negro al rojo.

Al poco sintió cómo Gavin se acercaba a ella.

—¿Estás lista?

Thea rio.

—Lista.

Gavin le desató el pañuelo con cuidado de no despeinarla y lo dejó caer. El impacto de la luz hizo que Thea se echase hacia atrás por instinto. Y entonces…

—¿Me has traído a Todo Para el Artista?

—Se me ocurrió que p-podíamos comprar algunas cosas para tus clases.

Thea lo miró con detenimiento mientras su corazón ignoraba por completo cualquier señal de cautela. Gavin no iba a pasar por el aro. Había planeado el tipo de cita que iba a hacerla caer en sus redes. Su marido la estaba seduciendo con rotuladores y lienzos.

Por ello en el rostro de él apareció un rastro de incertidumbre.

—¿T-te parece bien?

—Sí —respondió ella—. Es solo que… Gracias.

Entraron, Thea se hizo con un carrito y le preguntó con una mirada si estaba absolutamente seguro de aquello.

—¿En serio es esto lo que quieres hacer? —preguntó tratando de conservar la calma.

—¿Tú no?

—Sí, pero te lo advierto, Gavin. En sitios como este soy como una niña en una juguetería.

Él sonrió.

—Lo sé. He sido testigo del cajón de bolígrafos que tenemos en casa, Thea. Estoy más que preparado.

No estaba preparado.

Thea en una tienda de productos artísticos se comportaba más bien como un toro en las corridas de Pamplona.

Gavin se ofreció a empujar el carrito mientras ella compraba. En realidad tenía un motivo oculto: así podía ver mejor cómo le quedaba el vestido.

Ese maldito vestido. Apenas entró en el dormitorio se sintió como esos dibujos animados a los que se les salen los ojos de las órbitas y la lengua les queda colgando de la boca.

La siguió por varios pasillos hasta que, con una mano en el corazón, Thea exhaló con voz de enamorada:

—Cinta decorativa.

Había un pasillo entero. Rollos y rollos de cinta de todos los colores y estampados posibles. Thea los estudió uno por uno con mirada analítica: algunos los devolvía al estante y otros los metía en el carrito. Como si no pudieran permitirse comprar todo el inventario dos veces. Pero Thea no era así. Honestamente, ya lo había pillado por sorpresa que se hubiese gastado en ella el dinero con el que había ido de compras el viernes pasado.

—Mira estas. —Thea le enseñó un paquete de cintas con motivos escolares—. Las niñas van a adorarlas.

Gavin las devolvió al estante y ella lo miró confundida.

—¿Por qué has hecho eso?

—Hemos venido a comprar cosas para ti, no para las niñas. —Entonces se estiró para alcanzar unas con reproducciones de cuadros de Van Gogh—. ¿Qué te parecen estas?

Thea se las arrebató de los dedos y las metió en el carrito.

—Oye, ¿has oído hablar de Pinterest? —le preguntó Gavin unos minutos después.

Ella lo miró como si acabara de preguntarle si había oído hablar de Elvis.

—¿En serio? Vivo en Pinterest.

—¿Tienes cuenta?

—Em, claro. ¿Por qué?

—¿Y para qué la usas?

Thea exhaló y se encogió de hombros.

—¿Para qué no la uso, querrás decir? Recetas. Manualidades. Consejos para la crianza de las niñas. Fotos de perritos. ¿Por qué?

—Hay… —Gavin se ruborizó— fotos mías en esa página.

Thea resopló.

—Ya lo sé.

—¿Las has visto?

—¿Acabas de descubrir Pinterest?

—Algo así. —Él torció la cabeza—. ¿Entonces has visto mis fotos?

Thea se encogió de hombros.

—Sí. Como tengo un tablero de los Legends, el algoritmo me manda contenido relacionado, y muchas veces son cosas tuyas. Sobre todo desde…

Sus palabras se fueron apagando. Iba a decir desde el *home run*, pero no quería sacar el tema.

—¿Así que estás sentada frente al ordenador buscando recetas de estofado y, de pronto, aparece una foto de tu marido subida por otra mujer?

—Gavin, veo fotos tuyas que suben otras mujeres en todas las redes sociales desde que empezamos a salir. Ya estoy más que acostumbrada.

—Bueno, yo j-jamás podría acostumbrarme a que otros hombres subieran miles de fotos tuyas.

—Es diferente. Yo no soy una persona importante como tú.

—Para mí eres la persona más importante del mundo, así que permíteme discrepar.

Thea se quedó boquiabierta como si un caleidoscopio de emociones contradictorias se hubiese hecho con sus ojos. Como si estuviera desesperada por creerle, pero no pudiera hacerlo. Y entonces, antes de que Gavin supiera lo que estaba sucediendo, ella se puso de puntillas y le dio el beso más dulce.

Fue tan rápido que él casi pensó que se lo había imaginado. Ella retrocedió sacudiendo la cabeza.

—Lo siento, no sé por qué lo he hecho.

Gavin intentó aflojar la tensión con un chiste.

—Voy a tener que traerte más a menudo a comprar cinta decorativa —musitó.

Funcionó: Thea se relajó.

—Espera a que lleguemos al pasillo de los pinceles.

—¿Podemos ir corriendo?

Lamentablemente para él, allí no pasó nada. Al menos nada bueno. Tras analizar unos veinte pinceles de distintos tamaños en dos estantes, de pronto Thea lo cogió del brazo y lo atrajo hacia ella para poder susurrar.

—Vas a pensar que estoy paranoica por lo que hemos hablado de Pinterest, pero creo que hay un par de fans locos siguiéndote.

A Gavin se le erizaron los pelos de la nuca.

—¿De qué hablas?

—Hay dos tipos extraños que nos siguen a cada lugar al que vamos. No disimulan para nada. No estoy segura, pero es como si te mirasen para luego hacer que no.

Gavin se esforzó por mantener una expresión neutral.

—¿Cómo son?

—Te los señalaré si vuelvo a verlos. Probablemente sea yo que estoy paranoica.

—Mantente cerca de mí —dijo muy tenso.

Esas eran el tipo de cosas que odiaba de ser un jugador profesional de béisbol. Exponía demasiado a su familia. Dejando de lado las bromas sobre Pinterest, era una mierda no poder hacer algo tan sencillo como salir con su mujer sin tener que preocuparse porque alguien pudiera seguirlos y mirarlos tanto como para llegar a incomodarla.

Ya en caja, pagaron y, cuando salían, echó un par de vistazos alrededor para asegurarse de que no hubiese nadie siguiéndolos. Se relajó un poco al comprobar que estaban solos, pero aun así caminó con una mano apoyada en la cintura de Thea.

Gavin guardó las bolsas en el maletero y, una vez más, la acompañó al asiento del copiloto.

—¿Y ahora adónde vamos? —preguntó ella mientras él ponía el motor en marcha.

Quiso sugerirle un callejón oscuro donde aparcar el coche para ocular el asiento trasero como destino final, pero hacerlo hubiese sido tentar demasiado a la suerte.

—A cenar —dijo y giró a la izquierda.

—Qué bien. Me muero de hambre.

—Yo también —añadió él mirándola. La sonrisa tímida de Thea hizo que su pecho se expandiera.

Unos kilómetros más de autopista y al poco llegaron a la ciudad. Aunque se trataba de un simple martes, las calles estaban llenas de automóviles y gente. Gavin pasó un semáforo y giró en la rampa de acceso al aparcamiento del restaurante. Se detuvo junto al aparcacoches mientras Thea se retocaba el pintalabios. Su pecho volvió a expandirse. Era tan hermosa que, literalmente, incluso llegaba a dolerle. Y aquel era uno de esos momentos.

Tras intercambiar las llaves del coche por un resguardo, Gavin volvió a apoyar la mano en la cintura de Thea para guiarla por la calle. Aunque se encontraban a varias manzanas de Broadway, la principal atracción turística del centro de Nashville, la zona estaba igualmente poblada de locales y visitantes que buscaban opciones fuera de los circuitos más turísticos.

Caminaron en silencio casi una manzana siguiendo el ritmo de la masa de turistas ávidos de *bourbon* y música. En un gesto protector, Gavin la apretó contra su costado. En especial cuando comenzó a suceder lo inevitable:

—Tío, creo que ese es Gavin Scott —dijo un tipo con botas texanas al pasar a su lado.

Thea alzó la vista con una sonrisa.

—Tío… —le dijo en voz baja, a modo de burla.

—Sigue caminando y quizás nos dejen tranquilos.

Unos metros más adelante, otro hombre lo reconoció.

—Eh, ¿tú no eres…?

Gavin alzó una mano con un gesto amable que decía «ahora no, por favor».

Desde el famoso *home run*, lo reconocían mucho más que antes. Y aunque aquello casi lo había hecho elegir otro lugar para ir a cenar, sabía que a Thea le iba a encantar el restaurante de carne, con música en vivo y pista de baile: un sitio digno de Nashville. Cuando Gavin hizo la reserva, eso sí, pidió la mesa más privada que tuvieran. No solía aprovecharse de su fama, pero en aquella ocasión había puesto mucho énfasis en el tema de la privacidad para asegurarse de que le consiguieran exactamente lo que necesitaba. Su precaución dio resultado, porque la camarera los trató como si fueran de la realeza y los llevó a una mesa privada con vistas a la pista de baile.

La mesa estaba montada para dos y en el centro había una vela y un florero con margaritas. La joven indicó que pronto pasaría un camarero a tomar nota de sus pedidos y los dejó solos.

—¿Esto lo has pedido tú? —preguntó Thea señalando las margaritas.

—Sí.

Estaba claro que el detalle la incomodaba.

—Lamento no recordar ese día —dijo ella con honestidad—, el de la margarita.

—Yo te vi mucho antes de que tú me vieras a mí, así que n-no esperaba que lo recordases.

—Bueno, tampoco mucho antes —debatió Thea.

—Bastante antes.

—¿Cuánto?

—Dos meses.

Thea puso los ojos en blanco.

—Me estás mintiendo.

Gavin se rio y alzó las manos como si fuese inocente.

—Te lo juro.

—¿Estuviste dos meses yendo a la cafetería antes de que yo te viera?

—En efecto. Se me rompía el corazón cada vez que pasabas a mi lado y me ignorabas por completo. Hasta que un día levantaste la vista y me sonreíste.

—Pero yo ya te había visto antes de sonreírte.

—Muy bien. ¿Cuánto antes?

Ella se encogió de hombros.

—No lo sé. Un par de veces.

—Sí, bueno. Que sepas que yo odiaba el café e iba solo para verte, así que…

Thea se quedó boquiabierta.

—¿En serio?

—Sí.

—¿Y cómo es que no me lo has contado antes?

—Supongo que cuando por fin reuní el valor para hablarte tenía demasiadas cosas que decirte.

Y porque había cosas de las que jamás hablaban, como de los padres de Thea. Él lo había intentado varias veces, pero ella siempre cambiaba de tema y Gavin era tan tonto que creía que lo hacía porque no había nada interesante para contar. Cuando le preguntó si quería que se ocupara de llamar a su padre, Thea volvió a levantar los mismos muros de siempre. Pero al menos ahora podía reconocer el gesto. Al menos ahora sabía que tenía que derribarlo.

El camarero los interrumpió con delicadeza para preguntarles si querían una botella de vino. Gavin se giró hacia Thea para que hiciera los honores porque ella era mucho mejor eligiendo ese tipo de cosas que él. Ella miró la lista a toda velocidad y eligió un *chardonnay* francés.

Al poco les trajeron el vino, les sirvió dos copas y les tomaron nota. Gavin movió la silla para acercarse y levantó la copa para chocarla con la de ella.

Thea alzó una ceja.

—¿Vamos a brindar?

—Sí.

—¿Por qué?

Pensó en decir algo ocurrente como «por la cinta decorativa», pero cambió de idea y dijo algo más maduro y sincero.

—Por nuestra primera cita. —Thea sonrió escondiéndose tras el cristal de la copa, pero justo después llevó la vista más allá de Gavin, hacia la barra, y entonces entrecerró los ojos—. ¿Qué pasa?

—¿Te acuerdas de los tipos de la tienda?

Gavin se puso en estado de alerta.

—Sí, ¿qué pasa?

—Están aquí.

—¿Dónde?

Siguió el dedo de Thea hasta la barra. Dos hombres se dieron la vuelta de golpe. Uno llevaba un sombrero de vaquero y gafas de sol, y el otro vestía un jersey de los Detroit Red Wings. A esa distancia no podía verles la cara, pero hubiese podido reconocer aquella postura chulesca a más de un kilómetro.

Era el maldito Braden Mack con un disfraz de mierda.

CAPÍTULO 15

Lo iba a matar. Tratando de hacer un esfuerzo por conservar la calma en su tono de voz, Gavin preguntó:

—¿Estás segura de que son los mismos?

—Sí. Pero debe de ser una coincidencia, ¿no?

Gavin apoyó la servilleta sobre la mesa.

—Quédate aquí.

—¿Qué? —Él se puso de pie y Thea lo cogió del brazo—. ¿Qué haces? Gavin, ¡no puedes ir y plantarte así como así delante de ellos!

—Confía en mí.

Los dos «tipos» supieron que los habían descubierto en el instante en el que sus pies tocaron la escalera. Gavin los siguió con la mirada mientras se abrían paso entre la multitud hacia un pasillo oscuro con una luz de neón que señalaba el camino hacia los lavabos y le otorgaba al suelo un tono rosado.

Esquivó parejas de baile e imbéciles borrachos en modo de caza hasta que abrió la puerta del baño con las dos manos.

—Sé que estás aquí, Mack —gritó.

—No hay ningún Mack —dijo una voz tras la segunda puerta.

Gavin golpeó la puerta de acero inoxidable.

—Sal de ahí. Ahora.

La puerta se abrió. Gavin retrocedió con los puños muy apretados, bajándolos a la altura de los muslos. Mack salió con el sombrero en la mano.

—¿Por qué no nos respondes los mensajes?

Gavin sintió que un gruñido le atravesaba el pecho.

—¿Me estás tomando el puto pelo? ¿Eso es todo lo que tienes que decirme? ¿Qué cojones estás haciendo aquí?

—Intentando ayudarte.

Gavin caminó por el baño golpeando las otras puertas.

—¿Con quién estás?

Una segunda puerta se abrió con timidez y de ella salió el jugador de *hockey* ruso que tenía problemas digestivos.

—*Pregunta a esposa si quierre bailarr.*

—¿En serio? —chilló mirando a Mack—. ¿Lo has arrastrado hasta aquí contigo?

—Tiene razón —le dijo Mack—. No para de mirar hacia la pista. Invítala a bailar.

—Me está yendo bastante bien sin vuestra ayuda, muchas gracias. Y, por cierto, el sombrero y las gafas son el peor disfraz que he visto en la vida. ¿En serio creías que nadie iba a reconocerte?

—Hasta ahora nadie lo ha hecho.

—Seguro que no te saludan porque les das vergüenza ajena. Deben pensar que te has vuelto loco. ¿Y sabes qué? Lo estás. Al cien por cien. ¿Acaso no tienes vida?

—*¿Y qué mi disfrraz?* —preguntó el ruso señalando el jersey de su equipo rival, los Red Wings.

—Es una basura.

—Pero nadie lo ha reconocido —dijo Mack—. Tenías razón con lo de la cinta decorativa. ¡Te ha besado!

Gavin cogió a Mack de la camiseta.

—Te juro por Dios…

Los tres escucharon la descarga del agua de un retrete. Gavin sintió que se le reventaba un vaso sanguíneo en el cerebro. Un hombre bajito y regordete salió de la última puerta que quedaba por abrir y se los quedó mirando. Mack se puso a silbar mirando al techo. Gavin apretó los dientes con tanta fuerza que creyó escuchar que se le quebraba un hueso.

El hombre miró a Gavin.

—Yo te conozco.

Gavin soltó la camiseta de Mack.

—No, no lo creo.

—Sí, eres Gavin Scott.

—No… —intervino el ruso—. Gavin Scott es mucho más alto. Y más guapo que este *hombrre*.

El señor bufó y se lavó las manos. Mientras, miró a Gavin en el reflejo del espejo.

—Deberías sacarla a bailar —añadió en medio del silencio—. Si no para de mirar la pista es porque quiere que lo hagas.

Genial. ¿Ahora también recibía consejos de extraños en baños públicos?

El hombre se secó las manos.

—Si me preguntan, yo no he escuchado nada —dijo antes de irse.

Gavin señaló a Mack.

—Te vas a ir. Ahora.

—Escucha —dijo Mack—. Te está yendo muy bien, pero baila con ella y aprovecha la oportunidad para hablar. Es una escena típica de los manuales. ¿Recuerdas cuando Irena y Benedict fueron al baile? Eso los unió. La gente suele revelar sus secretos cuando baila. Es más fácil hablarle a un hombro que a un rostro.

Gavin le fastidió el hecho de que lo que decía Mack tenía mucho sentido.

La puerta volvió a abrirse y entró un guardia de seguridad vestido con un uniforme gris. Estudió la escena.

—¿Todo bien por aquí?

—Sí —dijo Mack—. Nada para ver.

—Me manda una mujer muy preocupada porque su marido puede estar en problemas.

Gavin le extendió la mano.

—Mi nombre es Gavin Scott, soy jugador de los Nashville Legends. Estos hombres nos están acosando a mí y a mi mujer. Quisiera que los acompañara hasta la salida, por favor.

—Vamos.

El guardia de seguridad tomó a Mack del brazo, pero vaciló cuando se dio cuenta de que era puro músculo.

Mack ignoró al guardia.

—Cuando llegues a tu casa, pregúntale si puedes besarla en la entrada. Cuando estéis en el coche. Le encantará. Lo leí en un libro. Una vez lo probé con una chica y te juro que se derritió como mantequilla en mis brazos.

—Está claro que este hombre está desquiciado —le dijo Gavin al guardia de seguridad.

—Caballero, ¿ha estado usted consumiendo alcohol? —le preguntó el guardia.

Mack asintió.

—Está bien, voy a hacerme el borracho. Pero tú asegúrate de que

Thea vea cuando nos sacan. Puedes seguirnos fuera y hacerte el macho alfa y toda esa mierda.

—Estás loco.

Mack volvió a ponerse el sombrero.

—Te prometo que después de esto va a abrirse contigo. Ya nos lo agradecerás luego.

El guardia volvió a coger a Mack del brazo.

—Miren, no sé qué leches está sucediendo aquí y creo que no quiero saberlo, pero, los dos, fuera.

Empujó a Mack hacia la puerta y el ruso los siguió.

—Mi disfrraz no es basurra.

En la puerta del baño se había juntado un pequeño grupo de entrometidos, porque ¿cómo no sentir curiosidad cuando el guardia de seguridad entra al baño de un bar?

Mack se giró para echar un último vistazo y asegurarse de que la liaba de la manera más escandalosa que podía.

—¡TE QUIERO, TÍO! —gritó, tropezándose para poder acercarse más y tocarlo—. Soy tu fan número uno.

Gavin, avergonzado, se cubrió el rostro con la mano.

—Sí. Fan *númerro* uno —dijo el ruso, alzando los brazos en el aire en un gesto inexplicable.

—Venga, para fuera —les dijo el guardia mientras los empujaba hacia la puerta.

Gavin ignoró las miradas y las preguntas de las personas mientras volvía a la pista de baile. Alzó la vista y vio a Thea apoyada contra la valla, mordiéndose el labio. Subió los escalones de dos en dos.

Thea corrió hacia él.

—¿Qué ha sucedido?

—Nada. Todo está bien.

—¿Qué les has dicho?

—Que estaba disfrutando de una encantadora velada con mi mujer y que les agradecería que nos dejaran tranquilos.

—No vuelvas a hacer eso. ¿Me escuchas? ¡Podían estar locos! No quiero que vuelvas a hacer algo así.

—No se va a repetir.

—Te lo digo en serio.

Gavin apoyó una mano sobre su cadera y la atrajo hacia él.

—¿Q-quieres bailar?

—¿Bailar? —Thea buscó señales de traumatismo craneoencefálico en el rostro de Gavin. ¿Le habían pegado en el baño?

En cambio, en su rostro solo encontró inseguridad.

—Pensé que quizás q-querías.

—Yo…

—Está bien. No hace falta…

Antes de que pudiera terminar, Thea lo cogió de la mano.

—No te he dicho que no. Pero es que no hemos bailado nunca.

—Lo sé. Y ya era hora, ¿no crees?

«Sí», pensó ella. Pero había muchos aspectos en los que su matrimonio no era normal. Hacían por primera vez cosas que la mayoría de gente había hecho mucho antes de tener hijos.

—Me gusta bailar —dijo ella al fin. «Espera. No». ¿En qué estaba pensando? Se suponía que no era una cita real. Se suponía que tenía que sacárselo de encima lo antes posible. Pero las cintas decorativas y el vino estaban afectándole a los sentidos. Entonces retrocedió.

—A mí también —dijo Gavin. La cogió de la mano y la acercó un poco. Entrelazaron los dedos—. ¿Nos lanzamos?

Thea miró a su alrededor. Estaban a resguardo de las miradas curiosas y la banda tocaba una canción lenta.

Una bandada de mariposas revoloteó en su estómago mientras Gavin pasaba un brazo por su cintura y la apretaba contra su pecho. Su otra mano se entrelazó con la de ella y entonces las posó entre el pecho de ambos, donde estaban sus corazones. No podía ser más masculino, guapo y *sexy*. Y eso que ni tan siquiera habían empezado a bailar.

Porque, madre mía. La naturalidad con la que Gavin se movía le cortó el aliento. Por supuesto, los deportistas tenían un buen control sobre su cuerpo, pero eso no significaba que pudieran bailar. Thea había visto suficientes concursos de baile como para saber que las habilidades de muchos jugadores de béisbol terminaban en el terreno de juego. ¿Pero Gavin? Por favor. Se tenía bien guardado aquel secreto.

—¿Te arrepientes de no haber tenido una b-boda de verdad?

—Tuvimos una boda de verdad.

—Sabes a qué me refiero. Una gran fiesta.

Se le retorció el estómago. La conversación los estaba conduciendo hacia un terreno peligroso.

—La verdad es que no. ¿Tú sí?

—Antes no, pero ahora pienso que me hubiera gustado tener el recuerdo de verte caminando hacia el altar vestida de novia.

—Solo es un vestido.

—Lo que llevas puesto hoy no es solo un vestido.

Gavin estiró la mano en su espalda y el corazón de Thea se aceleró. Ese coqueteo que tanto la había fastidiado durante la semana le estaba provocando esa noche sensaciones abrumadoras, y eso no era buena señal. Mantuvo la mirada fija en sus hombros para evitar todo contacto visual.

—¿Y qué me dices de la luna de miel? —murmuró Gavin.

—¿Qué le pasa a la luna de miel?

Ese terreno era todavía más peligroso.

—Pues que de no haber tenido luna de miel sí que me arrepiento —dijo Gavin juguetón mientras pasaba la yema del dedo gordo por la parte baja de su espalda en una caricia muy sugerente.

Thea tosió.

—¿Adónde te hubiese gustado ir?

—A algún lugar en el que hiciera mucho calor para que tuvieras que estar todo el día en bikini.

Ambos estallaron en una carcajada inesperada.

—No uso bikini desde que nacieron las niñas.

—Ya lo sé. Y no sabes el d-dolor que me causa. —Después de aquello bailaron en silencio durante un rato, hasta que Gavin volvió a hablar—: ¿Si hubiésemos tenido una b-boda tradicional, le hubieses pedido a tu padre que te acompañara hasta el altar?

Thea tragó saliva y cerró los ojos. No tenía ganas de pensar en el idiota de su padre en ese momento. Bastante confusión tenía ya con sus otros sentimientos. Por preguntas como aquella quería evitar cualquier conversación con Gavin.

—Háblame, Thea —susurró él contra su cabello.

—¿Por qué te importa?

—Porque tú me importas.

Thea negó con la cabeza.

—No lo sé —admitió—. Siento que hay que ganarse ese tipo de cosas, no solo esperar a que te las ofrezcan.

Gavin la apretó con más fuerza.

—Y él no se lo ganó.

—No. Definitivamente no.

Tras el intercambio retomaron el baile en silencio durante varios minutos. Thea registró cada caricia y contacto del cuerpo de Gavin contra el suyo. Él se inclinó para besar su cabeza.

—¿Por qué no quieres ir a la boda? —le preguntó a continuación en voz baja.

No sabía bien por qué, pero respondió:

—Porque no puedo soportar ver cómo le hace creer a otra mujer joven e inocente que va a poder cambiarlo, que va a lograr que se quede con ella. Porque sé que no lo hará. La va a abandonar. Eso es lo que hace. Abandona a la gente.

El camino de vuelta a casa fue silencioso.

Sin embargo, no se trataba de un silencio tenso. Era más bien… incómodo. Se habían pasado toda la noche en paz, ignorando las enormes cuestiones pendientes de tratar que había entre ellos. Todas esas cosas tan desagradables que seguían sin resolver y que, por una noche, habían caído en el olvido.

Gavin aparcó frente a su casa y apagó el motor. En cambio, ninguno de los dos salió del coche.

—Me he divertido mucho —dijo él.

Thea no quería admitir que ella también se había divertido, por lo que no dijo nada. ¿De qué servía darle falsas esperanzas? Cuando salieran del paraíso oscuro del automóvil, la cruda realidad volvería a atraparlos en sus redes y no habría anhelos ni deseos que pudieran rescatarlos.

Gavin se aclaró la garganta.

—Bueno…

Thea lo miró.

—Bueno…

—Ya que esto es una cita —comenzó a decir él—. ¿Me darías un beso antes de que te acompañe a la puerta?

Los pulmones de Thea se quedaron sin aire.

—¿Eso es lo que se hace en las citas? Ya se me ha olvidado.

—Me acuerdo de haber hecho bastante más que eso dentro de un coche contigo —dijo con voz ronca.

Thea sintió cómo el calor invadía sus mejillas.

—Sabes que posiblemente esa fuese la noche en la que me quedé embarazada, ¿no?

—Siempre he tenido la d-d-duda.

La intensidad con la que la miraba sugería que haberse quedado con aquella duda no le había importado demasiado; él tan solo disfrutaba del recuerdo y hubiese sido más que feliz de recrearlo. Y precisamente por esa razón la decisión más inteligente era salir del automóvil en ese mismo momento.

Por otro lado, Thea no se sentía particularmente inteligente. Así que tan solo se dejó llevar.

—Sí —murmuró.

—¿Sí? —repitió él.

Thea lo miró a los labios.

Un sonido de felicidad se escapó del pecho de Gavin cuando se acercó a su boca. Aquella no fue como todas las veces anteriores. No fue como el beso en la cocina ni como la noche en que él volvió a casa.

Ese beso no fue una explosión de pasión, pero tuvo un efecto igual de demoledor. ¿Quién iba a decir que una presión tan delicada podía tener un impacto tan poderoso? Era un beso que la obligaba a respirar por la nariz y a aferrarse fuerte a su asiento. Un beso que le decía que si seguía con ese jueguito de las citas se iba a meter en problemas.

Gavin cambió el ángulo de la boca y acarició sus labios una, dos, tres veces. Luego se alejó, la miró de arriba abajo con una media sonrisa y acarició su labio inferior con el pulgar.

—¿Tienes ganas de leer?

La cabeza de Thea asintió por su propia voluntad.

Una hora más tarde se quedó dormida por la suave cadencia de la voz de Gavin y el extraño latido de su propio corazón.

CAPÍTULO 16

—¿Os lo pasasteis bien anoche?

A la mañana siguiente, Gavin cerró la puerta de la nevera y se encontró con Liv, quien, una vez más, se había materializado en la cocina. Él se sobresaltó y maldijo.

—Sí.

—Mierda —musitó ella—. Tenía la esperanza de poder salir ya del sótano.

Gavin se hizo con la leche para los cereales de las niñas. Thea estaba arriba, vistiéndolas. Todavía no la había visto aquella mañana; solo había escuchado sus movimientos.

—Liv, esta broma que nos t-traemos entre manos es muy divertida —gruñó Gavin—, pero hoy no tengo paciencia.

—Solo estoy cuidando de mi hermana ¿Qué te dije sobre hacerle daño?

Gavin abrió la despensa y se hizo con los cereales.

—¿Y no se te ha pasado por la cabeza que quizás no es asunto tuyo?

—Es mi hermana.

—Y mi mujer.

—Vivo aquí.

—Eres libre de irte.

—Tú primero. —Liv chasqueó los dedos frente a él—. ¡Ah, cierto! Que ya te fuiste.

—Y no pienso volver a hacerlo.

Thea apareció en la cocina mientras Gavin servía el desayuno.

—Hola —exhaló.

—Buenos días —canturreó Liv.

Thea se paró en seco y sus ojos viajaron del uno al otro.

—¿Qué sucede aquí?

—Nada —respondió Gavin.

—Solo le hacía saber a mi cuñado que pienso mucho en él.

Thea suspiró y alzó los brazos para atarse el cabello. Las niñas, vestidas con las mismas camisetas rosadas y medias violetas, entraron a la cocina tambaleándose. Gavin las sentó y les acercó el desayuno.

Gavin advirtió que los hombros de Thea estaban tensos mientras se servía una taza de café. ¿Habría dormido mejor que él? Porque él no había descansado una mierda. Salir de la cama matrimonial para irse a la habitación de invitados le había supuesto un esfuerzo titánico. Y ya no le quedaban fuerzas para afrontar la mañana. Necesitaba tocarla.

Se acomodó detrás de ella, le pasó los brazos por la cintura y le acarició la mejilla con la suya.

Ella se dio la vuelta con un gesto de sorpresa y los ojos bien abiertos. Él la besó en la boca.

—Buenos días —murmuró sorprendida.

—Me divertí mucho anoche.

Liv imitó el sonido de una náusea.

Gavin miró de reojo y sonrió. Liv entrecerró los ojos. Él le mostró los dientes. Ella entonces meneó sus dedos en el aire y tarareó una canción de Pink, *U + UR Hand*.

Thea se giró con otro suspiro.

—Tenéis que ponerle fin a esto.

—Ha empezado ella.

Thea ladeó la cabeza.

—No acepto esa excusa ni de las niñas.

Era posible que las mellizas, que tenían las bocas llenas de cereales, percibiesen la tensión en la habitación porque comenzaron a pelearse por cuál de las dos tenía el cuenco de cereales más grande. Gavin despegó su mirada de Thea e intervino:

—Ambas tenéis la misma cantidad.

—Ya he acabado —exclamó Ava, y alejó su bol haciendo pucheros sin ningún motivo.

—Espera a que termine tu hermana y luego vamos a vestirnos —dijo Thea caminando hacia donde estaban sentadas las niñas.

Comenzó a limpiar bocas, pero se detuvo cuando el teléfono vibró dentro su bolsillo. Hizo un sonido de fastidio, pero lo sacó de igual modo.

Se quedó paralizada.

—¿Qué pasa? —preguntó Gavin.

—Es un *e-mail* de Vanderbilt.

Liv apartó el café.

—Mierda —musitó.

—Ábrelo —dijo él.

Thea tragó saliva y deslizó varias veces el dedo por la pantalla. Gavin contuvo la respiración mientras ella leía hasta que sonrió y dejó el teléfono sobre la encimera.

—¿Y bien? —preguntó él con un suspiro—. ¿Estás dentro?

—Estoy dentro. —Levantó los brazos y dejó salir un aullido de victoria.

Liv bailoteó alrededor de la isla y las niñas se rieron de las payasadas de su madre y tía. Gavin quería unirse al festejo. Quería envolver a Thea entre sus brazos y felicitarla con un beso, pero se contuvo.

—Es una gran noticia, Thea —dijo desde una distancia prudencial—. Felicidades.

—¿Cuándo comienzas las clases? —preguntó Liv.

Thea volvió a mirar el *e-mail.*

—El 18 de enero.

—Esta noche vamos a celebrarlo *taaanto* —dijo Liv y abrazó a Thea por detrás.

Gavin se indignó, pero no dijo nada y trató de mantener el sentimiento a raya. Esa noche Thea y Liv ya tenían planes para ayudar a la amiga de Thea con su cafetería. Iba a tener que dejar la celebración entre ambos para otra ocasión, cuando estuvieran solos.

Ella alzó la vista y se ruborizó bajo su mirada. Se ve que Gavin no era capaz de ocultar sus sentimientos tan bien como pensaba.

—Tengo que ir a vestirme —dijo Thea.

Gavin ayudó a las niñas a bajar de las sillas. Luego se dirigió hacia la pizarra, cogió un bolígrafo y dibujó un círculo en el 18 de enero.

—Yo que tú no haría tantos planes, Gavin —dijo Liv a sus espaldas—. Para ti el calendario termina en Navidad.

No si podía evitarlo.

La noche anterior había sido un punto de inflexión. Podía sentirlo. Thea le había revelado cosas nuevas, cosas que jamás le había dicho. Había bailado con él. Lo había besado.

Los chicos tenían razón: tenía que ser paciente. Pero Liv también tenía razón, en parte. El calendario no jugaba de su parte y la novedad de la entrada de Thea en Vanderbilt lo cambiaba todo de un modo que todavía no lograba descifrar.

Era hora de tomarse las cosas en serio.

Gavin tecleó un mensaje de texto para los chicos: «Reunión de emergencia. Esta noche en mi casa».

Tras dejar a las niñas en la escuela, Thea pasó por casa para darse un baño rápido y cambiarse la ropa. Por suerte, Gavin ya se había marchado a su entrenamiento matutino. No tenía ganas de hablar a solas con él. En especial después de cómo la había mirado esa misma mañana. En especial después de ese dulce beso y lo que había significado.

Liv tenía razón. Estaba cediendo. Un par de besos y una cita cuidada y… Thea sacudió la cabeza. El *e-mail* de Vanderbilt había llegado en el momento justo. Gavin había tejido telarañas en su mente, pero la confirmación de Vandy era un golpe de realidad.

Tenía mucho por hacer: mandar los papeles que le pedían por correo, inscribirse en las clases y pasar por la librería. Podía dejar algunas de esas cosas para más adelante, pero hacía cuatro años que deseaba volver a la universidad. No quería esperar más.

El campus de Vanderbilt estaba a media hora en coche desde Franklin. Thea encontró lugar para aparcar justo frente al edificio de administración, puso unas monedas en el parquímetro y entró. La oficina de admisiones estaba en el tercer piso. Entregó la documentación en mano a una secretaria con unas llamativas gafas que la miró confundida.

—¿Sabes que puedes hacerlo por internet, no?

Thea se encogió de hombros.

—Sí, pero quería venir.

Echaba de menos aquel tipo de cosas. Vivir el ambiente universitario del campus. Echaba de menos la revolución creativa de los estudiantes de arte y teatro, el sarcasmo de los profesores engreídos. Thea nunca se había sentido tan ella como cuando estaba en la universidad.

Tras completar los trámites administrativos, visitó la librería del campus y en un impulso compró un par de camisetas de Vanderbilt para las niñas.

Mierda. Las niñas. Thea cogió el teléfono para mirar la hora. Iba a llegar tarde a buscarlas. A menos que fuera Gavin.

Dudó, pero finalmente le mandó un mensaje para ver si podía pasarse él por la escuela y así ella podía ir directa a la cafetería de Alexis. Él enseguida le respondió que sí y le preguntó cómo le había ido en el campus. Ella ignoró la pregunta y solo le dijo que volvería cerca de las diez de la noche.

Thea se compró un sándwich en uno de los comedores y después volvió al coche. Con el tráfico de la tarde, llegar a la cafetería de Alexis le llevó cerca de cuarenta y cinco minutos. Estacionó detrás del local y entró por una puerta que estaba abierta.

Asomó la cabeza.

—¿Hola?

Como no escuchó nada, se adentró y volvió a intentarlo. Nada. La cocina estaba llena de cajas, montañas de cacerolas, sartenes envueltas en papel de burbujas y otros utensilios sobre estantes y ganchos.

—¿Liv? ¿Estás aquí? —Thea avanzó esquivando cajas. Atravesó una puerta abatible hacia lo que creía que era el salón y…

—¡Sorpresa!

Pegó un grito y se llevó una mano al corazón. Liv y Alexis estaban paradas en medio de la cafetería junto a la única mesa que no tenía encima cajas ni vajilla por ordenar, sino una botella de champán, tres copas y una tarjeta enorme que decía «¡Felicidades!».

—¿Y esto? —preguntó Thea entre risas.

—¡Te dije que íbamos a celebrarlo! —respondió Liv—. ¡Sorpresa!

Alexis sonrió.

—Liv me ha contado las novedades. Qué maravilloso. Y muy oportuno en mi caso…

Cruzó una mirada con Liv.

Thea dio un par de pasos hacia ellas.

—Muy oportuno porque…

—Bueno… —dijo Alexis arrastrando las palabras—. Tengo unas paredes muy aburridas que piden a gritos que alguien las llene de vida. He pensado que sería maravilloso exponer la obra de algún artista local.

Thea se la quedó mirando. Liv puso los ojos en blanco.

—Está hablando de ti, Thea.

—¿Quieres que exponga mi obra aquí?

—¿Te gustaría? Quiero que sea un espacio para que los artistas locales puedan enseñar y vender su trabajo.

Thea estuvo a punto de pellizcarse. En veinticuatro horas la habían aceptado en la facultad de arte y le habían ofrecido la oportunidad de exponer su obra. No creía en las señales, pero, si existían, seguro que se parecían mucho a lo que le estaba pasando.

Echó un ojo al local.

—¿Por dónde empezamos?

Liv se acercó y le ofreció una copa de champán.

—Por el brindis.

Thea lo aceptó. Liv alzó la copa.

—Por los nuevos comienzos —exclamó.

—Nuevos comienzos —repitió Thea.

Sin embargo, cuando el champán entró en contacto con su lengua, las burbujas y los sentimientos le dejaron un sabor amargo.

CAPÍTULO 17

—¿Podemos ponernos a trabajar, por favor?

Gavin abrió una lata de cerveza y se desplomó en el sillón con toda la dignidad con la que puede hacerlo un hombre que tiene puesta una boa de plumas rojas y una diadema con cuernos de reno. Ava, Amelia y Jo-Jo habían insistido para que jugaran a disfrazarse antes de acceder a ver una película en el cuarto mientras ellos «se ocupaban de la pared». Pero, cuando las pequeñas eligieron *La sirenita*, se encendió un debate que desvirtuó el objetivo de la reunión por completo.

—Tuvo que cambiar de especie para estar con un hombre —dijo Mack mientras sacudía las manos para que se le secaran las uñas que Ava le había pintado de rojo y verde en alusión a Navidad—. ¿Qué pueden aprender las niñas de todo esto?

—Es una película —gruñó Del, que estaba a la defensiva porque había sido él quien la había propuesto.

—Del ha expuesto un argumento que no hay que olvidar —dijo Malcolm con calma. La guirnalda con minicampanitas que tenía enredada en la barba emitía un sonido festivo cuando hablaba—.

Está mal asumir que las mujeres y las niñas no saben diferenciar la realidad de la fantasía. No nos da miedo que los hombres que leen novelas de suspense o asesinatos se conviertan en asesinos seriales. Entonces, ¿por qué creemos que una chica no va a saber que no debería pasar de sirena a humana solo para encontrar el amor porque lo dice una película?

—Porque muchas veces ese es el único mensaje que reciben las niñas —discutió Mack—. No se trata tan solo de una película... ¡Son todas las malditas películas!

Todos asintieron en silencio. El ruso levantó una cadera y se tiró un pedo.

—Es cierto —dijo Malcolm—. Pero tenemos que encontrar la manera de producir y disfrutar de contenido que celebre a las mujeres valientes sin subestimar la capacidad que tienen para distinguir la realidad de la ficción.

—Como las novelas románticas —dijo Gavin.

Mack se llevó una mano al pecho.

—Nuestro pequeño está creciendo.

—Nuestro pequeño se está enfadando —corrigió Gavin—. Nos estamos quedando sin tiempo.

El ruso se levantó y la expresión en su rostro decía que él también se estaba quedando sin tiempo..., pero para otra cosa.

—¿Dónde está el baño?

Todos chillaron «¡NO!» al unísono. Mack se puso de pie y fue hacia la cocina.

—No dejes que se acerque a tu baño —le dijo a Gavin mientras abría la nevera como si fuera la de su casa—. Jamás podrás deshacerte del olor. El colega tiene desechos radiactivos en el colon.

—Tengo un *prroblema* digestivo —dijo el ruso.

—Usa el baño del sótano —refunfuñó Gavin—. Y tú, aléjate de mí refrigerador.

Mack sacó un recipiente de comida para llevar y levantó la tapa con cuidado de no arruinar el esmalte de sus uñas.

—¿Qué es esto?

—No lo sé.

—¿Puedo comérmelo?

Gavin se encogió de hombros.

—Sí, como quieras. ¿Podemos empezar, por favor?

Cada uno le había traído una bolsa llena de libros que habían ido dejando tiradas en el suelo sin mucha ceremonia. Gavin cogió el primero que tuvo a mano: tenía una cubierta oscura con un hombre sin camiseta que empuñaba un arma.

—¿Qué leches es esto?

—*Thriller* romántico —dijo Del.

—*Thriller* romántico —repitió él escéptico.

—Sí, tío… Ya sabes. —Mack alzó un puño al aire y exclamó con dramatismo mirando al techo—. Macho, ¿en algún momento este tipo va a tener sexo? Es la historia de tu vida, colega.

Gavin devolvió el libro a la pila.

—Hablo en serio —gruñó—. Anoche avanzamos mucho, pero esta semana las cosas se han enrarecido después de que la admitieran en Vanderbilt.

—Cuéntanos todo lo que pasó —dijo Malcolm.

Gavin repasó en voz alta los momentos claves de la cita y de la mañana posterior.

—Estás en la tan temida mitad de la historia, amigo —le dijo Del—. Durante un tiempo vas a sentir que das un paso hacia delante y dos hacia atrás, como en el libro. Acuérdate de cuando Irena le habla a Benedict de su hermana y de cómo querían irse a América. —Gavin asintió—. Bueno, aquella conversación la hizo sentirse vulnerable y por eso se molestó tanto cuando él se fue.

Gavin se cubrió los oídos.

—¡No me lo cuentes! No he llegado a esa parte.

—Es una buena señal que Thea te hablara sobre su padre, pero también es normal que le de miedo —dijo Malcolm—. La hiciste regresar a recuerdos dolorosos. El punto G es más sensible cuando lo tocas por primera vez.

—De verdad que os pago un millón de dólares si dejáis de decir punto G —espetó Gavin.

—Lo que quiero decir es que anoche conseguiste socavar un poco más sus muros, pero eso la va a dejar vulnerable, expuesta.

—Sí, bueno, y a mí también —admitió Gavin en voz baja.

La habitación se quedó en silencio.

—Sigue, tío —dijo Mack—. Cuéntanoslo. Esto es lo bueno.

Malcolm se apoyó sobre el respaldo del sillón.

—Gavin, hablamos mucho de sus miedos, de su oposición. ¿Pero cuáles son los tuyos?

—Perderla.

—Y una mierda —dijo Del.

Gavin le lanzó un dardo con la mirada.

—¿Perdón?

—Eso es una mentira que apenas roza la superficie —dijo Del—. Por supuesto que tienes miedo de perderla. Es que no tienes ni que decirlo. Pero si piensas que para ser feliz solo tienes que recuperarla, estás equivocado. Ya puedes ir dándote por vencido.

—No entiendo… —Gavin se quedó boquiabierto—. ¿¡Podéis dejaros de una puñetera vez de acertijos!?

—Lo que Del quiere decir —explicó Mack— es que ella no puede ser la única que desvele sus temores. ¿Tú te abriste también? ¿Fuiste sincero con ella?

—No… No lo sé. —Sus axilas comenzaron a sudar.

—Bueno, empieza por ser sincero con nosotros —dijo Del—. ¿Qué es lo que crees que jamás podrías hacer? ¿Qué es lo que más te asusta? ¿De qué quieres hablar tú?

Todos se callaron y se lo quedaron mirando.

No. No se lo podía contar.

Gavin negó con la cabeza.

Malcolm suspiró con una frustración inusitada para el que era, sin duda, el miembro zen del club de lectura.

—Gavin, no podremos ayudarte si no comienzas a ayudarte a ti mismo.

—No lo entendéis. Es personal.

Del gruñó y se puso de pie.

—Mira, yo no voy a perder más el tiempo contigo si tú no te…

—¡Ella lo fingía todo!

Mierda. Mierda, mierda, mierda. Lo había dicho en voz alta.

Esperaba risas, chistes, que el cielo se desplomara sobre él.

Pero no sucedió. Cuando alzó la vista, se encontró solo con una sala llena de miradas empáticas.

—¿Fingía… los orgasmos? —le preguntó Mack.

—No, genio. La llegada del hombre a la luna, no te jode.

—Joder, tío. Qué mierda —suspiró Del—. Lo siento.

—Pero ¿siempre ha fingido, todas las veces? —preguntó Malcolm—. ¿O solo en ocasiones?

—Siempre. —Sintió un sabor amargo—. Hasta donde yo sé, en todo nuestro matrimonio he sido responsable de un triste orgasmo.

Mack maldijo en voz baja.

—Mierda, tío. Lo siento. Todos esos chistes sobre sexo… No lo sabía. Soy un imbécil.

La disculpa le resultó sorprendentemente honesta.

—No podías saberlo.

Del tosió con discreción, tomando la palabra.

—Entonces, sabes que estaba fingiendo porque…

Gavin notó cómo el calor le subía por el cuello.

—Porque una noche no fingió, y entonces fue evidente.

—No lo entiendo —dijo Mack—. ¿Te echó porque consiguió correrse al fin?

La piel de Gavin se erizó con la expresión «al fin».

—No. Me echó porque no reaccioné bien cuando me enteré.

—¿Qué hiciste? —intervino Del.

—Me fui a la habitación de invitados y no volví a hablarle.

Fue entonces cuando la habitación estalló en cólera tal y como Gavin esperaba. Todos se pusieron de pie. Del comenzó a caminar en círculos, golpeando un puño contra su otra mano. Malcolm se acarició la tintineante barba mientras susurraba por lo bajo como un monje. Mack se metió enormes bocados de fideos en la boca y señaló a Gavin con furia.

—¡Estúpido de mierda! —espetó Del al fin.

—Ya sé que no estuvo bien —dijo Gavin, defendiéndose casi de manera instintiva—. Quise disculparme cuando vine a verla después de que me pidiera el divorcio.

—Gavin, tienes que disculparte por mucho más que eso —dijo Malcolm—. Las mujeres no fingen los orgasmos a menos que también estén fingiendo otras cosas.

Por Dios. Ya estaban de nuevo con los malditos acertijos.

—Solo… quiero que me digáis q-qué tengo que hacer.

—Tienes que dejar de poner toda tu atención en que haya fingido y comenzar a preguntarte por qué demonios no te diste cuenta.

Las palabras de Malcolm hicieron que un nudo se instalara en su garganta.

—Sí, tío —agregó Mack limpiándose con el antebrazo los labios llenos de aceite—. Y por qué no tuviste las putas pelotas para hablar con ella cuando supiste la verdad.

—Piensa que tienes que construir un puente —concluyó Del—. Puede que sus orgasmos no hayan sido reales, pero ¿acaso fuiste tú sincero con ella? Puedes cambiar el curso de las cosas, pero tienes que asumir los mismos riesgos que le estás pidiendo a ella.

—Ella está siguiendo adelante con su vida sin ti —dijo Malcolm—. Tiene planes. Metas. Está a punto de volver a la universidad y ya no te necesita. A menos que le des un motivo para confiar en ti…

De pronto una luz brillante se coló entre las cortinas de las ventanas del salón y todos se quedaron en silencio.

—¡Mierda! —exclamaron a la vez.

—Pensé que volvía a las diez —gritó Del.

—¡Eso me dijo! —Gavin llevó la mirada al suelo—. Los libros. Esconded los malditos libros.

Gavin y Mack se tiraron al suelo y comenzaron a juntar los ejemplares.

Las luces de fuera se apagaron.

—Debajo del sillón —siseó Gavin.

—No puedo. Todavía no se me han secado las uñas —lloriqueó Mack.

Gavin lo fulminó con la mirada y se puso a esconder libros bajo el sillón. Todos escucharon los pasos de Thea en el porche.

—Mete algunos detrás de los cojines —siseó Del.

El ruso se tiró un pedo gas y se llevó una mano al estómago.

—Necesito *usarr* el baño de nuevo —dijo mientras corría escaleras abajo hacia el sótano.

La puerta se abrió. Gavin cubrió los últimos libros con una manta y golpeó a Mack para que se sentara encima de ellos.

Thea entró, seguida de cerca por Liv, y todos los hombres se quedaron paralizados cual rocas.

Gavin se aclaró la garganta.

—Hola. Eh…

Thea recorrió la habitación con la mirada.

—Em…

Gavin recordó que estaban disfrazados.

—Las niñas han querido jugar a vestirnos.

—Ya veo. —Thea volvió a echar un vistazo a su alrededor—. ¿Y dónde están ahora?

—Dormidas arriba.

—Ya veo.

Mack levantó las manos y se concentró en soplarse las uñas.

—Hola, Thea —dijo—. Felicidades por lo de la universidad.

Liv avanzó y enseguida notó el recipiente de comida de la nevera.

—¿Quién se ha jalado mi comida china?

Gavin señaló a Mack… que estaba extrañamente rígido. Miraba a Liv con los ojos MUY abiertos.

—Hola —musitó con torpeza—. Soy, soy Braden.

Liv le lanzó una mirada tan llena de furia que podría haberlo fulminado ahí mismo antes de salir hecha un tornado hacia la cocina. A su paso dejó un silencio extraño, forzado, parecido al que invadía un estadio cuando un fanático atraviesa el campo desnudo.

Nadie se creía lo que acababan de vivir: una mujer acababa de ignorar los encantos del maldito Braden Mack.

—Creí que jamás viviría para verlo —dijo Malcolm con su voz calmada de barítono.

—Es como ver el rostro de Jesús en un pan tostado —añadió Del.

Liv abrió la nevera.

—¡Oh, por Dios! ¿También os habéis comido los restos de mi pizza?

Sin aguantar más, cerró la puerta de la nevera y bajó corriendo al sótano.

—Liv, te conviene esperar…

El sonido del portazo solapó la advertencia de Gavin, pero no pasaron más que un par de segundos hasta que el grito y el sonido de sus pies subiendo las escaleras a toda velocidad hicieron aparición.

La puerta del sótano se abrió de nuevo y salió disparada, roja de furia, mientras bramaba entre arcadas:

—¡Odio. A. Los. Hombres!

Gavin les señaló entonces la puerta principal.

—Es hora de irse, chicos.

CAPÍTULO 18

Gavin no volvió a respirar con normalidad hasta pasados los veinte minutos que les llevó a los chicos irse, a las mujeres retirarse a sus dormitorios y a él juntar los libros escondidos. Los metió en un par de bolsas de basura dentro del armario de la habitación de invitados. Luego se desplomó sobre el colchón y apretó las manos sobre sus ojos.

Había estado cerca de pifiarla.

Los sonidos de la rutina nocturna de Thea lo atrajeron hacia la puerta de su cuarto: el agua que salpicaba contra el lavabo mientras se limpiaba el rostro, el suave sonido del cepillo contra sus dientes, un cajón que se abría para sacar su pijama.

«Construye un puente», le había repetido Del cuando salía por la puerta con Jo-Jo dormida sobre su hombro.

Gavin llamó a la puerta.

—Pasa —dijo Thea unos segundos después.

Estaba en el vestidor poniéndose el pijama. El corazón de Gavin se desató entre el deseo y los nervios.

—Em, ¿qué tal te ha ido el día? —preguntó parado en el umbral.

—¿En Vanderbilt o en la cafetería?

—En ambos.

Ella se encogió de hombros.

—Bien.

Ahí estaba. Se estaba alejando de nuevo. «Asume el riesgo emocional».

—Pensaba encender un fuego en el patio. ¿V-vienes conmigo?

Thea miró primero su cama y luego a él.

—Emm… —dudó

—Podemos leer a la luz de las estrellas.

—B-bueno —dijo Thea al fin.

Gavin salió primero para empezar el fuego. Desplegó una manta en el sillón del patio, sacó un par de cervezas y esperó a su mujer fuera. Ella salió unos minutos después vestida con un jersey de Gavin, los *leggings* y calcetines peludos por encima. Se había hecho un moño en la parte superior de la cabeza… y traía el libro entre las manos.

—Ey —dijo él, mirándola embobado.

Ella se detuvo a unos metros de él.

—Ey.

—Acabo de encender el fuego, pero he traído una manta mientras coge fuerza.

—Bueno. —Thea llevó la vista hacia el sillón, dudó un momento y volvió a mirarlo con una expresión que estimuló directamente las partes impúdicas de Gavin.

En los ojos de ella había nostalgia. Evidente e inconfundible. Se le hinchó el pecho y dejó salir el aire con dificultad. Bajó la vista y fijó la mirada en su boca. El cuerpo de Gavin estaba caliente y duro. Tan duro que le dolía.

Él se aclaró la garganta y casi no pudo hablar.

—Me estás matando, Thea.

Ella pestañeó.

—¿Qué?

—O dejas de mirarme así o me besas, pero tienes que hacerlo t-tú, porque yo no quiero arruinar esto.

Thea puso unos ojos como platos, pero luego fingió una risa y sacudió la cabeza de manera casual.

—No seas ridículo.

Gavin ocultó su desilusión y esperó a que ella se sentara para luego acomodarse en su lado del sillón. Automáticamente, como si lo hubieran hecho cientos de veces antes, él se giró para recostarse en el apoyabrazos y que ella pudiera apoyarse sobre su pecho. Thea se tapó las piernas con la manta. Gavin la envolvió con un brazo y la atrajo hacia él.

—¿Estás bien? —le preguntó. Ella asintió con un sonido y apoyó la cabeza sobre su hombro.

Se quedaron mirando el fuego en silencio durante un rato para acostumbrarse a aquella nueva normalidad que ambos habían estrenado la noche anterior y que ninguno sabía muy bien qué era.

—Puedo escuchar tus pensamientos —insistió él, pero ella le respondió con silencio. Gavin reprimió un suspiro. No lo ayudaba para nada enfadarse, así que intentó otra estrategia—: Deberíamos haber hecho esto más a menudo —dijo en voz baja.

—Nunca teníamos tiempo.

«Construye un puente».

—Eso no es cierto. Podría haberlo sacado de donde fuese. —Thea se quedó sin aliento—. Siempre puse el béisbol por delante de todo lo demás. Es algo que ahora veo claro. Y por culpa de eso me lo perdí todo. Los primeros pasos de las niñas. Sus primeras palabras. Los viajes corriendo a urgencias cuando se ponían enfermas. Lo justificaba porque mi carrera era importante, pero renunciaría a todo en este momento si con ello pudiera hacer que volvamos a estar juntos.

Thea se fue enderezando para darse la vuelta para mirarlo con la intención de, probablemente, evaluar la sinceridad de sus palabras.

Ella no le dio pista alguna de lo que iba a venir a continuación, por lo que Gavin se sorprendió cuando escuchó lo que ella tuvo que decir cuando por fin habló.

—¿Te acuerdas de cuando me preguntaste cómo se había tomado mi madre que mi padre volviera a casarse?

—Sí.

—La verdad es que no lo sé. La última vez que hablé con ella fue antes de Semana Santa.

Gavin no tenía ni idea de adónde estaba yendo la historia, pero parecía importante.

—¿Por qué? —preguntó.

—Porque creo que se regodearía si supiese que estamos atravesando una crisis.

Gavin se incorporó.

—¿Qué quieres decir con que se regodearía?

—Cuando me quedé embarazada me acusó de haberlo hecho a propósito. Para… ya sabes.

Cielo santo.

—¿Para forzar a que nos casáramos?

—Sí. —Fue solo una palabra, pero iba cargada de un dolor tal que pesaba tanto como un diccionario.

—Por Dios, Thea. —La ficción y la realidad se cruzaban.

—Me dijo que no tenía duda alguna de que era hija suya. —A Thea se le escapó una risa triste—. Porque ella sí que se quedó embarazada de mí a propósito.

—¿Te dijo eso?

—Siempre sospeché que no había sido un embarazo deseado. Mi padre me había puesto un apodo… —Hizo otra pausa. Gavin la abrazó con más fuerza hasta que retomó la frase—. Me llamaba «canita al aire».

Gavin apretó el apoyabrazos del sillón con fuerza.

—Cuando era pequeña pensaba que me llamaba así porque era muy risueña y atrevida, pero con el tiempo entendí a qué se refería con la expresión.

—¿Cuántos años tenías cuando lo descubriste?

—Nueve.

Gavin apretó con fuerza los dientes y endureció la mandíbula.

—Thea, tienes que dejarme llamar a ese cabrón. —O, todavía mejor, dejarlo ir hasta la casa de semejante idiota y partirle la cara de un puñetazo.

—No merece la pena.

—Pero tú sí que mereces la pena.

Ella volvió a mirarlo para descifrar si hablaba en serio.

—Lo que te dijo tu madre… ¿Fue por eso por lo que te alejaste de mí cuando te enteraste de que estabas embarazada? ¿Tenías miedo de que yo pensara que estabas intentando atraparme?

—Un poco —admitió ella mientras se encogía de hombros—. Y también en parte porque estaba aterrada. Era joven. Éramos jóvenes.

Gavin le acarició el cabello y le rodeó la nuca con la mano para sostener su cabeza entre sus manos. Por primera vez en semanas no tuvo que preguntarse «¿Qué haría el Conde Benedict?» para saber qué decir.

—Que te quedaras embarazada ha sido lo mejor que me ha pasado en la vida. Y no solo porque no puedo imaginarme la vida sin las niñas, sino porque no puedo imaginarme la vida sin ti.

El rostro de Thea reflejó la batalla que había en su interior: el patético deseo de creerle contra el cinismo que le había enseñado la vida. Las palabras eran hermosas, pero eso no quería decir que pudiera confiar en ellas. Tenía miedo de cruzar ese puente movedizo porque sabía qué había al otro lado: mucha incertidumbre, pero también pasión y alegría. El problema es que era de la pasajera. De la que duele.

«Solo con amor no alcanza».

—Thea, si alguien atrapó a alguien, fui yo. Yo te atrapé a ti.

Ella se quedó boquiabierta, casi sin aliento.

—¿Qué?

—Fui yo el que te propuso que nos casásemos c-cuando estabas aterrada. Cuando te sentías vulnerable. Antes de tan siquiera sugerir la boda tendría que haberte dado espacio suficiente para que te acostumbrases a la situación y para asegurarme de que tenías claro que iba en serio y que mi compromiso era a largo plazo.

Ella alzó una ceja, escéptica.

—Y yo podría haberte dicho que no. Tampoco es que estuviese sola y desamparada.

—Pero no sabías en qué te estabas metiendo. Yo sabía lo que suponía estar casada con un jugador de béisbol profesional, pero tú no. No tuviste tiempo para acostumbrarte, para adaptarte.

El tiempo se detuvo y él fue consciente de cada movimiento de los músculos de Thea. Del modo en el que se le marcaba la mandíbula al tragar. La manera en la que los ojos de Thea se desviaban hacia sus labios. La forma en la que se mordía el labio inferior.

Y, por fin, gracias a Dios, por fin, cómo Thea estiraba una mano y la presionaba contra su pecho.

Ella levantó la cabeza para mirarlo. Su expresión era tan pura como la de la noche anterior, pero también diferente. Ya no se sentía abrumada. Hoy lo miraba con anhelo. Con deseo.

Gavin bajó la cabeza y la besó.

Thea se apoyó contra él con intensidad y la boca abierta. Él la envolvió en sus brazos y la arrastró hasta su regazo. Gavin solo podía escuchar el sonido de la sangre corriendo por sus venas y la respiración agitada de su mujer.

Era por eso por lo que había dudado en salir al jardín con él. Por la misma razón por la que había necesitado espacio para estar sola aquella misma tarde. Eso era lo que lo hacía peligroso. En sus brazos perdía toda voluntad, sobre todo después de las cosas hermosas que le había dicho.

Oh, ¿por qué había dejado de besarla así? ¿Cuándo había sucedido? ¿Y por qué no podía parar? A cada segundo que pasaba era más difícil mantener las distancias entre ellos. Aunque, ¿a quién quería engañar? Se habían desintegrado en el instante en el que él le había retirado el pañuelo de los ojos y ella se había dado cuenta de que la había llevado a comprar material artístico a modo de cita. Casi no podía recordar para qué necesitaba aquellos muros, aquellas distancias, cuando todas esas pequeñas descargas de placer viajaban por las distintas zonas de su cuerpo.

—Por Dios, Thea —gimió Gavin besando la línea que iba de su mandíbula hasta el cuello. Ella inclinó la cabeza y dejó que la besase. Sus manos recorrieron su cintura hasta colarse por debajo de su camiseta, donde el pulgar acarició el nacimiento de sus pechos—. ¿Puedo tocarte?

Thea se estremeció y asintió. Gavin le desabrochó el sujetador y acarició con un dedo su pezón endurecido. Ella no pudo contener su reacción: despegó sus labios de los de él y dejó caer la cabeza hacia atrás con un gemido de placer mientras su marido buscaba un nuevo refugio para su boca en nuevas partes de su cuello. Con los dedos hacía magia sobre sus pechos hinchados por el placer. Pellizcaba, enroscaba y apretaba su pezón al mismo tiempo que metía y sacaba la lengua de su boca a un ritmo vertiginoso.

Thea se sentó a horcajadas sobre él y se sacó el jersey. Con ternura pero con urgencia, Gavin deslizó un dedo debajo de cada una de las tiras del sujetador y las deslizó por sus hombros. Los pechos quedaron libres de su cárcel y, cuando las manos de Gavin los cubrieron, Thea sintió una oleada de frío seguida por una brisa caliente.

Gimió y apoyó sus manos sobre las de él. La boca de Gavin la buscaba, la lengua recorría su boca mientras las palmas de sus manos amasaban sus senos y los dedos jugueteaban con los pezones.

De repente, Mantequilla ladró y salió disparado, persiguiendo algo por el jardín.

Thea se sobresaltó como si la irrupción le hubiese supuesto una bofetada de sentido común. Se levantó y cruzó un brazo para taparse los pechos.

—Por Dios. ¿Qué estamos haciendo?

Gavin se removió en su asiento, incómodo.

—Besarnos.

—Hacía mucho que no nos besábamos así. —Thea intentó recuperar el aliento mientras volvía a ponerse el jersey.

—Quizás no deberíamos haber dejado de hacerlo —indicó Gavin

con voz ronca y jadeante. Giró la cabeza para mirarla y el peso de su mirada le resultó tan aterrador como reconfortante.

—Me voy a la cama —dijo Thea.

—Te acompaño.

—No. —Thea se negó y se puso de pie—. Necesito… Necesito tiempo.

Gavin se levantó y le interrumpió el paso.

—Mírame. —Ella no quería, pero al final lo hizo. Sus ojos se clavaron en los de Thea y le hicieron las preguntas que no era capaz de traducir en palabras—. Si estamos yendo demasiado rápido, podemos parar. Marca tú el ritmo. Te prometo que no voy a presionarte. —Ante su silencio, Gavin apoyó su frente sobre la de ella—. Háblame, Thea, por favor.

—Tengo miedo, Gavin. —Las palabras salieron de su boca antes de que pudiera pensar en las consecuencias de tamaña confesión.

Para su sorpresa, él también confesó su parte:

—Yo también.

Cortejando a la condesa

Podría pasarse días enteros perdida entre aquellos estantes, pensó Irena mientras contemplaba la imponente biblioteca. Ojalá pudiera. Hacía diez días que Benedict había partido. Diez días sin ninguna noticia de él o de lo que estaba sucediendo en Ebberfield.

Y lo único que la enfurecía más que la falta de explicación era cuánto le estaba afectando su ausencia.

Irena se había dispuesto a investigar la biblioteca para conservar la poca cordura que le quedaba.

—¿Busca algo en particular?

Con una exhalación de sorpresa, se giró en la oscuridad. En la otra punta de la habitación vio a Benedict acomodado en un pequeño sillón, desde donde alzó la mano a modo de saludo en un gesto que indicaba la confianza que existía entre ellos. Tenía las piernas cruzadas y los pies le colgaban del apoyabrazos. Sus hombros ocupaban todo el cojín del respaldo. Se había quitado el abrigo y la corbata, por lo que la piel del cuello estaba expuesta a la mirada de Irena.

—Ha vuelto —indicó ella con toda la calma que le permitió su corazón acelerado.

—Sí —respondió él con voz grave y cansada.

—No lo he oído llegar.

«¿Y por qué demonios no la había avisado?», pensó.

—No quería despertarla.

Irena enterró sus pies descalzos bajo la alfombra.

—¿Qué hace aquí?

—Quizás lo mismo que usted.

—¿Buscando libros sobre la ingeniería de los carromatos romanos?

—Por suerte, no.

—¿Y entonces qué está haciendo?

—Evitando la tentación de cruzar la puerta sin llave que separa nuestras recámaras.

—Entonces no estamos haciendo lo mismo, no.

Benedict posó una de sus manos sobre su pecho sin delicadeza alguna.

—Mi adorada, sus palabras me hieren.

Irena esbozó una sonrisa tímida pese a todo su esfuerzo por mantener una justificada expresión de indignación.

—Ni siquiera sabía que había regresado, Benedict.

—Y ahora que ya lo sabe, ¿qué vamos a hacer con el tiempo que tenemos en nuestras manos?

Había algo juguetón en su tono, pero también oscuridad, como si estuviera enojado con ella. Pero ¿qué derecho tenía a hacerse el enfadado? Había sido él quien había desaparecido durante días.

—Sugiero que busquemos mi libro.

Con un movimiento grácil y fluido, Benedict se incorporó.

—Por supuesto. ¿Qué otra cosa puede hacer una pareja de recién casados en la oscuridad?

Irena ignoró la mofa. Benedict deslizó la escalera de la biblioteca por la barandilla que rodeaba la habitación hasta detenerse en una sección que daba la impresión de ser donde se escondían los libros que nadie buscaba. Es decir, el tipo de libros que más le interesaba a Irena. Él trepó algunos escalones y se dio la vuelta extendiendo una mano.

—¿Una vela?

Irena se la alcanzó y esperó pacientemente a que él terminara de leer los lomos. Al cabo de un rato, su marido retiró un libro del estante. Le devolvió la vela, bajó de la escalera, se giró y le entregó un libro de lomo fino.

—¿Qué le parece esto?

Ella parpadeó sorprendida cuando leyó el título.

—Ingeniería en la Antigua Roma. Supongo que es exactamente lo que estaba buscando.

—Excelente, entonces encenderé el fuego y puede leérmelo hasta que me quede profundamente dormido y olvide los últimos diez días.

Irena se estremeció.

—¿Olvidarse de los últimos diez días? —preguntó—. Me ordenó que me quedara y desapareció sin decir ni una sola palabra. ¿En serio cree que voy a leerle hasta que se quede dormido como si nada hubiera ocurrido?

Benedict se pasó la mano por su rostro cansado.

—Irena, por favor.

—Es tarde, mi señor. Está claro que está agotado. Quizás es mejor que regresemos a nuestras recámaras.

Benedict la cogió por los hombros.

—No tengo ninguna intención de pasar una sola noche más en una cama vacía, Irena. Esta noche no. Por favor. Necesito escuchar su voz, ni que sea un rato.

Su dulce súplica quebró la determinación de Irena.

—¿Que sucedió en Ebberfield, Benedict? ¿Cómo está Rosendale? —Él tragó saliva, pero no dijo nada. Irena se soltó de su abrazo—. Mi señor, me ha pedido en reiteradas ocasiones que confíe en usted. Sin embargo, se rehúsa una y otra vez a confiar en mí. Hasta que no lo haga, no podremos comenzar de nuevo.

Ella apretó el libro contra su pecho y se giró en dirección a la puerta. Apenas cubrió la distancia de diez pasos cuando él volvió a hablar:

—Murió. Luchó durante días, pero estaba gravemente herido. No había nada para hacer.

Irena se giró. Bajo la tenue luz de la vela los rasgos de Benedict adquirieron un aspecto sombrío.

—Oh, Benedict. Lo siento. —Irena caminó hacia él—. ¿Tenían mucha relación?

—Lo conocía de toda la vida. —Ella le rogó con la mirada que le contara más y, por un momento, creyó que no iba a hacerlo. Pero él continuó con su narración—: Fue él quien me crio.

—¿Qué quiere decir con eso?

Benedict se acercó a la chimenea y posó sus ojos sobre las llamas.

—Fue más padre para mí que mi verdadero padre.

—¿Por qué?

Benedict se encogió de hombros.

—El interés que tenía mi padre en mí se reducía al hecho de que yo fuese su heredero. Llegué a pasarme hasta dos años sin verlo. Cuando regresó después de todo aquel tiempo ya ni me reconocía.

Irena suspiró.

—Oh, Benedict.

La miró.

—Rosendale no tuvo hijos. Su esposa no podía quedarse embarazada. Su casa se convirtió en mi hogar. —El vestigio de una sonrisa apareció en su rostro, como si pudiese estar viendo en ese mismo instante a la pareja—. Me dejaba acompañarlo a todos lados. Todo lo que sé sobre llevar una hacienda lo aprendí de él. Y, cuando terminaba el día, Elizabeth, su esposa, nos esperaba con alguna pasta dulce o una cacerola de estofado.

—¿Y a su madre no le preocupaba que estuviera lejos tanto tiempo?

—Mi madre pasaba la mayor parte del año fuera del condado. Durante el invierno estaba en Londres y en el verano viajaba a Escocia. Solo la veía en fiestas de guardar.

Irena se acercó cada vez más.

—Benedict, qué horrible. Sus padres lo abandonaron —dijo deteniéndose a pocos centímetros de él—. Tanta crueldad no tiene perdón.

—Fue mejor así. Las cosas no eran muy agradables cuando ambos estaban en la misma casa.

—¿Por qué? Soy consciente de que los nobles no suelen

casarse por amor, pero la mayoría logra una convivencia pacífica cuando tienen que compartir la misma casa.

—Supongo que mis padres no eran como la mayoría —afirmó él con una sonrisa, aunque la rigidez de su mandíbula indicase que no se trataba de un tema tan superado como quería hacerle creer.

Irena alzó una mano, vaciló por un momento, pero finalmente la apoyó sobre su mejilla. La barba de varios días le raspó la yema de los dedos. Aun así pudo sentir la suavidad y el calor de su piel. Con un gemido suave, Benedict cerró los ojos y acercó el rostro a la palma como una flor que busca el sol.

—La he extrañado tanto, Irena —dijo.

—Yo también a usted—admitió ella.

Con otro gemido, Benedict apoyó su frente contra la de ella.

—Estoy a su merced, Irena. Desde el primer momento en que la vi, mi cuerpo y alma le pertenecen. Amada mía, termine con mi agonía. Se lo ruego. Béseme. Déjeme abrazarla. Por favor.

Irena no pudo seguir negándole el consuelo que necesitaba, como no le hubiese negado la comida a un hombre hambriento. Lo besó. Al principio con delicadeza, pero después con mayor intensidad. Él volvió a gemir y tomó las riendas de la situación. Le arrebató el libro de las manos y lo arrojó al suelo. Luego la recostó sobre la alfombra. Recorrió la piel ardiente de su esposa con los labios, dibujando un sendero que partió de su mentón hasta llegar al nacimiento de sus senos. Su mano se deslizó por el lateral de su cuerpo, arrastrando las capas de tela que le cubrían la piel para desvelar sus piernas, y siguió hasta llegar a la frontera de su pecho.

La urgencia porque la tocara hizo que Irena arqueara el cuerpo con un ruego en la punta de la lengua.

—Amada mía —murmuró Benedict—. ¿Puedo tocarla?

—Sí —gimió Irena—. Sí.

♥

CAPÍTULO 19

—¿Cómo va eso, hermanita?

Sonrojada, Thea dejó caer el pincel por el susto que le dio su hermana.

—¿Qué?

Habían pasado nueve días y estaban en la cafetería de Alexis. Thea pintaba el logo del restaurante en un muro de ladrillos descubiertos detrás del mostrador. Y no lo estaba haciendo gratis: era la primera vez que iban a pagarle por un trabajo artístico.

Liv apoyó en la mesa más cercana un jarrón de grandes proporciones que traía consigo y se cruzó de brazos.

—Bueno, hasta aquí hemos llegado ¿qué leches te pasa?

—¿A qué te refieres?

—Estás distraída, nerviosa. Hace una semana que me estás evitando y apenas has dicho palabra alguna desde que hemos llegado. Es como si no supieras estarte quieta.

—Estoy bien —mintió.

En realidad sí que había estado evitando a su hermana. No podía negarlo. Pero existía un motivo: Liv tenía la capacidad de oler sus mentiras y Thea ya estaba bastante confundida con todo lo que estaba pasando con Gavin como para sumarle a la ecuación el sarcasmo de Liv. Todo había cambiado la noche junto al fuego. Parecía que cada vez estaban más cerca de cruzar el puente, sin embargo, siempre paraban antes de hacerlo.

Y la noche siguiente era la fiesta de Navidad del equipo. La noche en que iban a dormir juntos en una habitación de hotel… Y los dos sabían qué significaba eso.

Era irónico. Liv solía ser la única persona a la que le contaba toda la verdad. Y ahora volvía a fingir, pero esta vez con Liv.

De pronto la oyó reírse a sus espaldas. No se trataba de una risa alegre, sino de sorpresa, como si acabara de entender un chiste que le habían contado horas atrás.

—Mierda —dijo con un bufido.

Thea se giró.

—¿Qué?

—No puedo creerlo. No he sabido ver las señales hasta ahora. Me cago en la puta. —Liv se volvió a reír.

—¿Me quieres decir de qué va esta epifanía que acabas de tener?

—Claro —dijo Liv con una sonrisa y los brazos cruzados—. Estás cachonda.

Un calor trepó por el cuello de Thea.

—Cállate.

La puerta de la cocina se abrió y tras ella apareció Alexis, seguida de cerca por un gato cuyo nombre era Albóndiga.

—¿Quién está cachonda?

—Oh, por Dios, nadie. —Thea las ignoró y volvió a concentrarse en el mural.

—Admítelo. Estás caliente. Sé que ha estado haciendo visitas nocturnas a tu recámara… —dijo Liv con un horrible acento británico—. Lo está consiguiendo, está saliéndose con la suya. Y si tú vas así de caliente, imagínate cómo debe estar él. Le está bien empleado. A estas alturas seguro que es como un león enjaulado. Me apuesto lo que quieras a que las sábanas del dormitorio de invitados están tan duras como él.

—¡Liv! ¡Qué asco! —se atragantó Thea.

Liv hizo un bailecito de festejo.

—¡Estás cachonda! ¡Estás cachonda! Admítelo, estás cachonda.

Thea metió los pinceles en el vaso y se dio la vuelta.

—Muy bien. Sí, lo estoy. Pero ¿cómo no voy a estarlo? ¿Has visto a Gavin últimamente? Es como vivir con un calendario de bomberos ambulante. Y me refiero a uno de estos en los que posan sin camiseta. Todos los días es un mes diferente: sin camiseta con el perro, sin camiseta con las niñas, sin camiseta tirando el muro con el mazo, sin camiseta leyendo.

Alexis agitó la cabeza, confundida.

—No tengo ni idea de qué está pasando.

Liv se cruzó de brazos y levantó las cejas.

—Sí, tu marido tiene buen cuerpo.

—¿Buen cuerpo? ¿BUEN cuerpo? El entrenador le ha mandado hacer unos ejercicios aeróbicos… ¿Le viste esa cosa con forma de «V» que se les marca a los hombres entre las caderas? —Thea señaló la zona sobre su propia pelvis.

—Eh…

—Quiero decir… Gavin siempre la ha tenido, pero ahora… Ahora está ahí más marcada que nunca. ¡Y también está la barba! Por favor, Liv, ¿sabes lo que hizo antes cuando salía de casa? Me inclinó para besarme. ¿Sabes el gesto al que me refiero? Ese de las películas en las que te cogen de la cintura y una pierna y te inclinan hacia el suelo para besarte. ¡Creo que quiere matarme!

Liv se carcajeó con un cacareo digno de una gallina agonizante.

—¡Pues entonces acuéstate con el! ¡Aprovéchate de su cuerpo y luego deshazte de él!

Alexis se aclaró la garganta.

—Em, ¿se puede saber de quién estamos hablando?

Liv y Thea hablaron al mismo tiempo:

—De mi marido.

—De su marido.

Confundida, Alexis ladeó la cabeza.

—¿Tu hermana te tiene que autorizar para que te folles a tu marido?

Ambas volvieron a responder al mismo tiempo:

—No —gruñó Thea.

—Sí —aseguró Liv.

El gato maulló.

—Es más que Gavin y yo estamos... pasando por algunos problemillas —explicó Thea ruborizada.

—¿Algunos problemillas, dices? —resopló su hermana—. ¿Así lo llamas ahora? —Liv se dirigió a Alexis—. Hace tres semanas estaba decidida a divorciarse, pero él la convenció para que le diera una segunda oportunidad y ha vuelto a casa.

—Está intentando arreglar nuestro matrimonio.

Ya estaba, lo había hecho. Estaba defendiendo a Gavin. El mundo estaba del revés.

La risa de Liv se apagó al escucharla excusarlo.

—Espera. ¿De verdad estás pensando en reconciliarte? —Thea volvió a prestar atención a su mural—. No, no puede ser cierto.

Thea evitó el sarcasmo y se conformó con preguntar:

—¿Y por qué no?

—Pues porque eso es exactamente lo que él quiere. Ha sabido desde el principio cómo hacer que cedieses. Se dedica a ello de manera profesional. Es deportista.

Thea se dio la vuelta enfurecida.

—¿Y qué coño tiene que ver eso con nada?

—Pues que lleva la competición en la sangre, y tú no eres más que otro juego para él.

—Uf, muchas gracias.

—No puedes dejar que gane —exclamó Liv señalándola con el dedo para darle más énfasis a su discurso.

Alexis se interpuso entre ellas como un árbitro.

—Bueno, ¿qué tal si abro una botella de vino y lo discutimos como hermanas y amigas…?

—Que sepas que no pienso quedarme de brazos cruzaros mirando cómo vuelve a romperte el corazón —la interrumpió Liv.

Thea sintió calor, frío y culpa, todo al mismo tiempo.

—Liv, yo te quiero, pero subestimas mi capacidad de decidir lo que es mejor para mí.

—Qué quieres que te diga, no es que tu pasado lo demuestre, precisamente.

Alexis intervino en voz baja y suave para calmar los ánimos.

—Liv, te digo esto como una de tus mejores amigas: creo que no estás siendo justa con tu hermana. Las relaciones son complicadas y puede pasar de todo en el momento más inesperado. ¿No puedes apoyarla mientras tanto?

El rostro de Liv no pudo ocultar una mueca de traición que viajó por el aire y golpeó a Thea directamente en el corazón.

—No, no puedo. —Liv cogió su abrigo de la silla en la que lo había lanzado nada más llegar—. Quizás mamá pueda acompañarte. Eres digna hija suya.

Irena y Benedict estaban yéndose al huerto.

Gavin había decidido retomar la lectura después acostar a las niñas, pero no se esperaba que las siguientes páginas contuviesen una gran escena de sexo. Y no una escena cualquiera; una pedazo escena. ¿En serio la gente hacía porquerías de semejante calibre en esa época?

«Por supuesto que sí —le respondió el Conde Dedos Pegajosos—. ¿En serio crees que la civilización occidental inventó el *cunnilingus* en el siglo veinte?».

Sea como fuere, la cuestión era que por fin había sucedido.

Y ahora tenía una jodida Erección de Libro.

Se retorció incómodo en el sillón y releyó la escena. Benedict tenía la cabeza sobre el regazo de ella. Irena jadeaba. Gemía. Benedict había introducido un par de dedos dentro de ella. Los metía y los sacaba en sincronía con su lengua.

Cielo santo… definitivamente quería a hacerle eso a Thea si tenía la oportunidad. ¡Mierda! Imaginarse a Thea en el lugar de Irena fue demasiado.

> —Amada mía, escúcheme —susurró Benedict en su oído—. Cuando estamos así, usted está al mando de todo. Me entrego ante su placer.

Gavin se rindió y llevó la mano hacia su palpitante…

La puerta se abrió de par en par. Gavin se sobresaltó en el sofá como un adolescente al que lo pillan con pornografía en el ordenador. El libro voló por los aires, pero él llegó a cogerlo a tiempo y esconderlo detrás del cojín del sillón justo antes de que Thea entrara.

—¡Hola! —chilló más de la cuenta—. Guau, ¿qué…?

Thea se sacó la camiseta en un solo gesto, se arrastró hasta su regazo y lo besó como si Gavin tuviera un tesoro enterrado en la garganta. Él se quedó quieto donde estaba, disfrutando de semejante irrupción hasta que casi no pudo respirar.

—Mi amor —gimió, retrocediendo un poco—. No me opongo en a-a-absoluto a lo que sea esto, pero ¿q-q-qué está sucediendo?

Thea se puso de pie.

—Túmbate boca arriba.

Sin dudarlo, Gavin se dejó sobre el sofá con las piernas colgando del apoyabrazos. Thea, de pie frente a él, se desabrochó el sujetador. Gavin la siguió con la mirada mientras atravesaba la habitación y, cuando estuvo cerca de él, clavó los ojos en sus pechos. Enseguida se distrajo con los dedos manchados de pintura que desbrochaban el botón de su pantalón y le bajaban la cremallera. Se olvidó de respirar cuando el pantalón y las bragas de Thea se deslizaron por sus caderas. Frente a toda aquella desnudez, Gavin solo pudo gemir y rezar para que no se tratara una psicosis provocada por su Erección de Libro. ¿Era acaso posible? Tenía que recordar preguntárselo a los chicos.

No, aquello no era un sueño. Thea, desnuda frente a él, forcejeaba con el botón de su pantalón. Gavin la detuvo.

—¿Q-qué estamos haciendo, Thea?

—Creo que es bastante obvio.

—Necesito que lo d-digas.

—¿Que diga qué? —preguntó Thea mientras lamía su ombligo y él, por instinto, inclinaba las caderas hacia delante.

—Dime que quieres esto —logró decir—. Dime que estás preparada.

Thea le metió la mano en los vaqueros y sujetó su pene con firmeza.

—Estoy más que lista, Gavin.

La voz casi se le quebró:

—Bendita mi suerte.

En la vida se había desvestido tan rápido. Thea volvió a empujarlo, apoyando las manos en su pecho desnudo para pedirle que se recostara. Él le hizo caso, pero la arrastró con él.

Ella se sentó a horcajadas sobre él y se deslizó hacia delante y hacia atrás con tanto brío que Gavin creyó que el deseo iba a dejarlo inconsciente. Hasta que al fin, por Dios, Thea se irguió sobre él, llevó la mano al punto exacto en el que sus cuerpos se encontraban y guio su pene hacia su interior húmedo y resbaladizo. Justo entonces, centímetro a centímetro, ella se hundió sobre él y él la penetró.

«Oh, joder. Joder». Gavin dejó caer la cabeza sobre el cojín. Los gemidos y jadeos de ambos se confundían mientras él se abría camino dentro de ella y la llenaba. Alzó la vista y la vio con la cabeza inclinada hacia el techo y los ojos cerrados.

—Mírame —le rogó.

Thea abrió los ojos y lo miró fijamente.

—Estás al mando—le dijo. Por el amor de Dios, jamás se hubiese imaginado que iba a usar palabras como aquellas justo después de haberlas leído—. Cuando estamos así, me entrego a tu placer.

Ella pestañeó a toda velocidad.

—¿Qué?

—Solo tienes que decirme dónde tocarte, cómo tocarte.

Thea guio su mano a la unión de sus cuerpos.

—Necesito…

—¿Qué? Dime lo que necesitas.

—Necesito que me toques aquí cuando estás dentro.

Gavin hizo presión con la yema de su pulgar en el clítoris hinchado de Thea. Sabía cómo hacerlo. Había aprendido algunos trucos del Conde Lametones.

Thea solo pudo asentir con la cabeza porque los jadeos de placer no la dejaban hablar. Se agarró a los hombros de Gavin con tanta fuerza que la presión de sus uñas casi lo hizo sangrar. Balanceó sus caderas hacia delante y hacia atrás y lo cabalgó salvajemente. Él seguía dibujando círculos con su dedo mientras que, con la otra mano, la agarraba por la cadera.

Ella se movió más rápido. Él la penetró con más fuerza. Ella gritó y gimió.

Mierda. ¿De verdad iba a suceder?

—Gavin —gimió—. Por favor, sí…

—Eso es, nena. Córrete.

—Oh, por Dios…

—Eso es, Thea. Tú puedes. —Ella echó la cabeza hacia atrás y se frotó los pechos. «Mierda», pensó él. Si no calmaba su deseo y bajaba la intensidad iba a arruinarlo todo—. Tú puedes, cariño,

De pronto, ella le tapó la boca con la mano.

—¿Quieres hacer el favor de callarte y dejar de animarme como si estuviéramos en un maldito entrenamiento de béisbol?

—Lo siento —balbuceó él entre sus dedos. Thea volvió a agarrarse a sus hombros—. Lo siento, nena. Solo quería darte ánimos. Por Dios, eres tan *sexy*.

—Deja de hablar.

Thea volvió a inclinar la cabeza hacia atrás y recuperó su ritmo rápido y fuerte. Sin embargo, algo había cambiado. Apoyó las manos en los hombros de Gavin.

—Amor…

—Quizás… quizás deberíamos cambiar de posición.

En ese instante, Gavin se dio cuenta que la mejor parte de ser un deportista profesional era que tenía la fuerza bruta para levantar a peso a su mujer, girarla sin ningún esfuerzo y no tener que dejar de penetrarla. Ella enroscó las piernas alrededor de su cintura. Él se introdujo todavía más en ella hasta que las gotas de sudor comenzaron a rodar por su frente y por su espalda.

—Gavin —susurró Thea mientras dejaba caer las manos hacia los lados de su cuerpo. En su voz había un rastro de resignación.

«No. No, no, no». Gavin se inclinó para tratar de atrapar con la boca uno de sus pezones.

—Gavin, para. No… No va a suceder.

Todavía dentro de ella, él se detuvo.

—Cariño, estabas tan cerca. Dime qué hacer.

—Lo siento.

El temblor en la voz de Thea hizo que él se incorporara y parase de inmediato. Vio cómo se le llenaban los ojos de lágrimas y sintió que el pecho se le congelaba.

—Lo siento, Gavin. No sé qué ha pasado. No sé cuál es el problema.

—No, cariño, no. Está bien —gruñó él mientras se despegaba de su cuerpo y salía de dentro de ella. Tener que hacerlo le había dolido—. He-hemos ido muy rápido. Deberíamos tomarnos las cosas con más calma.

—¡Hace una semana que nos estamos tomando las cosas con calma! —Thea lo empujó para alejarlo y se puso de pie.

Gavin se frotó el rostro mientras recitaba para sus adentros todas las palabrotas que podía recordar del Conde Maleducado.

—Háblame, Thea. —Se esmeró para que su voz conservara la tranquilidad—. Dime qué estoy haciendo mal.

—No lo sé. —Thea se puso la camiseta y fue a buscar los vaqueros.

—Dímelo.

Thea se subió los vaqueros.

—¡No sé qué decirte! ¡No sé qué me pasa! No puedes chasquear los dedos, decir «córrete, cariño» y pretender que pase por arte de magia. Por Dios, ¿qué les pasa a los hombres? ¿Os creéis que solo porque tenéis una erección las mujeres ya tenemos que ponernos a gemir como estrellas porno?

«Tranquilo, tío. No digas nada de lo que puedas arrepentirte».

El lado más primitivo de Gavin, ese que sentía humillado por lo que acababa de suceder, le pegó un puñetazo en la cara al Conde Pene Mágico. Entonces se puso de pie.

—Pero eso es exactamente lo que has estado haciendo, Thea. Todas y cada una de las veces. Tu talento como actriz me hizo creer que era el maldito rey del sexo. —Se pasó una mano por el cabello—. Cielo santo, Thea. ¿Solo te pasa conmigo? ¿Soy el único hombre con el que nunca has tenido un orgasmo?

—¿Cómo te atreves a hablar de otros hombres? Antes de ti tuve exactamente dos novios, y, para tu información, y que sepas que no es algo que te incumba, ¡sí! Con ellos a veces llegaba al orgasmo.

Aquellas palabras le robaron el aliento.

—¿Y entonces por qué no me lo dijiste, simple y llanamente?

—¿Y por qué no te diste tú cuenta?

—Porque no leo mentes. T-tenemos que hablar con más libertad y honestidad de estas cosas.

—Hace mucho que no hablamos con libertad y honestidad de nada, Gavin.

Gavin buscó su ropa y se vistió con un par de gestos rápidos.

—Lo dices como si nuestra relación hubiese sido horrible, Thea. Y no es así.

—¿Es eso a lo que aspiras? ¿A tener una relación que no sea horrible? ¿En serio prefieres volver a lo que éramos antes de que explotara todo?

—Sí, lo prefiero antes que esto.

El rostro de Thea se transformó.

—Eso es lo que me asusta, Gavin. Hay muchas maneras de fingir. Pero al menos soy la única que está dispuesta a reconocerlo.

—¿Qué demonios quieres decir con eso?

—Quiero decir que a veces me parece que hubieses preferido no haber descubierto nunca que estaba fingiendo.

—Eso no es cierto.

—Joder, Gavin. ¡Dime la verdad!

Gavin apretó los puños.

—¿Quieres honestidad? Muy bien. Pues sí, coño. Claro que sí. Desearía no haberme enterado de que mi mujer se ha pasado todo nuestro matrimonio follándome únicamente por pena.

«Maldito gusano rastrero. Ahí te has pasado. No voy a poder ayudarte a salir de esta».

—¿Por pena? —Thea retrocedió como si acabara de abofetearla—. No sé si eso es más insultante para mí o para ti, Gavin. Pero mi cuerpo no es una obra de caridad. No me acuesto con nadie con quien no quiero acostarme. Y no importa si es mi marido o no.

El arrepentimiento tenía un gusto amargo.

—No quería… Eso no es lo que quería decir, Thea.

Thea sacudió la cabeza y habló con tanta tristeza que le atravesó la boca del estómago.

—Me has roto el corazón, Gavin.

Gavin sintió cómo el pecho se le hundía.

Atravesó la habitación y la cogió por los hombros.

—Déjame arreglarlo.

—No puedo volver a cómo estábamos antes de todo esto. No puedo volver a ser esa persona. No puedo.

—Yo tampoco q-q-quiero que lo seas. Quiero que miremos hacia delante.

Thea se envolvió con sus propios brazos.

—No sé si puedo creerte.

Gavin se giró y fue hacia el recibidor, junto a la puerta, donde cogió las llaves, la cartera y se puso los zapatos.

—¿Adónde vas? —preguntó Thea casi sin aliento.

—Necesito despejarme la mente.

—¿Te vas a ir?

Abrió la puerta de un golpe y salió de allí a toda prisa.

CAPÍTULO 20

Gavin condujo hacia el polideportivo municipal. Planeaba meterse en el maldito campo de béisbol y batear hasta que le sangraran las manos y el dolor de los cortes le ganara al de la herida abierta que tenía en el pecho.

Aparcó el coche frente a la jaula de bateo que estaba en un extremo del campo y dejó las luces encendidas. Cogió la bolsa de deporte que siempre llevaba en el maletero con un bate y aproximadamente una docena de pelotas.

La arrojó con fuerza al otro lado de la reja. Cogió carrerilla y, sin mucha dificultad, saltó la valla y cayó del otro lado. No le importaba que lo pillaran. ¿Qué iban a hacer? ¿Ponerle una multa? ¿Arrestarlo? En su situación, la cárcel le parecía un premio.

Gavin cogió el bate y la primera bola. La arrojó al aire y la golpeó con fuerza. Salió volando por los aires y el sonido que hizo al chocar con el bate lo llenó de satisfacción. Fue a parar a la red del otro extremo.

A esa le siguió otra. Y una tercera. Gavin se arremangó.

«Me has roto el corazón, Gavin». Una cuarta bola se unió a las anteriores en la esquina de la jaula de bateo.

«No sé si puedo creerte». Golpeó la quinta bola con tanta fuerza que vino de vuelta y casi le sacó la gorra. Volvió a golpearla solo por venganza y le gritó que se fuera al infierno.

Se sintió tan bien que lo repitió con la bola número seis. Cuando llegó a la siete dejó de soltar improperios y comenzó a hablarle directamente a Thea.

—Tú también me has roto el corazón —gruñó. Y bateó. La bola fue directa a la red—. No eres la única que se siente así. —La bola ocho salió volando—. ¡Me echaste de casa! —La bola nueve chocó con la red—. ¿Sabes cómo me hace sentir eso? —La bola diez casi descosió la red—. ¿Qué se suponía que tenía que hacer en esa situación?

La pomposidad de una voz con acento británico le respondió en la oscuridad: «Tendrías que haberte quedado y pelear por ella».

La bola once casi agujerea la jaula.

—¡Ella me pidió que me fuera!

«Te estaba poniendo a prueba».

—Y una mierda. —La bola doce casi le rompe el bate.

«¿Por qué te exiliaste en el cuarto de invitados?».

Gavin salió corriendo hacia la red y comenzó a lanzar las bolas de vuelta a la base.

«Veo que estás evitando la pregunta».

—No soy tu súbdito, Conde de Pelo en Pecho. —Volvió a sostener el bate.

«Querías castigarla».

Otra bola.

«La culpas por haber roto la ilusión de que tu matrimonio era un lecho de rosas».

—Mentira.

«Por obligarte a lidiar con algo de lo que no querías hacerte cargo».

—Vete a la mierda.

«Porque le tienes miedo a la verdad».

—Vete. A. La. Puta. Mierda.

Gavin empuñó el bate y se puso a arrojar bolas hacia el otro lado de la red hasta que no le quedó ni una más que lanzar. Jadeando y sudoroso, se inclinó y abrazó sus rodillas.

Thea tenía razón. El Conde Pantalones Ajustados tenía razón. Todo el maldito club de lectura tenía razón.

Estaba fingiendo. Llevaba meses fingiendo antes de aquella maldita noche. Fingiendo que todo estaba bien porque era más fácil que admitir la verdad: se estaban distanciando, la estaba perdiendo. Y a esas alturas seguía fingiendo, creyendo que podía recuperarla con un libro, un beso y una cita; que podía arreglar las cosas, aunque no supiera qué era lo que se había roto, porque así era más fácil.

Porque aquello no requería que pusiera nada de su parte.

No tenía que hurgar en sus sentimientos. No tenía que replantearse su comportamiento. No necesitaba ninguna jodida epifanía como la que le estaba atravesando el estómago en ese mismo momento.

«Está a punto de volver a la universidad, y ya no te necesita. A menos que le des un motivo para confiar en ti…».

Tras largo rato, Gavin juntó las bolas y volvió a guardarlas en la bolsa. Estaba cubierto de polvo, sudor y se había rajado la camiseta a la altura del codo. Los neumáticos chillaron contra el asfalto del aparcamiento cuando salió disparado a toda velocidad. La casa se encontraba en completa oscuridad. Ni siquiera la luz del porche estaba encendida. Tampoco se veían las luces azules de los televisores al otro lado de las ventanas, ni el brillo amarillo entre las cortinas del dormitorio. Gavin corrió por las escaleras del porche y abrió la puerta con un ruido seco.

Subió las escaleras de par en par. La puerta del cuarto de Thea estaba cerrada. Si la llave estaba echada, sabría que todo estaba perdido. Agarró el mango y apoyó la frente contra la madera.

«Por favor, que no esté cerrada con llave».

La manilla se movió bajo sus dedos.

Gracias al cielo y a todos los santos.

El dormitorio estaba a oscuras, pero pudo distinguir un par de bultos sobre la cama. Uno tenía una enorme cola peluda y estaba muy cómodo en el lado de la cama que le pertenecía a Gavin. El otro, escondido bajo el grueso edredón, se dio la vuelta al percibir su intrusión.

—He vu-vuelto —dijo Gavin con torpeza.

—Vale —le respondió ella en voz baja.

Gavin chasqueó los dedos y Mantequilla se movió hacia los pies de la cama con un suspiro desganado. «Sí, sí. Al menos tú puedes dormir en la misma cama que ella». Thea se incorporó, lista para protestar.

—Quiero decirte algo —se apresuró a decir él para que no lo cortara.

—Gavin, estoy cansada de todo esto. Ya no puedo más.

Él rodeó la cama y se arrodilló en un lateral, junto a ella.

—En el in-instituto me enamoré de una chica. E-era preciosa y muy popular. Cuando por fin reuní el valor para hablarle, se rio de mí. Se burló de mi tartamudeo en mi cara.

—Gavin, lo siento mucho, pero…

—Espera, que la cosa empeora. Unas-s-semanas más tarde empezó a circular una lista. Se llamaba «Diez chicos desesperados por conseguir…». —Hizo una pausa para tragarse la bilis que le provocaba el recuerdo de semejante humillación—. «… un polvo por pena». Yo estaba en el primer puesto. Y ella era la autora.

Thea se frotó las sienes.

—Thea, nunca me he sentido seguro con relación al sexo. Yo… empecé a practicarlo tarde. Perdí la virginidad en la universidad. Y siempre he tenido… —Lanzó una exhalación temblorosa—. Siempre he tenido el temor de ser el que estuviese más enamorado de los dos en nuestro matrimonio.

—Gavin —suspiró Thea con una mirada dulce.

—Siempre he pensado que, de no haber sido por el embarazo, jamás te hubieras casado conmigo. Que no hubiera sido capaz de retenerte.

Las manos de ella se aferraron a la camiseta de Gavin.

—¿Cómo puedes pensar eso?

—Y sí, es cierto que una parte de mí quería seguir viviendo como si nada, sin saber que estabas fingiendo en la cama, porque, de no haber sido por eso, yo podría haber seguido fingiendo que estábamos bien. Que no te estaba perdiendo.

Vio una lágrima rodar por la mejilla de su mujer.

—Y después también quise que hiciéramos como si nada hubiese ocurrido. Pero eso tampoco era justo para ti. Y supongo que tampoco para mí.

Thea se sentó en el borde de la cama y lo acercó hacia ella. Ese pequeño gesto fue suficiente: estaba poniendo todas las cartas sobre la mesa. Gavin hundió la cabeza en sus rodillas.

—Estoy a tu merced, Thea. Desde el primer momento en el que te vi por primera vez, solo he podido ser la mitad del hombre que soy porque la otra mitad te pertenece.

—Gavin… —La voz le salió rasposa, como si de pronto le costara respirar tanto como a él.

Gavin alzó la mirada para encontrarse con la de ella.

—Acaba con esta agonía, Thea. Te lo ruego.

Su corazón iba y venía a toda velocidad como un corredor en la segunda base mientras esperaba a que Thea se moviera. La indecisión y la nostalgia se disiparon con cada jadeo que compartían. Centímetro a centímetro, con la respiración entrecortada, Thea acercó la boca a la suya mientras sus dedos envolvían el bíceps de Gavin.

Él se incorporó y la recostó sobre la cama con delicadeza. Ella se hundió en la almohada y abrió la boca. En el pecho de Gavin, algo se liberó. Una dosis de oxígeno y seguridad fue directa a su torrente sanguíneo: un embriagador cóctel de alivio y lujuria a partes iguales.

Hacía tanto que no besaba así a su mujer. Y no hablaba de esos besos apasionados que se habían dado las últimas semanas. Ni siquiera podía recordar cuándo había sido la última vez que se habían besado de aquel modo. Un beso lento y apacible, con la comodidad de lo familiar y el entusiasmo de lo nuevo. Ella tenía las manos en su cabello, la pierna en su cintura, los senos apretados contra su pecho. Ni siquiera el beso salvaje que se habían dado junto al fuego podía compararse con aquel nivel de intimidad. Era así de simple. Gavin dejó fluir un reguero de disculpas y promesas en cada curva y cada hueco de la boca de Thea y, por primera vez, sintió algún indicio por su parte de que estas eran bien recibidas.

El cuerpo le quemaba por la urgencia de sacarse la ropa y poder entrar dentro de ella. Pero sabía que ninguno de los dos estaba preparado. Su matrimonio no estaba preparado. Algo nuevo estaba naciendo entre ellos. Algo mejor de lo que había antes. No iba a arriesgarlo solo para satisfacer las necesidades físicas de su cuerpo. En especial desde que no estaba seguro de poder satisfacer las de ella. Cualquier error en ese momento iba a hacerlos retroceder a un sitio al que no quería regresar nunca más. No ahora que sabía que podían existir momentos como aquel en el horizonte.

Y, cuando el oxígeno volvió a llenar sus pulmones, sintió que algo parecido a la gratitud los expandía un poco más, si cabía. Sí, gratitud. Por ese momento. Por esa mujer.

Hacía tanto tiempo que era dueña de la mitad de su corazón que sentir el latido completo y frenético en su pecho le resultaba tan extraño como la sensación de felicidad absoluta que solo era capaz de compartir con ella; que jamás había sentido con nadie más que con ella.

Thea emitió un murmullo tranquilizador, como si entendiera qué estaba pasando entre ambos y ella también lo estuviera sintiendo.

Entonces deslizó la mano por su mentón y posó los labios abiertos sobre su cuello. La respiración de Thea contra su pulso. Se movieron. Se tocaron. Se comunicaron usando solo las caricias de los labios contra la piel ardiente.

Gavin se estremeció al darse cuenta de que aquel era, sin duda, el momento más importante de su vida.

Levantó la cabeza para mirarla a los ojos. El pecho de Thea se estremecía con cada inhalación.

—Háblame —le susurró.

Ella le devolvió una sonrisa entre lágrimas.

—¿Te quedas a leer?

CAPÍTULO 21

Se despertaron desnudos.

No habían vuelto a hacer el amor, ni lo habían intentado siquiera, pero sí que habían dormido juntos y, en algún momento, habían llegado al acuerdo tácito de que el uso de ropa era opcional.

Gavin bostezó detrás de ella.

—Puedo escuchar tus pensamientos. —La abrazó con fuerza—. ¿Has dormido bien?

—Mmm.

—Dime en q-q-qué estás pensando —le murmuró a la oreja mientras enterraba más el rostro en el hueco entre su cabello y su cuello.

Oh, ya sabes. Nada importante. Solo en sexo.

Sexo sucio.

Sexo salvaje.

Sexo con el que poder clavar mis uñas en tu espalda y arañártela.

Sexo increíble de concebir sin orgasmo.

Ugh.

Gavin le mordisqueó el lóbulo de la oreja.

—¿Sabes en q-qué estoy pensando yo?

—¿En sexo? —espetó ella.

La carcajada que lanzó Gavin le hizo cosquillas en los pechos.

—Eso se da por sentado. —Extendió el brazo y recorrió su cuerpo con él hasta cogerla de la mano—. En realidad iba a decir que beicon.

Thea giró la cabeza para poder mirarlo a los ojos.

—¿Es un eufemismo?

—Ten cuidado con lo que dices. —Gavin apoyó el codo en el colchón para incorporarse y la miró desde arriba con esa expresión sensual y adormecida tan típica de él—. Buenos días.

Thea se dio la vuelta para quedar boca arriba y poder mirarlo mejor.

—Buenos días.

—¿Quieres que prepare *pancakes*?

Cierto. Era sábado.

—Claro. Pero todavía es temprano. Las niñas no se han despertado aún.

Gavin levantó una ceja.

—¿Y qué podríamos hacer, mientras tanto, con este tiempo en medio de esta oscuridad?

La risa de Thea se convirtió en un chillido cuando él arrojó el edredón sobre su cabeza para cubrirlos en una suerte de capa protectora. Se quedaron quietos al mismo tiempo, absortos en el momento y registrando cada una de las partes duras del cuerpo de él que se hundían en la suavidad del cuerpo de ella.

Thea le atrapó el labio inferior entre sus dientes. Y con eso fue suficiente.

Un sonido grave salió directo de la garganta de Gavin, que se inclinó sobre ella y la besó. La apretó contra el colchón mientras sus labios la mordisqueaban, la masajeaban, la acariciaban y la exploraban.

La besó como si tuviera todo el tiempo del mundo, pero cuando ella enredó una pierna en la de él y le acarició la pantorrilla con el pie, algo se transformó. Él se transformó. Con la mano libre que le quedaba le levantó la barbilla y cambió el ángulo del beso para poder meter su lengua más adentro, con más fuerza.

Thea lo envolvió en sus brazos y exploró con los dedos los sólidos músculos del torso de su marido: cada curva, cada onda, cada monte, cada valle, hasta avivar tanto el fuego que crecía en su interior que un gemido se escapó de las profundidades de su ser. Él ajustó la cadera para apoyarse de lleno sobre esa parte del cuerpo de ella que latía con desesperación. Thea quería meterse debajo de su piel. Quería besar cada centímetro de su cuerpo.

Simplemente quería poder hacerlo.

Quería sentir el peso de su cuerpo sudado sobre ella. Frotarse contra él. Gemir, gritar y suspirar.

Quería las manos de él sobre su piel, los labios de Gavin sobre sus pechos. Quería sentirlo duro, largo y grueso cabalgando dentro de ella. Quería volver a encontrar ese lugar en el que vivían el calor, las chispas y los tornados. Y después quería acurrucarse a su lado, pasar la punta de los dedos por su pecho empapado y darle besos húmedos y calientes en el abdomen.

Lo quería.

Lo deseaba.

—Gavin —dijo con voz áspera—. ¿Puedo preguntarte algo? —Él lamió la piel detrás de su oreja y ella tuvo que contener un gemido. Cuánto le gustaba que le hiciera eso. Conseguía que le costase respirar—. Esa noche… ¿cómo lo supiste?

—¿Cómo supe el qué? —preguntó mientras le chupaba el lóbulo de la oreja.

—Que había tenido un orgasmo.

—Primero, por los sonidos que hacías.

Le besó la zona sensible del cuello, justo donde latía su pulso.

—Nunca te había escuchado hacer un sonido así. Era como un llanto o un q-quejido.

Thea se acomodó debajo de él. La presión que crecía entre sus piernas buscó la dureza que había entre las de él.

—Y luego empezaste a frotarte contra mí. —Gavin ajustó sus caderas al cuerpo de ella y Thea lo cogió de los hombros—. Comenzaste a decir mi nombre —exhaló, y ella sintió el aliento caliente contra su cuello—. Una y otra vez. Hasta que no pudiste seguir hablando.

Thea gimió y volvió a apretarse contra él.

—Estabas desenfrenada —jadeó él mientras que con su erección le acariciaba el hueco entre las piernas.

Ella suspiró y comenzó a moverse hacia delante y hacia atrás sobre su pene duro.

—Y encorvaste todo el cuerpo. —Hundió los dedos en sus caderas—. Decías mi nombre y dentro…. Por Dios, Thea, dentro de ti… —Metió la mano entre los dos y encontró el centro de su deseo. Sus dedos comenzaron a explorarlo. Ella gimió y echó la cabeza hacia atrás—. Lo pude sentir, Thea. Pude sentir tu orgasmo.

Le metió dos dedos dentro y entonces le robó un gemido de placer.

—Sentí la presión de tus músculos y, por Dios… —Gavin dejó caer la cabeza sobre sus hombros y empezó a mover los dedos con un ritmo constante—. Fue la cosa más maravillosa que he sentido en la vida, mi amor. Y cuando yo me corrí, lo hice como nunca antes.

Thea le tapó la boca con una mano. Se besaron con lengua como un par de adolescentes mientras ella se montaba sobre sus dedos, moviendo las caderas para encontrar esa sensación, ese placer.

—Desde esa noche vivo en una agonía constante. Te deseo, mi amor. Demasiado.

El golpe de un puño diminuto contra la puerta del dormitorio hizo que a Thea casi se le salieran los ojos de las cuencas.

—¡Mierda!

—Tiene que ser una broma —gruñó Gavin.

—¡Mami! —Era Amelia.

—Un minuto, cariño.

Thea empujó a Gavin lejos y cogió una camiseta larga que estaba hecha una bola a los pies de la cama. Gavin se dio la vuelta con un gesto dramático. Mientras Thea se ponía la camiseta, él se tapó los ojos con un brazo.

—Un segundo, mi amor. Ya casi estoy.

—No, eso ya no va a suceder —gruñó Gavin.

Thea lo cubrió con mantas y se estiró para abrir el cerrojo.

Amelia entró arrastrando su manta con una mano. La seguía Ava, aferrada a su pato.

—¿Está papi aquí? —preguntó Amelia apurando el paso.

—Sí. Venid a abrazarnos.

Las niñas fueron hacia el lado de Gavin y esperaron a que él las levantara. Las dos se hicieron hueco entre sus padres sobre las mantas.

—¿A papi ya no le duele la espalda? —preguntó Ava.

Les habían dicho que ese era el motivo por el que dormía en la habitación de invitados.

Thea esquivó la pregunta.

—Si que os habéis despertado temprano hoy —susurró y le dio un beso en la mejilla a Amelia—. ¿Por qué no dormís un rato más?

Las niñas cerraron los ojos. Thea se puso de lado para abrazar a Amelia y Gavin hizo lo mismo con Ava. Se miraron a los ojos sobre las cabezas de sus hijas y lo que Thea encontró en la mirada de Gavin hizo que se le cerrara la garganta y se le acelerara el pulso.

Otra vez el mundo estaba patas arriba.

A las diez de la mañana, mientras Thea limpiaba la cocina, le llegó un mensaje de Liv, que no había vuelto a casa la noche anterior.

Iba a quedarse un par de días en casa de Alexis y no podría cuidar de las niñas esa noche.

Unos días atrás, Thea la hubiera llamado de inmediato para intentar suavizar las cosas. Esa vez no. Liv se estaba comportando como una niña malcriada.

Gavin la abrazó por la espalda con una taza de café en la mano.

—¿Es Liv? —preguntó.

—No cuidará a las niñas esta noche.

—Ya se le pasará. Ya se nos ocurrirá una solución para esta noche.

Thea se giró en sus brazos, se puso de puntillas y lo besó. Gavin emitió un sonido grave desde lo más profundo de su garganta, apoyó el café en la encimera y la apretó con más fuerza.

—Sí, ya se nos ocurrirá una solución para esta noche —dijo con voz ronca—. Pasaremos la noche en ese hotel aunque tenga que gastarme veinte mil dólares para que mis padres cojan un avión y vengan a cuidarlas.

Ella intentó besarlo, pero él se alejó con una sonrisa maliciosa.

—¿Recuerdas lo que te hice esta mañana con los dedos?

—Sí —exhaló ella.

—La próxima vez voy a hacerlo con la boca.

CAPÍTULO 22

No fue necesario gastar veinte mil dólares para traer a sus padres.

Del y Nessa se ofrecieron a que las niñas cenaran y se quedaran a dormir en su casa junto a Jo-Jo y la niñera. Además, ambos habían decidido no ir al hotel porque Nessa seguía con nauseas matutinas.

—¿Cuánto tiempo tenemos que quedarnos? —preguntó Thea mientras se ajustaba la bufanda sobre los hombros justo a su llegada al aparcamiento del estadio donde tenía lugar la fiesta.

—Estoy seguro de que puedes convencerme de que vayamos directos al hotel —le respondió Gavin.

Se habían pasado todo el día haciendo eso. Por un acuerdo tácito, «el hotel» era la metáfora para hablar de todo lo que sucedería allí. Como si decir las verdaderas palabras pudiera romper el hechizo, como otra de las tantas supersticiones que rodeaban al béisbol.

Esa noche volverían a tener sexo.

Las preguntas eran: ¿tendría Thea un orgasmo? Y ¿qué ocurriría si no lo lograban?

—Creo que deberíamos pasarnos un rato —bromeó Thea.

Traducción: «Estoy tan nerviosa que aprovecharía cualquier

oportunidad para ganar algo de tiempo. Incluso si eso implica cruzarme con mi mejor amiga, Rachel».

—Deberíamos quedarnos hasta la entrega de premios —añadió Gavin.

Traducción: «Yo también estoy nervioso».

—¿Y después nos vamos?

Traducción: «¿Entonces tengo dos horas para calmar mis nervios?».

Gavin apagó el motor y la miró en la oscuridad.

—Trato hecho.

Traducción: «Tengo dos horas para calmar mis nervios».

Gavin la cogió de la mano cuando salieron del ascensor al piso más alto del ala administrativa del estadio donde, todos los años, el personal de eventos y protocolo transformaba la amplia y moderna recepción en un auténtico baile navideño. Gavin la guio por el laberinto de mesas repletas de cócteles hasta donde los esperaban Del y Nessa. La mayoría de los jugadores con los que se cruzaron saludaron a Gavin con un choque de puños, pero sus novias y esposas no pudieron ser más obvias en su desprecio hacia Thea: cuando ella pasaba a su lado, bajaban la mirada y borraban la sonrisa. Nada que no hubieran hecho antes, pero esa noche era sin duda más evidente.

En un momento, Thea descubrió la razón cuando los hombres fueron a buscar bebidas y ella se sentó junto a Nessa.

—Rachel y Jake se pelearon —le contó Nessa, que parecía una modelo de alta costura con un vestido dorado, largo hasta el suelo—. No sé si será cierto, pero parece ser que él le dijo que quería mudarse a un hotel durante un tiempo.

Para su sorpresa, Thea sintió una ola de empatía por Rachel.

—¿Están aquí?

—Sí, pero es obvio que pasa algo.

—Y ella cree que es mi culpa, ¿no? —dijo Thea cuando por fin comprendió la actitud hacia ella—. Debe de pensar que le lancé una maldición en Acción de Gracias.

Nessa sonrió.

—Algo así, sí.

Genial.

Cuando sus maridos volvieron con las bebidas, Nessa y Thea se quedaron calladas.

Del levantó la cerveza y miró a Gavin.

—Por nuestras hermosas esposas.

—Un excelente motivo para brindar. —Gavin estiró el brazo para chocar su botella con la de Del antes de darle el primer sorbo. Después se inclinó para agregar al oído de Thea—: Por la esposa más hermosa de la fiesta —susurró y golpeó con suavidad la botella contra su vaso. La besó antes de que pudiera beber.

—Me siento un poco ignorado —bromeó Del—. ¿A qué estás esperando, Ness?

Thea alzó la vista. La sonrisa de Nessa era romántica; la de Del, lujuriosa. Gavin le acarició la sien con los labios. Iba a ser una noche larga.

Durante la siguiente media hora las otras mesas comenzaron a llenarse con más parejas, pero la de ellos seguía sospechosamente vacía. Hasta Yan y su mujer Soledad prefirieron sentarse en la otra punta del salón, y eso sí que le dolió. No podía creer que la gente fuera tan supersticiosa. ¿De verdad pensaban que ella tenía algo que ver con la posible separación de Jake y Rachel? Thea se bajó rápido la copa de champán y le pidió a Gavin que fuera a buscarle otra.

Unos minutos antes de la cena, dos de los entrenadores y sus mujeres se apiadaron de ellos y les preguntaron si los asientos estaban ocupados. Al parecer, su maldición no afectaba al cuerpo técnico.

Para cuando terminó la cena y comenzó la entrega de premios, Thea ya se había bebido tres copas de champán y se había dado cuenta, entre risitas, de que ya no estaba nerviosa en absoluto por lo que pudiera pasar en el hotel.

Las categorías de los premios eran una mezcla entre reconocimientos serios y tradiciones tontas. «La mejor barba de las eliminatorias». «El peor baile de celebración». Entre risas, Del se negó a aceptar el galardón a «La peor rabieta en el banquillo de suplentes» por una pelea que había tenido con un árbitro a principios de temporada.

Cada premio entregado los acercaba al inevitable momento en el que iban a homenajear a Gavin por el *Grand Slam* y Thea estaba cada vez más nerviosa.

Iba a estar bien si no montaban mucho alboroto a su alrededor. Pero no creía que fueran a perder la oportunidad de celebrarlo. Había sido la jugada más importante del año. Seguro que iban a enseñar el vídeo y sería la primera vez que Thea lo vería desde aquella noche. No había querido ver las repeticiones porque esa jugada traía consigo recuerdos dolorosos. La noche más importante de la carrera de su marido había sido también la noche en la que ella había sufrido mayor humillación y dolor. El hecho de que ambas cosas pudieran compartir el mismo tiempo y espacio era un doloroso giro del destino e iba a tener que revivirlo frente a todas aquellas personas.

Si Gavin compartía su ansiedad, no podía decir que lo notase en absoluto. Siempre procuraba tener una mano o un brazo sobre ella, y la miraba con esa sonrisa de enamorado.

—La categoría que sigue es muy obvia —dijo por fin el chico de *marketing*—. El premio a la mejor «Bola larga» es para…

El salón explotó en un cántico que parecía casi coreografiado: Gavin, Gavin, Gavin. En la pantalla gigante apareció una foto que ya se había vuelto icónica: Gavin saltando a los brazos de sus compañeros. Todos aplaudieron. Y, entonces, a cámara lenta, pasaron el vídeo del momento en el que rodeaba la tercera base. A mitad de camino, arrojó su casco al aire, un gesto exagerado que provocó miles de *tweets* del tipo: «¿Ya habrá aterrizado el casco de Gavin Scott?». Sus compañeros lo esperaban gritando, saltando, bailoteando. Lo alzaron en el aire. Lo abrazaron. Lo arrojaron al suelo y volvieron a alzarlo. Le arrancaron el jersey y dejaron a la vista una camiseta negra de entrenamiento que se adhería a cada uno de los músculos de su abdomen, pecho y hombros. Y esa foto en particular también había provocado miles de *tweets* del tipo: «Quiero que Gavin Scott me haga un bebé».

Gavin fue hasta el escenario para aceptar el premio entre abrazos, palmadas en la espalda y carcajadas. Cuando regresó a la mesa, se inclinó y la besó con fuerza, pero no se sentó. El chico de *marketing* anunció que había llegado la hora del último galardón, una categoría que habían propuesto los propios jugadores.

—Legends, por favor poneros de pie.

Todos los jugadores y entrenadores se levantaron. Thea miró a Nessa, que estaba igual de confundida que ella.

—Todos sabemos que los verdaderos héroes son nuestras parejas, que nos esperan en casa y nos soportan —dijo el tipo del micrófono. El corazón de Thea se detuvo. ¿Qué estaba pasando?—. Nos acompañan en los triunfos y en las derrotas. Nos ayudan a soportar el estrés durante las negociaciones de los contratos o en el cierre del mercado de pases. Hacen que esta locura que es nuestro sueño sea posible, y nada es suficiente para demostrarles cuánto se lo agradecemos. —Thea tragó con dificultad. El corazón le rebotaba en la caja torácica—. Legends —dijo el hombre—, es hora de mostrar su apreciación.

Siguieron gritos y aullidos. A su alrededor, los jugadores y los entrenadores envolvieron en sus brazos a sus novias y esposas y les dieron un beso apasionado. Un rastro de inseguridad apareció en el rostro de Gavin cuando la tomó de la mano. Thea entrelazó sus dedos con los suyos y se paró sobre sus tacones.

—Por esto quería que vinieras —le dijo en voz baja mientras le pasaba un brazo por la cintura para acercarla a él.

Thea alzó la cabeza y lo que siguió fue una escena digna de una película, de esas en las que el tiempo se detiene. El resto del salón desapareció y no quedó nada más que los ojos de Gavin, su sonrisa y sus manos. Por Dios, sus manos. Grandes y ásperas por los años de duro trabajo. Los dedos en su espalda dibujaron un sendero sobre la piel que tenía descubierta y la recorrió un escalofrío.

Luego apoyó con suavidad los dedos sobre su nuca y se inclinó para besarla. Sus labios flotaron sobre los de ella como si quisiera darle la oportunidad de alejarse. Todo su lenguaje corporal decía que ese no iba a ser como los otros besos que le había dado durante la noche. Esos no eran más que el precalentamiento. El entrenamiento antes del gran partido. Ese beso iba a ir en serio.

La tentó con un mordisqueo en el labio inferior que hizo que le temblara todo el cuerpo.

—Gavin —susurró, rogó y dejó que el champán tomara el control.

Con una sonrisa, su marido apoyó la boca en la suya. Por completo. Al fin.

La invadió una sensación de mareo, liviana y luminosa, que nada tenía que ver con la espumeante bebida. Era él. Su aroma, su sabor, la fuerza de sus labios. Era el modo en el que empujaba su espalda para poder apretarla con más fuerza, una y otra vez. Era la experiencia embriagadora de besarse en un salón lleno de gente y que todo lo que estaba fuera de su pequeño espacio privado dejara de existir. Era la forma tierna pero posesiva en la que sus dedos se aferraban a su cabeza. Thea le acarició la mejilla y se despegó de sus labios. Sus respiraciones, rápidas y agitadas, se mezclaron en un solo jadeo, que pronto se convirtió en carcajada. Poco a poco recuperó la capacidad de escuchar los sonidos a su alrededor. El choque de vasos. El murmullo de las parejas que ya habían terminado sus abrazos. El taconeo contra el suelo. Los acordes de la canción romántica que tocaba la banda.

Gavin buscó sus ojos.

—N-no sé tú, pero yo estoy listo para irme.

Comenzó el juego. Thea asintió.

—Primero tengo que pasar por el baño. —Ella cogió su bolso y le agradeció con una sonrisa que la ayudara a ponerse se pie—. Enseguida vuelvo —dijo.

El baño estaba doblando la esquina a la derecha, al final de un largo pasillo. A medida que se alejaba del salón, el sonido de la banda se iba apagando y solo podía escuchar el latido de su corazón.

Pero no logró tapar las voces que le llegaban desde el baño.

Se detuvo y se vio obligada a contener un gruñido. Aparentemente, Rachel y su séquito de brujas estaban sentadas en la pequeña sala de estar que había frente a las oficinas. Thea contempló dos opciones: bajar un piso para usar otro baño o pasar junto a ellas e ignorarlas. ¡Mierda! No quería perder el tiempo yendo a otro piso. Y, además, que se fueran a cagar, ¿por qué tendría que hacerlo? Que Rachel hubiera puesto al resto de las mujeres en su contra no significaba que tuviera menos derecho que ellas de estar allí. Todavía estaba casada con Gavin.

Con una inhalación profunda para darse aliento y ánimo, dio el primer paso.

Pero las palabras de Rachel hicieron que volviera a sobresaltarse.

—No puedo creer que se haya atrevido a venir —dijo Rachel, y el modo en el que arrastraba las palabras era un indicio de la cantidad de alcohol que había consumido.

—Es tan egoísta —dijo Mia Lewis, la prometida del jardinero Kevin Krieg—. Lo siento, pero traen mala suerte.

A Thea se le retorció el estómago. No quedaban dudas de que estaban hablando de ellos: Gavin y ella.

Rachel resopló.

—¿Habéis visto cómo se besaron?

—A mí me pareció muy dulce —dijo otra voz. ¿Mary Phillips? La mujer de Bran Phillips, el receptor, siempre había sido muy agradable con ella. ¿Qué estaba haciendo allí?

—Fue un asco —se burló Rachel—. Tipo, a ver vosotros dos, que estáis en público.

—Todos se estaban besando —dijo Mary.

—Sí, pero son ellos —dijo Rachel—. Apuesto a que los dos eran vírgenes cuando se conocieron.

—Qué mala eres —dijo Mia entre risas.

—¿Te imaginas estar casada con ese tipo? —preguntó Rachel. Thea apretó el puño contra su estómago—. ¿Alguna vez habéis intentado conversar con él? Apuesto a que tartamudea hasta en la cama.

Pura furia trepó por la piel de Thea y le nubló la vista. Se imaginó saltando sobre Rachel, tirándola al suelo y golpeándola en el rostro. Pero, en cambio, giró la esquina y se enfrentó a ellas:

—¡Cómo te atreves! —Las tres mujeres se dieron la vuelta y al menos tuvieron la decencia de sentirse un poco culpables porque las hubieran atrapado. Thea avanzó—. ¿Quién carajo os creéis que sois?

Mary se puso pálida y fue hacia ella.

—Thea, no… No estábamos hablando de vosotros.

Rachel puso los ojos en blanco.

—No creo que vaya a tragárselo —espetó.

La furia la recorrió como un torbellino.

—De mí podéis decir lo que se os antoje. Pero que no se os ocurra volver a faltarle al respeto a mi marido. Gavin tiene más dignidad, integridad y coraje que todos los hombres de este equipo juntos, y más de la que vosotras tres vais a tener en toda vuestra vida.

Mary tragó saliva.

—Lo siento. Yo… voy a volver a la fiesta. —Pasó junto a Thea a toda velocidad, ruborizada.

Rachel puso los ojos en blanco.

—Mira, si esperas que te pida perdón, vas a tener que esperar un rato largo.

—Ni lo espero ni me importa. Pero si vuelvo a escucharte hablar así de mi marido…

—¿Qué vas a hacer? —Rachel se puso de pie y aprovechó cada centímetro de su cuerpo largo y esbelto—. ¿Te vas a enfadar? ¿Se lo vas a decir a Gavin? Esto no es el patio de secundaria cariño.

Thea lanzó una carcajada. Le dijo la sartén al cazo. Rachel volvió a tambalearse sobre sus tacones.

—¿Cuánto has bebido, Rachel?

—No es tu maldito problema.

Pero, mientras lo decía, volvió a tambalearse y casi se cayó al suelo. Thea la sujetó para estabilizarla. Rachel se soltó con fuerza.

—No me toques.

Mia sujetó a Rachel del brazo.

—Vámonos.

Rachel la alejó.

—No. ¿Por qué no le decimos la verdad?

La mirada de Mia salió disparada hacia lo que se avecinaba por las espaldas de Thea.

—Rachel, vamos.

—¿La verdad de qué? —disparó Thea—. ¿Ahora me culpas por tus problemas?

Rachel se tambaleó hacia delante.

—Las cosas con Jake estarían bien si hubiésemos llegado al campeonato mundial. ¡Y no lo conseguimos porque tu marido se acobardó en el último partido!

—Bueno, eso que estás haciendo se llama proyectar, y es triste.

—¡Tenía planes! —chilló—. ¿Crees que quiero vivir toda la vida en este pueblito de mala muerte? ¡Tu marido le sacó el anillo del dedo a Jake y lo dejó sin todos los contratos que iban a lloverle!

A Thea le costó arrancar como a un tractor oxidado que había pasado un largo invierno en un granero. Pero, cuando su motor por fin se encendió, la ira la impulsó como una patada.

—¿Mi marido? ¡Hablemos de los dos corredores que el tuyo dejó pasar en la tercera base! O si no, también podemos hablar del doble que le dio la ventaja a los Cubs.

Rachel retrocedió con expresión de sorpresa.

—Bueno, si tu marido hubiera hecho algo en el séptimo encuentro…

—¡No hubiesen jugado el séptimo partido si mi marido no hubiera hecho lo que hizo en el sexto!

Esa era exactamente la réplica que Rachel había estado esperando. Apretó los labios y alzó una de sus cejas perfectas con un gesto burlón.

—Y tú no estuviste a su lado en la séptima fecha. ¿Qué clase de esposa de jugador de béisbol eres?

—¿Qué diablos sucede aquí? —La voz grave de su marido hizo

que Thea se diera la vuelta sobresaltada. Gavin se alejó unos pasos con un gesto atormentado.

Rachel resopló.

—Oh, aquí está. El hombre grande y fuerte al rescate de la damisela en apuros.

Pero el hombre grande y fuerte no estaba solo. El marido (o futuro exmarido) de Rachel dobló la esquina, seguido de la mitad del equipo. Thea volvió a sentir esa extraña empatía y, por un momento, consideró irse; huir.

Pero eso lo hubiese hecho la Thea de antes.

Estaba harta de salir corriendo de las discusiones.

Se acercó a Rachel, tanto que la hizo retroceder.

—¿Quieres saber qué clase de esposa de jugador de béisbol soy? Soy la esposa que tuvo que parir sola porque su marido no estaba. Soy la esposa que pasó sola veinticuatro horas en una sala de urgencias con mellizas porque tuvieron una indigestión en medio de la temporada. Soy la esposa que todavía no sabe la diferencia técnica entre muchos términos del juego, como un juego sin *hit* y un juego perfecto. Y, ¿sabes qué? No me importa. Porque no me casé con el béisbol. Me casé con Gavin, un hombre con más integridad de la que tú puedes soñar.

Ahora Rachel parecía un poco asustada y dio otro paso hacia atrás hasta que su espalda chocó con la pared. Thea volvió a avanzar.

—Ah, y soy la esposa de béisbol que puso en pausa todos sus putos sueños durante tres años para poder apoyar la carrera de mi marido e intentar caerle bien a mujeres como tú. Pero ese es un error que no volveré a cometer. Y que sepas que solo me odias porque no tienes el coraje de seguir mis pasos. Prefieres arremeter, culpar a los demás. Pero nadie tiene la culpa de tu pelea con Jake. —Thea giró sobre sus talones, pero se dio la vuelta para hacer un comentario final—: Y, para tu información, sí… Gavin tartamudea en la cama. Y me encanta.

Entonces, con la frente en alto, y sin mirar a Gavin ni al resto del equipo, se retiró.

CAPÍTULO 23

Gavin alcanzó a Thea en el ascensor. Traía consigo su bolso y su bufanda, ya que ella se los había dejado atrás.

—Thea…

Ella alzó una mano.

—No. Se lo merecía.

Las puertas del ascensor se abrieron ante ellos y Gavin entró detrás de ella. Thea seguía agitada por la discusión y el recuerdo de sus palabras reverberaba en el aire cargado del ambiente. «Y, para tu información, sí… Gavin tartamudea en la cama. Y me encanta».

Debería sentirse humillado. Pero no. Estaba más duro que una roca.

Thea lo miró a los ojos y Gavin sintió una descarga de electricidad que fue directa a su ingle. Ella estaba tan excitada como él. Los dos abandonaron las esquinas del ascensor en las que se habían situado nada más entrar y chocaron en el centro del cubículo como dos animales salvajes que responden al instinto más básico de todos. Gavin se tambaleó y juntos se arrastraron contra la pared.

—Esta noche no vas a fingir —gruñó dentro de su boca—. ¿Me escuchas? No volverás a fingir nunca más.

Gavin jamás había conducido tan rápido en su vida. El hotel estaba a tan solo un par de kilómetro y medio de distancia, pero aun así él sentía que estaban cruzando el planeta entero. Las ruedas chirriaron cuando frenó de golpe en la plaza del aparcamiento y le lanzó en un gesto veloz las llaves al aparcacoches. Si por él fuese, como si le robaban el coche.

Gavin cogió las bolsas que restaban en el asiento trasero. Thea lo esperaba en la acera con los ojos ensombrecidos, ciega de deseo.

Esa noche su mujer iba a tener un orgasmo aunque le fuera la vida en ello.

Registrarse no les llevó más de cinco minutos, pero se les hizo eterno como una hora. En el ascensor de camino a la habitación sus manos y labios volvieron a encontrarse. Cuando la puerta se abrió en el último piso, abandonaron el interior a trompicones. Gavin había reservado una *suite* porque podía permitírselo y porque esa noche era especial.

Le temblaban las manos cuando insertó la tarjeta en la cerradura.

Se encendió la luz roja.

Gavin gruñó y volvió a intentarlo con cierto nerviosismo, hasta que por fin se encendió la luz verde. Empujó la puerta, lanzó las bolsas de cualquier manera y se dio la vuelta para coger a su mujer por la cintura.

Sus cuerpos volvieron a chocar con la pared y se molieron a besos.

—Date la vuelta —le ordenó Gavin.

Le volvieron a temblar los dedos cuando le bajó la cremallera del vestido negro. De no haber estado tan desesperado, se hubiese tomado su tiempo. La hubiera desvestido con lentitud, hubiese besado cada centímetro de su piel, pero eso tendrían que dejarlo para otro momento.

El vestido cayó a los pies de Thea y ella lo apartó hacia un lado mientras se daba la vuelta. Estaba ante él con nada más que sus tacones altos y un tanga. Con un sonido casi animal, Gavin le pasó la mano por la cintura y la acercó hacia su cuerpo. La besó con una pasión desatada que habían perdido hacía mucho tiempo. *Ella* se había perdido hacía mucho tiempo. Esa era la mujer efusiva de la que se había enamorado. Y, por Dios, cuánto la había echado de menos.

Gavin bajó una mano por su vientre y ella se arqueó en un gemido. Sus dedos se abrieron paso hasta rozar su vello púbico, húmedo y rizado. Thea gritó y alzó las caderas para dejarse tocar. Por Dios, cómo le gustaría que pudiese correrse así, montando su mano.

—Gavin —dijo ella cogiéndole la mano—, hazme el amor.

Entonces él le dio una buena palmada en el trasero y la levantó en sus brazos. Ella enroscó las piernas alrededor de su cintura y le clavó los tacones en las nalgas. De ninguna manera se iba a sacar esos zapatos.

Gavin caminó con torpeza hacia la cama y la recostó sobre el colchón. Se arrancó la camisa y forcejeó con la cremallera del pantalón, que estaba a punto de reventar. Thea se quitó el tanga; menos por los tacones, estaba completamente desnuda.

Con un gemido, Gavin se dejó caer de rodillas al borde de la cama. Era hora de poner en práctica lo que había aprendido en el libro.

—Gavin, ¿qué estás haciendo? —susurró ella—. Te quiero dentro de mí.

—Déjame comerte entera primero —imploró él dándole gracias al Conde-Dios-del-Sexo por haberle enseñado a decir la palabra exacta en el momento exacto.

Gavin deslizó las palmas de sus manos bajo los glúteos de Thea y la arrastró hacia él para colocarla hacia delante, en el borde de la cama y que así sus labios pudiesen tocar su mar de placer.

—Oh, Dios mío —gimió Thea agarrándose al edredón.

Gavin gimió sobre su piel y se ganó otro gemido, otro espasmo. El sonido gutural que emitió Thea cuando él comenzó a lamerla hizo que Gavin estuviese a punto de explotar allí mismo.

La chupó hasta hacer que se retorciese. Intercalaba lamidas suaves con succiones intensas a su protuberancia hinchada. Sus gemidos lo volvían loco, pero tuvo que retroceder y parar para dejarla respirar. Eso lo había aprendido del Conde Lengua Feliz. Tenía que dejarla acostumbrarse para regular las sensaciones antes de seguir avanzando. Y emplear palabras, no solo el cuerpo.

Volvió a respirar sobre su piel ardiente.

—Me encanta t-tu sabor —dijo mientras la lamía con suavidad, de arriba abajo.

Nunca se le hubiera ocurrido decirle aquello antes del haber leído el libro. La reacción de ella fue justo la esperada. Thea estiró una pierna para abrirse más y la apoyó sobre su hombro.

—¿Sí? —gimió.

—Podría besarte y devorarte todo el día, Thea —bramó.

Las caderas de ella se elevaron para buscar la cercanía de sus labios. Pero esa vez, al mismo tiempo que Gavin viajaba con sus labios por su clítoris, le metió un par de dedos. Los introducía y sacaba al mismo ritmo con el que movía la lengua.

Thea se agitó como un caballo salvaje. Movía las caderas contra su rostro mientras sus dedos se enredaban en el cabello de él.

Gavin aceleró el ritmo para igualar el de ella.

Los muslos de Thea comenzaron a temblar.

Sus gemidos se convirtieron en gritos.

Su placer creció hasta hacerla retorcerse. Retorcerse de deleite. Y a Gavin le pareció la cosa más jodidamente *sexy* que hubiera visto jamás. Lo invadió una ola de ternura tan poderosa a la altura de la lujuria que corría por sus venas. Era su mujer. El amor de su vida. Y hacía tres años que no la hacía sentirse así. Le había fallado en tantas cosas, tantas veces. Pero nunca más lo volvería a hacer.

—Gav… —No pudo ni tan siquiera pronunciar su nombre. Estaba muy cerca de correrse.

—Sí. Sí, por Dios, sí.

Thea le clavó las uñas en el cuero cabelludo y reclinó la cabeza hacia atrás en un grito de puro goce. Su cuerpo se sacudió. Los músculos de su interior se contrajeron y latieron alrededor de los dedos de Gavin. Ella alzó las caderas hacia su rostro para buscar un último contacto con su boca. El toque final.

Fue en ese momento cuando se dejó ir. Los gritos guturales se fueron disipando en un suave jadeo, otro gemido, otro y ¡oh!, por Dios, otro más.

Cielo santo. Lo había logrado.

Había conseguido que su mujer se corriese.

Mierda.

Se había corrido.

Y no había tenido que emplear nada más que las manos y la boca.

Las piernas de Thea se relajaron sobre sus hombros mientras recuperaba la cordura y volvía al mundo real.

—Gavin —susurró mientras él dibujaba un sendero de besos en su vientre.

—Dime, pídeme lo que quieras —le dijo con voz temblorosa.

—Te quiero sentir dentro.

Él ni se molestó tan siquiera en sacarse lo que le quedaba de ropa. Solo se bajó el pantalón y la ropa interior y se arrojó sobre ella. La presión desesperada de su erección contra su vagina todavía palpitante hizo que Thea despegara las caderas de la cama para volver a buscar ese tan ansiado placer.

—Dime qué quieres —dijo Gavin—. D-dilo. Dime exactamente q-qué quieres que te haga.

—Quiero que me la metas —repitió.

—Dime más —jadeó haciendo presión solo con la punta.

Thea acercó la boca a su oído.

—Quiero que hagas que me corra de nuevo. —Gavin se metió dentro de ella. Por completo. Hasta el fondo. Enterró su erección dentro de su cuerpo y la hizo gritar de placer. Thea enroscó las piernas en su cintura—. Quiero que me folles, Gavin —gimió.

Cielo santo. Aquella había sido la cosa más *sexy* que su mujer le había dicho jamás.

—Quiero que me la metas fuerte y rápido —añadió Thea aferrándose más a él.

Gavin obedeció. Se apoyó sobre los codos y adoptó un ritmo que hizo que Thea se olvidara de que sabía hablar. Sus bíceps, esculpidos y en tensión, le rodeaban la cabeza. El sudor del cuerpo de Gavin se pegaba al suyo.

La hizo correrse tan rápido que lo pilló por sorpresa y no pudo hacer nada más que quedarse quieto mientras ella le clavaba las uñas en la espalda. Lo hizo hasta que tampoco pudo contenerse y la siguió hacia el abismo con un último embiste que lo hizo estremecerse, gruñir y susurrar su nombre.

Sus músculos se convirtieron en gelatina. Debajo de él, Thea se desplomó y dejó caer sobre el edredón la mano que todavía descansaba sobre su espalda sudada. Gavin salió de dentro de ella y sintió que en esa eyaculación había perdido hasta la última partícula de fuerza de su cuerpo.

Dos. Le había proporcionado a su mujer dos orgasmos. Ni ganar la copa del mundo cinco veces seguidas lo hubiese hecho sentirse tan bien.

—Gavin —dijo ella mientras se inclinaba para besar su cabeza—. Adivina. —Él balbuceó una respuesta ininteligible porque su rostro se encontraba enterrado en el colchón—. No he fingido ni una sola vez.

Al fin alzó la cabeza y la besó.

—Adivina —le respondió.

—¿Mmm?

—Yo tampoco.

Thea se rio. Gavin giró sobre su espalda en la cama y la levantó para apoyarla sobre él hasta que el cuerpo desnudo de ella quedó completamente extendido contra su pecho. Le pasó un brazo por la cintura para tenerla bien sujeta y otro sobre la cabeza. Así permanecieron un buen rato, bien acurrucados el uno junto al otro.

A Gavin le rugió entonces el estómago. Thea le acarició el vientre con la palma de la mano.

—¿Tienes hambre?

—Siempre —dijo.

—¿Quieres que pidamos algo al servicio de habitaciones?

—¿Puedo pedirte a ti?

Thea volvió a reírse.

—Voy a buscar el menú.

Él la apretó con más fuerza.

—Ya voy yo —dijo Gavin—. Tú quédate en la cama y no te quites esos zapatos.

—Ah, ¿qué te gustan mis zapatos? ¿En serio?

Con un solo movimiento, él los hizo rodar por la cama y se quedó encima de ella. Se fue incorporando con un sendero de besos que empezó en el cuello, bajó por el pecho, se desvió hacia los pezones y siguió bajando hasta el ombligo de Thea.

Finalmente, se puso de pie y se lamentó.

—Vuelvo enseguida. —Thea se estiró para alcanzar una de las camisetas que había guardado en una de las bolsas. Se la pasó por la cabeza y…—. Por Dios, ¿quieres matarme?

Thea se mordió el labio y se giró ante la reacción de su marido.

—¿Te gusta el conjunto?

—Más que cualquier lencería.

—¿En serio? —le preguntó mientras se aferraba al borde de la camiseta.

—¿Quieres ver lo que está pasando en mis pantalones?

—Sí —respondió ella casi sin aliento mientras la excitación recorría todo su cuerpo. ¿De dónde había salido ese hombre tan seguro de sí mismo que le decía una guarrada tras otra?

Gavin dejó caer el menú y salió disparado hacia ella. Le cogió la mano y la apoyó sobre el bulto que, entre sus piernas, se endurecía cada vez más.

—N-ni siquiera sabía que era humanamente posible volver a tener una erección de semejante tamaño tan rápido, Thea.

Ella se lamió los labios.

—Entonces no deberíamos desaprovecharla.

—Sin duda, no —dijo mientras le pasaba un brazo por la cintura, la arrastraba consigo hacia la cama y liberaba su erección de dentro del pantalón.

Gavin se sentó en el borde de la cama y la atrajo hacia él. Thea se quedó, entonces, a horcajadas sobre él. Gavin solo tuvo que empujar una vez para volver a estar dentro de ella. El placer instantáneo que les provocó aquel simple gesto hizo que se apoderara de ambos algo primitivo, salvaje, desatado. Thea ardía con un fuego que no había sentido antes.

Él estiró una mano y le dio unas cuantas palmadas en las nalgas. Le pellizcó, amasó y sujetó con fuerza el culo mientras ella se valía de sus rodillas para subir y bajar sobre él con un ritmo embriagador. Thea se apoyó en sus hombros y le clavó los dedos en la piel para coger impulso y balancearse sobre su pene largo y duro. Los dedos gruesos y callosos de Gavin acariciaron el nacimiento de los pechos de Thea al otro lado de la tela, hasta que sus pezones duros se estremecieron por aquella exploración apurada y desenfrenada.

Bajó la vista para buscar sus ojos, que lo esperaban llenos de un fuego hambriento y posesivo.

—Me cago en la puta, eres tan guapa —dijo con voz ronca.

Entonces le arrancó la camiseta y los botones saltaron por los aires. Se inclinó hacia delante sin miramientos y se metió en la boca uno de los pezones endurecidos. Thea gimió y echó la cabeza hacia atrás con las manos enredadas en su cabello, guiándolo para indicarle el lugar exacto al que ir. Él se prodigó con cada pecho; los chupó y lamió hasta que el placer entre sus muslos fue insoportable.

Thea volvió a cabalgar sobre su erección. Él la envolvió entre sus brazos y se quedaron así, muy juntos, moviéndose y gimiendo a un ritmo acompasado. Thea abrió aún más las piernas para que Gavin llegara más al fondo, para frotarse sobre las sólidas paredes de su abdomen.

Los sonidos graves y guturales que él emitía la llenaron de una satisfacción casi pornográfica que no había experimentado jamás.

—Joder, Thea —gimió él sin dejar de penetrarla, con las manos clavadas en su trasero. En ese momento le dio un buen azote.

Mierda.

Thea se quedó paralizada y bajó la vista hacia él.

—¿Acabas de azotarme?

—Eh, em, ¿te ha gustado?

—Creo que sí. Quizás… deberías repetirlo para asegurarme.

Gavin murmuró algo como «benditos sean los ojos que ven tu abrumadora belleza». A ella le pareció extraño, pero no tuvo tiempo de indagar al respecto porque él volvió a azotarla.

—Oh, por Dios, sí. —Lo hizo de nuevo—. Sí, me gusta.

Su cuerpo explotó en un sinfín de sensaciones mientras se corría a la par que seguía cabalgándolo. Él se sumó en el clímax hasta desplomarse sobre la cama con una expresión de sorpresa.

—Me he corrido tres veces y apenas has tenido que sacarte los pantalones para hacerlo posible —le dijo con una risa placentera.

—Mi amor —jadeó él—. Esto es solo el principio. Tengo que ponerme al día y compensarte los últimos tres años.

CAPÍTULO 24

Y tanto que se puso al día.

Una vez más en la cama.

Otra vez en el suelo de la pequeña salita de estar después de que, por fin, hubiesen pedido algo al servicio de habitaciones.

A las tres de la tarde una vez más, cuando Thea se despertó de un sueño profundo y se encontró la mano de Gavin sobre uno de sus pechos.

A las seis de la tarde, cuando él se despertó con la mano de ella sobre su protuberancia.

Después de esa última vez, cayeron rendidos al borde del desmayo.

Cuando Thea volvió a despertarse, lo encontró en su lado de la cama, mirándola fijamente con ternura en los ojos y una sonrisa en los labios. Se estiró para acariciarle la mejilla.

—Buenos días —susurró.

—Hola —dijo Thea entre un bostezo—. ¿Qué hora es?

—Un poco más de las diez.

—Mmm —se lamentó decepcionada—. Tendremos que irnos dentro de poco.

—Lo sé. —Gavin se hizo con un mechón de cabello suelto y se lo colocó detrás de la oreja—. Estaba pensando que después de ir a buscar a las niñas podríamos pasar a por el árbol de Navidad.

—Y podemos decorarlo con un chocolate caliente.

—Y mientras las niñas pueden ver una película.

Lo besó con suavidad a la par que él apoyaba la frente sobre la suya.

—Me da miedo salir de esta cama.

Un calor se expandió por todo su pecho. Ella también odiaba la idea de irse, pero estaba ansiosa ante la perspectiva de todo lo que tenían por delante.

—La nuestra es mejor. —Él la cubrió de besos de forma inconsciente. Al poco, ella se acurrucó, calentita y saciada, en el hueco de su brazo—. Vamos a casa, Gavin.

Cortejando a la condesa

Irena tenía razón. Los bailes eran un evento horrendo y pretencioso. Entre todos los motivos que tenía para odiarlos, estaba la incomprensible regla de que un matrimonio no podía bailar junto más que una pieza.

Benedict la quería entre sus brazos. Ahora. Siempre. Todo había cambiado desde la noche en que por fin se había abierto con ella. Su caricia inocente y su beso, en un principio vacilante, habían encendido el fuego en su interior y, aunque él estaba dispuesto a seguir esperando, ella se dispuso a la tan ansiada consumación de su matrimonio. Hacer el amor con su esposa a diario era una experiencia tan trascendental que se molestaba con el sol cuando salía cada mañana e interrumpía el encuentro.

—Latford —lo llamó una voz al borde de la zona de baile. Una mano fuerte y pesada le palmeó la espalda. Benedict despegó los ojos de su mujer y se encontró con su amigo, el Vizconde Melvin—. No esperaba encontrarlo aquí —añadió Malvin.

—¿Y eso por qué?

—Su última aparición en público fue impactante.

Benedict no quería ni pensar en aquello. Había arrojado a su esposa a los lobos e, ingenuamente, había creído que ella era lo suficientemente fuerte como para ganar aquella batalla a base de voluntad.

—Pero me atrevería a afirmar que esta noche será diferente.

—¿Por qué lo dice? —Benedict volvió a llevar la vista a Irena.

—Me temo que no pasa inadvertida la forma en la que mira a su esposa, como si estuvierais completamente embelesado por su presencia y su belleza.

—Lo estoy. —Sintió en su pecho un extraño vértigo nada digno de un caballero, aunque tremendamente liberador—. Soy un hombre felizmente casado, amigo mío.

—Me alegra mucho saber que es así. Pero tenga cuidado, Latford. No todos son capaces de dejar ir el resentimiento y perdonar —aludió señalando con la cabeza al grupo de mujeres en el que se encontraba su esposa.

Justo en aquel mismo instante la vio abandonar la sala de forma apresurada.

Benedict avanzó en la dirección por la que la había visto desaparecer. De cara a los demás, cualquiera podría decir que Irena se encontraba bien. Sin embargo, él la conocía lo suficiente como para saber que algo iba mal. Lo veía en el modo en el que apretaba los labios, en la manera en la que juntaba las manos contra el vientre, los pasos apresurados que llevó a cabo con un calzado inadecuado.

La encontró en la biblioteca.

Por supuesto.

Benedict cerró la pesada puerta a sus espaldas. El sonido del cerrojo fue lo único que se oyó en la habitación, además de la respiración suave y entrecortada de ella.

—¿Irena?

La encontró sentada en una silla frente a la enorme chimenea que se hallaba en la otra punta de la estancia. Se veía diminuta frente a esa imponente estructura revestida de terciopelo. Pero no era solo una cuestión de tamaño. Estaba abatida.

—¿Se encuentra mal? —Él se arrodilló frente a ella y la tomó de las manos. Estaban heladas. Tan heladas como su mirada—. Irena, ¿qué sucede?

—¿Qué cosa tan tremenda podría hacer que un hombre y una mujer se detesten hasta el punto de abandonar a su hijo, con tal de no compartir juntos morada?

Benedict sintió una punzada de alarma y se enderezó.

—¿De qué está hablando?

—Según me contó, sus padres eran personas especialmente infelices… Sin embargo, esa no parece ser la explicación más adecuada de lo acontecido.

—¿Por qué estamos hablando de ello? —preguntó con un escalofrío helado recorriéndole la espalda—. ¿Qué le han dicho esas mujeres?

—No las culpe a ellas por esto y dígame la verdad.

Benedict se incorporó nuevamente de forma muy lenta.

—No sé de qué estamos hablando.

La cuestión es que sí lo sabía. Y había sido un insensato

por pensar que iba a poder ocultárselo, por creer que el rumor no iba a llegarle más temprano que tarde.

—La gente rara vez olvida los escándalos. A estas alturas debería saberlo, mi señor.

La formalidad del tono de voz de Irena hizo que a él se le retorciera el estómago.

—Irena, escúcheme…

—Dígame la verdad.

—Lo que sucedió con mi madre y mi padre no tiene nada que ver con nosotros.

Sus labios delicados dejaron escapar una tos.

—Sí que tiene que ver con nosotros. Dígalo. Dígalo con todas las letras. Dígame qué sucedió.

—Ella lo engañó para así atraparlo y casarse.

♥

CAPÍTULO 25

—¡Sí! ¡Ha llegado la tía Livvie!

El jueves posterior a la fiesta del equipo, Thea vio el todoterreno de su hermana subir la rampa de entrada justo en el momento en el que Amelia pegó un alarido. Liv no le había devuelto ninguna llamada o mensaje desde la noche de la pelea.

—¿Te ha dicho algo de que vendría? —preguntó Gavin mientras dejaba junto a la puerta principal una maleta.

Tenía que marcharse dentro de poco para una sesión de fotos en Nueva York. Solo iba a estar fuera una semana, pero a Thea la aterraba su ausencia. No quería que se fuera nunca más. La siguiente temporada iba a ser un infierno.

—No —indicó Thea mientras miraba a su hermana por la ventana de la cocina.

Gavin se paró a su lado y le apoyó una mano en la cintura.

—¿Quieres que me lleva a las niñas para que podáis hablar a solas?

Ella alzó la cabeza y le sonrió.

—No. Gracias, pero no. Seguro que solo viene a buscar sus cosas.

Lo dijo con tono distendido aunque, en secreto, Thea deseaba que Liv hubiese superado la rabieta, se hubiera cansado de dormir en el sofá de su amiga y estuviera lista para volver a casa. Porque aquella también era su casa. Hasta Gavin la echaba de menos.

Thea abrió la puerta principal y dejó salir a Mantequilla, que se detuvo antes de salir corriendo hacia Liv para levantar la pata en un arbusto. Thea la esperó en el porche.

—Hola.

—Hola —la saludó Liv—. Vengo a buscar mis cosas.

—Liv, no tienes por qué hacerlo.

Su hermana ignoró el comentario y se metió en casa. Thea la siguió hacia el sótano. Liv abrió el armario y comenzó a vaciarlo.

—Quisiera que te quedaras —le dijo entonces Thea, acercándose un poco.

Liv metió una pila de camisetas en una bolsa deportiva.

—¿Dónde está tu marido?

—Arriba. Que sepas que él también quiere que te quedes.

Liv hizo una bola con un jersey y lo lanzó dentro de la bolsa.

—¿Así que ya no duerme en la habitación de invitados?

—Liv, ¿puedes parar un momento?

—Tengo turno de tarde y me gustaría hacerlo antes, así que no.

—Sí —resopló Thea—, ya no duerme en la habitación de invitados. Lo que significa que eres más que bienvenida a ocuparla todo el tiempo que quieras.

Liv cerró la bolsa al instante y se plantó frente a ella.

—Necesitáis tiempo juntos sin que yo esté en medio, estorbando.

—No estorbas. Las niñas quieren que te quedes. Yo quiero que te quedes.

—Mira —dijo Liv mirándola a los ojos por primera vez desde que había llegado—, ya sé cómo va esto, ¿de acuerdo? Ahora sentís que explotáis, radiantes de felicidad. Sois la pareja perfecta. Voy a ser un estorbo para vosotros.

—¿De eso va todo este numerito? ¿Tienes miedo de que si arreglo las cosas con Gavin vaya a quedarme sin tiempo para ti?

Liv resopló de un modo que pareció más triste que sarcástico.

—No te preocupes. Jamás te haría elegir entre los dos. Además, nunca salgo ganando en situaciones así.

La hermana mayor que había en ella quería envolver a Liv en un abrazo protector para ahuyentar todo el dolor que escondía aquella simple frase. Pero ya no eran niñas.

—No va a ser lo mismo que por aquel entonces. Gavin y yo no somos papá y solucionar las cosas con él no quiere decir que vaya a rechazarte.

Liv puso, en un gesto típico de ella, los ojos en blanco.

—Dios, por favor. Un par de días de buen sexo y ya eres toda una psicoanalista.

Thea tuvo que coger aire un varias veces para no reaccionar de una manera inadecuada. Prefirió cambiar de estrategia:

—¿Y qué piensas hacer? ¿Volver a la granja? —Antes de mudarse con ella, Liv vivía en el granero de una granja cooperativa a las afueras de la ciudad.

Liv se colgó la bolsa del hombro.

—Todavía no lo sé. Por ahora voy a quedarme con Alexis una temporada.

—Por cierto, tengo que terminar el mural. Supongo que vamos a cruzarnos en la cafetería, ¿no? —sugirió Thea en un nuevo intento de acercamiento.

Liv arrastró sus cosas escaleras arriba, pero se detuvo a mitad de camino.

—Thea, no me hace ninguna gracia tener que decirte lo que estoy a punto de decirte, pero espero que lo entiendas. —Thea se cruzó de brazos esperando lo peor—. Los hombres a los que les gusta ganar están dispuestos a hacer cualquier cosa para conseguir lo que quieren.

Thea chasqueó la lengua con frustración y negó con la cabeza.

—Gavin tiene muchos defectos, pero esa idea maquiavélica que te has hecho de él no es cierta.

—Entonces ve a ver lo que esconde en el armario de la habitación de invitados.

Thea se alarmó ante aquella frase. Era un dato sospechosamente especifico.

—¿De qué hablas?

Liv subió las escaleras lo más rápido que pudo. Thea la siguió, más enfadada y en alerta a cada paso que daba.

—Liv, no puedes decir una cosa así y luego irte. —La bolsa golpeó, uno tras otro, cada uno de los escalones mientras la arrastraba—. ¡Liv! —la llamó Thea.

Su hermana la ignoró.

Gavin apareció al final de la escalera.

—¿Va todo bien?

Liv le pidió con la mirada que se apartase y él lo hizo.

El ruido que hacía la bolsa de Liv contra la madera del suelo llamó la atención de las niñas. Amelia corrió hacia ella, pero al verla cargada se paró en seco.

—¿Adónde vas?

Liv dejó caer la bolsa al suelo, se arrodilló y extendió los brazos alrededor de las niñas. Se dirigió a ellas en un tono ligero y divertido, y Thea supo que aquello que estaba pasando lo estaba haciendo por ellas.

—¡Me voy a una aventura! —exclamó—. A montar elefantes y a buscar unicornios y…

—¡Y rinocerontes! —añadió Amelia con una risita.

—Y erizos salvajes —dijo Liv, y entonces su voz se fue quebrando.

Thea observó a cierta distancia cómo les besaba las mejillas y se ponía de pie.

—En realidad, chicas, me voy a vivir a otro lado. Porque ahora que papá no tendrá béisbol durante una temporada ya no me necesitáis.

Ava se abrazó a sus piernas.

—¡No! Sí que te necesitamos, tía Livvie.

Gavin se acercó.

—Liv, no tienes por qué irte.

Él cogió la bolsa del suelo, pero Liv se la arrebató.

—Déjala, Gavin —indicó Thea en voz baja. Cuando su hermana tomaba una decisión, no había forma humana de hacerla cambiar de opinión.

Liv cargó con todas sus cosas y salió por la puerta sin mucho más que un gesto de despedida torpe.

Aunque no se trataba de ninguna despedida, ya que trabajaba y seguiría viviendo en Nashville, para Thea el hecho de que se marchase le sentó como una bofetada.

Las palabras de Liv se repetían como una canción, reproduciéndose en bucle dentro de su cabeza.

—¿Gavin? —dijo.

Él la miró y el tono de voz de Thea ya fue suficiente para que arqueara una ceja.

—Dime.

—¿Qué hay dentro del armario de la habitación de invitados?

Cortejando a la condesa

Benedict, dímelo hasta la última letra. Cuéntame qué pasó.

—Ella lo engañó para casarse.

El labio inferior de Irena tembló antes de que se lo mordiera.

—Bueno, eso explica muchas cosas, ¿no cree?

Benedict se pasó una mano por el cabello.

—No, no explica nada. Sé lo que está pensando, pero no. Su relación no tiene nada que ver con que… —Se arrepintió de inmediato de sus palabras.

—¿Con que asumiera de inmediato que yo era culpable? —insistió Irena—. ¿Con su ferviente determinación a pensar siempre lo peor de mí?

—Nuestra situación fue, *y es*, completamente diferente.

—Entonces reflexione por un momento: ¿por qué asume que su madre lo engañó para casarse, para atraparlo, como dice? ¿Acaso su padre no estaba en pleno uso de sus facultades durante el cortejo?

—Por supuesto, pero…

—¿Y acaso usted no estaba en pleno uso de sus facultades durante nuestro cortejo?

—¡Por supuesto! Pero…

—Pero ¿qué? ¿Siempre es la mujer la que tiene la culpa?

—Yo…

—Se ha pasado toda la vida creyendo en la versión que dejaba a su padre como la víctima. ¿Alguna vez quiso ver las cosas desde el punto de vista de su madre? ¿Alguna vez consideró que fuese ella la que acabó siendo engañada y se vio atrapada?

¿Su propia madre, engañada? Una sensación helada le atravesó la espalda y trepó por sus brazos. Recuperó el recuerdo de su madre a través de los años, fría y distante. ¿Era distante o solo estaba cubierta de tristeza? Jamás había contemplado aquella posibilidad.

Irena no perdió la rigidez frente a él, pero sus manos comenzaron a temblar.

—Lo que ella le hizo es horrible, Benedict. No hay excusas que justifiquen el abandono a un hijo. Pero no puedo evitar pensar en ella. Se pasó toda la vida atrapada en un matrimonio distante y cruel con un hombre descorazonado que no podía tolerar ni verla, a pesar de que en algún momento la había deseado lo suficiente como para convencerla de que dejara de lado los mandatos sociales y que arriesgara su reputación para revolcarse con él por los rincones.

A Benedict se le hizo un nudo en la boca del estómago.

—Tuvo que soportar el desdén de la misma persona cuyo cariño tanto había disfrutado. ¿Cuáles habían sido las intenciones de semejante comportamiento si él no pensaba casarse?

—No lo sé —admitió Benedict con la voz ronca por la vergüenza y la frustración que le provocaba no solo no haber considerado aquello antes, sino también las nuevas revelaciones que eso traería consigo.

—Y, sin embargo, él la odió cuando aquel fue el resultado de su idilio —continuó Irena—. Pero la culpa fue de ella.

La desesperación lo hizo avanzar.

—Ya he admitido que me equivoqué con usted y con sus intenciones en cuanto a mí. Cuando Lord Melvin me contó la verdad sobre cómo fuimos descubiertos…

—¡Esa es la cuestión, Benedict! —le gritó en un tono tan impropio de ella que hizo que la piel se le erizara—. ¡Fue necesario que lo escuchara de parte de otra persona para convencerse de que mi persona había sido víctima de un engaño! Así como también ha sido necesario escuchar de mi propia voz que quizás su madre no era la manipuladora que usted siempre creyó que era.

Irena negó con la cabeza.

—¿Alguna vez ha tenido en consideración que cuando mi madre nos encontró, yo estaba siendo engañada, en una posición muy similar a la de su madre?

¿Engañada? ¿Para casarse con un noble? No, jamás lo había pensado. ¿Por qué iba a hacerlo? Desde su nacimiento le habían hecho creer que su título era algo cercano a un Dios y que todas las mujeres harían lo que fuese con tal de atraparlo y así poder casarse. Que estarían dispuestas a mentir o engañarlo con tal de quedarse con su mano y su título.

Pero las palabras de Irena le arrancaron la venda de los ojos y ahora veía el mundo de un modo diferente, del modo en que lo veía ella.

Él había tenido un rol activo en aquel encuentro entre ambos. Por el amor de Dios, si él había sido el artífice de la idea. Sin embargo, solo ella cargaba con la condena en sociedad. Solo ella sufría la furia de las masas. Solo ella era señalada como la que había maquinado aquello.

En cambio, la realidad era muy diferente.

Él no tenía por qué mantener en secreto sus devaneos.

Pero ella sí.

Por Dios, él era su secreto, su devaneo. La forma que había encontrado para vengarse de esa sociedad que tanto detestaba. Que la hubieran obligado a casarse con un noble le había arruinado la maldita vida. La obligaba a ir a bailes y veladas formales. La ponía en el centro de los rumores y críticas. Y Benedict era tan inocente que creía que su título era más que suficiente para rescatarla de todo aquello.

Una carcajada histérica y extraña, de esas que doblegan a la alguien por la mitad, le salió disparada del pecho.

—Míreme, mi señor. —Benedict suspiró y mantuvo la postura erguida. La inexpresividad que encontró en el rostro de Irena no calmó su frustración—. Me voy —le dijo.

CAPÍTULO 26

Gavin comenzó a sudar como si estuviera frente a un ganador del Cy Young, una distinción que se otorgaba anualmente al mejor lanzador de las grandes ligas.

—Thea, escúchame.

—Oh, por Dios —se quejó ella—. ¿Qué es? ¿Qué guardas en ese armario?

—Algo que requiere de una explicación, pero si me dejas…

Thea había dejado de prestarle atención y ya se dirigía hacia la escalera.

«De acuerdo. Calma. Piensa». Gavin cogió el móvil de su bolsillo y escribió un mensaje en el grupo que tenía con los chicos.

—Código rojo. Ha encontrado los libros. Necesito ayuda.

Miró a las niñas, les pidió que se quedaran quietas en el sillón y salió disparado detrás de ella.

—Thea —la llamó esperando que el pánico en su voz no fuera muy evidente.

Gavin entró en el dormitorio de invitados justo cuando Thea sacaba la bolsa llena de libros y se sentaba en el suelo.

Levantó la vista con el ceño fruncido.

—¿Libros?

Gavin se encogió de hombros.

—Sí. Emm, libros.

—¿Es esto a lo que se refería?

—Supongo que sí.

Thea metió la mano en la bolsa y sacó dos regencias. Estudió las cubiertas con el rostro presa de la confusión.

—Son novelas románticas.

—Eh, sí. Sí.

—¿Son tuyas?

—Ajá.

Aunque Gavin tenía miedo de bajar la guardia, las cosas no estaban yendo tan mal como pensaba que podrían llegar a torcerse. Thea solo miraba las cubiertas, una tras otra. No los abría. Sin embargo, si Liv la había advertido de su existencia, seguramente era porque ella sí que había leído las anotaciones, los pasajes subrayados, las escenas de sexo resaltadas.

Mierda. Sintió que el corazón se le iba a salir del pecho cuando vio cómo Thea cogía de entre todos *La Condesa Sexualmente Satisfecha* y lo observaba con curiosidad.

En ese momento le vibró el teléfono.

—¿Te…? —Thea contuvo una carcajada—. ¿En serio te gustan estas cosas?

—Las novelas románticas no tienen nada de m-malo. Aportan una mirada sobre, mmm… las relaciones modernas y el feminismo y… y otras cosas.

Thea resopló.

—Gavin, ya lo sé. Me encantan las novelas románticas.

—¿Sí?

—Mi lector de libros electrónicos está lleno de ellas. Pero… ¿desde cuándo te gustan a ti?

Su teléfono volvió a vibrar un par de veces más. Mierda.

—Em, mi amor —le dijo—, dame un segundo.

Gavin salió de la habitación con el móvil en la mano. Tenía tres mensajes de los chicos.

«Conserva la calma», le decía Del.

«Pregúntale si quiere replicar las escenas de sexo», Mack, por supuesto.

«Sobre todo, no mientas», escribió Malcolm.

Aquello último le hizo ver la luz. Iba a contarle a Thea lo del club de lectura. Solo tenía que alejarla de los libros antes de que pudiera abrirlos y leer las anotaciones al margen… más que nada porque eso sí que podía resultar humillante.

—¿Papi? —La voz de Ava le llegó desde el piso inferior.

—¿Qué, mi amor? —dijo con su mejor voz.

—Tengo hambre.

En silencio gritó mil insultos: no era el mejor momento para aquello.

—Emm, bueno, mi amor. ¿Me das un segundo?

—Gavin… —Escuchó cómo Thea lo llamaba con un hilo de voz y una inflexión de sospecha.

Volvió a entrar en el cuarto, donde la vio con el ejemplar de *Cortejando a la condesa* abierto en las manos y todas las notas y los pasajes resaltados a plena vista.

Thea levantó la mirada.

—¿Quién de los dos es el que ha estado fingiendo?

Thea buscó en el rostro de Gavin cualquier indicio de que todo era un error o algún tipo de broma pesada planificada por Liv. Cualquier cosa que la hiciera pensar que aquello no era lo que parecía.

—Thea, escúchame —dijo Gavin, muy serio.

—Todas esas cosas tan increíbles que me has estado diciendo…

—No son mis palabras, pero…

A Thea comenzaron a temblarle las piernas.

—Mi corazón te pertenece. Termina mi agonía. Estoy a tu merced.

Aquello último fue incapaz de repetirlo sin gruñir del enfado. La había seducido usando las palabras de otro. Se había ganado su confianza con aquellas palabras robabas. ¿Acaso Liv tenía razón? ¿Conseguir recuperarla no suponía nada más que un juego para él? ¿Solo había querido demostrar que podía conseguirlo a cualquier precio?

Gavin se acercó a ella con premura.

—Son mis sentimientos, Thea. Eso es lo que importa.

—¡Me has seducido con las palabras sacadas de un libro!

—Son solo un par de frases de un libro, Thea. No tiene más misterio. Me resultaron de mucha ayuda para hablarte cuando no encontraba mis propias palabras.

—Pero no han sido solo un par de frases de un libro. Me dijiste cosas preciosas que me hicieron creer que las cosas habían cambiado, que todo podía ser diferente. —Ella retrocedió hasta que sus piernas golpearon la cama—. ¿Qué más ha salido de estas páginas?

Gavin se pasó las manos por el cabello, nervioso.

—¿Acaso tengo que leer todos estos libros para descubrir qué parte del último mes ha sido un completo engaño?

—¡No ha habido n-ningún engaño! Todo este tiempo contigo ha sido el más importante de mi vida.

—¡E irreal!

—No es cierto. Estaba d-d-desesperado. No sabía q-qué hacer para que me dieras una oportunidad y Del y los chicos me dijeron que podían ayudarme, y…

Thea sintió un puñetazo en el estómago al escucharlo decir aquello.

—¿Del lo sabe?

Las piernas se le comenzaron a relajar a medida que todas las piezas del rompecabezas empezaron a encajar, creando una imagen de completa humillación. Se hundió en el colchón.

—¿Mack… y Malcolm? La noche que os disfrazasteis, ¿era esto lo que estabais haciendo en realidad?

—Se trata de un club de lectura. —Gavin se arrodilló frente a ella—. L-leemos novelas románticas para mejorar nuestras relaciones.

—¡Para hacerte pasar por otra persona, querrás decir!

—No. Siempre he sido yo. Y soy mejor persona de lo que era antes. No por los libros, sino por el modo en el que me han abierto los ojos a ciertas cosas. Por favor, mi amor.

Thea sintió que iba a vomitar. Se puso de pie.

—Necesito pensar. Necesito aclarar mis pensamientos. —Lo esquivó y cruzó la habitación para salir de allí—. Tengo que pensar…

—¿Pensar qué? —le espetó—. ¿Si me quieres?

Thea se dio la vuelta de golpe. En su mirada, la furia le había dado paso a la resignación.

—No tiene nada que ver con eso…

—¿No? —Gavin dio un par de pasos hacia ella y bajó la mirada—. Porque yo sí te quiero. —En el pecho de Thea nació un dolor sordo que luego se extendió por todo su cuerpo—. Te amo. Lo que he hecho ha sido tan solo buscar otras formas de decírtelo porque tú no querías escuchar esas palabras. Quizás el problema sea que no quieras escucharlas en absoluto.

Thea se quedó sin aliento, no podía ni pensar de la indignación.

—Estás tratando de mezclar las cosas y comparar situaciones que no tienen nada que ver. ¿Sabes? No quiero tener esta conversación ahora mismo.

—¡Esta conversación es lo único que importa! —Gavin la cogió por los hombros—. Dime que me quieres, que me amas. —La angustia se apoderó de la garganta de Thea, bloqueándola—. ¿Por qué no puedes decirlo? Después de todo lo que hemos pasado. ¿Me amas o no?

—Lo que pasa es que no me fio de ti.

Gavin emitió un sonido gutural y se llevó las manos a la cabeza mientras se alejaba de ella. Tras unos instantes, volvió a confrontarla, acercando su rostro al de ella y adoptando una postura de resignación con los hombros.

—¿Qué es lo que quieres, Thea?

—Quiero sinceridad.

—Fuiste tú la que me mentiste durante tres años. No me hables de sinceridad.

—Eso no es justo.

Tenía razón: se trataba de una respuesta débil. Desesperada. Una respuesta que dejaba claro que se había quedado sin argumentos para defenderse.

—Quizás sea hora de que comiences a ser sincera contigo misma.

—Y lo he sido. ¡Por eso pedí que te fueras! Y por eso retomo la universidad.

—Eso es una mentira superficial, Thea. —Gavin se rio, negó con la cabeza y señaló—: Y esas palabras no son mías. Fue Del quien me las dijo cuando me negaba a hacer lo que había que hacer. Pero ahora sí. Ahora sí que ya puedo decir que he intentado todo lo que estaba en mi mano. Pero no puedo seguir siendo el único que se esfuerce.

Pasó junto a ella y salió de la habitación. El sonido de sus pasos fue desapareciendo a medida que avanzaba por el pasillo que lo llevaba a su dormitorio.

El temor y la mezquindad invadieron sus palabras.

—Así que lo que vas a hacer esa salir corriendo una vez más, ¿no? —Thea salió tras él—. ¿Por qué no me sorprende?

Thea se detuvo y contuvo la respiración cuando lo vio sacar una maleta del armario y abrirla sobre la cama.

—Ya has hecho la maleta —le indicó.

—Sí, para Nueva York.

—¿Y ahora qué estás haciendo? —susurró confusa.

—Lo que más me asusta en esta vida —respondió él mientras entraba en el vestidor—. Lo que juré que nunca sería capaz de hacer… Así que imagino que significa q-que es lo correcto.

Sacó una pila de ropa de uno de los cajones y la lanzó sobre la cama.

—Te estoy dejando.

—Por supuesto que sí —escupió Thea, pero el veneno en su voz fue la manera que se pudiese escuchar cómo se le rompía el corazón—. Porque eso es lo que siempre haces. Irte.

Gavin no picó el anzuelo. Cerró con calma la cremallera de su maleta una vez hubo guardado sus cosas.

—No, yo no hago eso. Ese es tu padre. Y yo no soy tu padre.

—Gavin… —Ahora era ella quien suplicaba.

Se frenó al llegar al arco de la puerta, pero no la miró.

—La historia de fondo lo es todo, Thea. Analiza la tuya y quizás, entonces, podamos tener otra oportunidad.

CAPÍTULO 27

Media hora después de la marcha de Gavin, Thea volvió a mentir como había hecho semanas atrás y les dijo a las niñas que su padre se había ido a Nueva York para una sesión de fotos y que volvería justo a tiempo para Navidad.

Luego se preparó una taza de café que ni tan siquiera tenía ganas de tomar, apartó a un lado emociones que no quería sentir e hizo como si todo estuviera bien.

Todo se fue a la mierda cuando escuchó la llave en la puerta principal. Con el corazón acelerado, Thea salió disparada del sillón y corrió por el pasillo.

—Gavin…

Liv estaba parada en la puerta principal.

—Soy yo.

Las niñas, que estaban coloreando en el suelo de la sala de estar, corrieron hacia ella como siempre. La dolorosa punzada de traición, culpa y dolor de su corazón roto le dio a su voz un tono sarcástico.

—¿Te has dejado algo?

Liv se despegó de las niñas.

—No.

—¿Has venido a restregármelo por la cara, entonces? ¿A decirme que ya me lo habías advertido?

—No. He venido porque Gavin me ha mandado un mensaje en el que decía que podías necesitarme.

Todo su cuerpo se estremeció. Pero reprimió la reacción, se dio la vuelta y fue hacia la cocina.

—No te necesito.

—Thea, lo siento —dijo Liv mientras la seguía.

—¿Por qué? —Con la mente en blanco, Thea caminó hacia la cafetera, solo para ocupar las manos con algo.

—Esto es mi culpa.

—Nop. No es tu culpa.

—Mira —dijo Liv acercándose—. Quizás estaba equivocada. De hecho, que lo primero que haya hecho haya sido escribirme es un gesto bastante decente por su parte.

—¿Ahora te parece decente? —dijo Thea en tono burlón—. Te has pasado el último par de meses intentando convencerme de que era un idiota sin remedio.

—Lo siento. —Las palabras de Liv eran sinceras y tuvieron un impacto directo en la cantidad de maldad que había en la voz de Thea—. ¿Va a volver?

—N-no lo sé.

Liv se apresuró a continuar:

—Lo siento, Thea. Tenía tanto miedo de… De perderte. Como he perdido a todos. Lo siento, Thea. Lo siento tanto.

Thea abrazó a su hermana.

—No es tu culpa.

Liv pasó un brazo sobre el hombro de Thea y ella se lo permitió.

—¿Quieres comer helado y ver *Las chicas de oro*?

No, la verdad era que no, pero Thea aceptó de igual modo porque menos ganas tenía de quedarse sola, sentada, esperando a escuchar el sonido del coche de Gavin volviendo a casa y darse cuenta de que por fin había entendido otro de los dichos de su abuela: «La soledad en un matrimonio es el peor tipo de soledad».

Thea nunca se había sentido tan sola en toda su vida.

Gavin pasó aquella noche en uno de los sillones del sótano de Mack porque le parecía poético que todo terminara en el mismo lugar en el que había comenzado.

Bueno, era eso y que nadie había querido acogerlo. Del y Yan le dijeron que tenía que enfrentarse solo a aquello, Malcolm tenía planes, y de ninguna manera pensaba ir a la casa del ruso. Ni se imaginaba los horrores digestivos con los que podría encontrarse allí.

Mack, en cambio, lo recibió, le llevó una botella de *whisky*, una manta y le dijo que iba a cortarle las pelotas si vomitaba fuera del retrete.

Ahora estaba despierto, la botella de *whisky* seguía intacta sobre la mesita y un par de ojos que no reconoció lo miraban bien abiertos, como si fuera un animal del zoológico.

—¿Estás enfermo? —La niñita tenía unas coletas oscuras y se aferraba a un conejo de peluche—. El tío Mack dice que estás enfermo.

Gavin se aclaró la garganta, que le rasgó como una lija. ¿Cómo podía tener resaca sin haber bebido tan siquiera alcohol?

—¿El tío Mack?

—Sí, es mi tío.

—¿Y tú eres?

—Lucy.

—Un placer conocerte, Lucy.

Lucy le puso una mano sobre la frente.

—No tienes fiebre. Pero tu aliento apesta.

A pesar del dolor de cabeza y el vacío en el pecho, Gavin pudo sonreírle.

—No lo dudo.

—El tío Mack me ha pedido que te diera esto. —Sacó una manzana verde que llevaba en el bolsillo del jersey y se la tendió.

Gavin lanzó una carcajada.

—¿Dónde está el tío Mack?

—Arriba con mami, papi y mis hermanas.

El dolor de cabeza se convirtió en martillazos cuando un rayo de luz se filtró entre las cortinas de las puertas francesas que llevaban al jardín con piscina.

—Bueno —le dijo Gavin mientras se sentaba—. Gracias por la manzana. ¿Puedes ir a pedirle al tío Mack que baje?

—¡Vale! —Lucy se alejó dando saltitos.

Gavin comenzó a sentir temor de haberse precipitado demasiado en sus actos. Empezó a pensar que quizás hubiese sido mejor haber dado la vuelta y volver. Pero era tarde, ya no podía hacerlo. No otra vez.

Los pasos en la escalera anunciaron que Mack había llegado. Apareció sonriendo.

—¿Estás vivo?

—No he bebido nada.

Mack alzó una ceja.

—Guau. Sí que has cambiado de verdad.

Gavin se frotó el rostro.

—No sabía que tenías una sobrina.

—Tengo varias. Son las hijas de mi hermano.

—Tampoco sabía que tenías un hermano.

—Hay muchas cosas de mí que no sabes.

Gavin le dio la razón asintiendo.

—Gracias por dejarme dormir aquí.

—¿Cuándo sale tu avión?

Cierto. Nueva York. No podía importarle menos aquel viaje.

—En un par de horas.

Mack se desplomó en una silla de videojuegos y se inclinó hacia delante con los codos sobre las rodillas.

—Creo que marcharte de allí ha sido muy valiente por tu parte, Gav.

—Del no opina lo mismo.

—Bueno, porque te has pasado por el forro la regla número uno del club.

—¿No hablar del club de lectura?

Mack miró hacia los lados.

—Bueno, en realidad la regla número dos.

—¿No dejar que el ruso cague en tu baño?

—No tenías que usar la novela como un guion para tu vida, idiota. Mira que te lo dijimos.

Gavin miró fijamente la manzana que tenía en la mano.

—Sin importar cómo salgan las cosas, q-q-quiero que sepas que valoro todo lo que habéis hecho por mí los chicos y tú.

El club de lectura lo había transformado. Podía reconocer sus errores y defectos. Se sentía más cómodo expresando sus emociones. Y, sí, era mejor amante en la cama.

Pero todo aquello no era suficiente. Porque el amor, a veces, no alcanzaba.

—¿Qué piensas hacer ahora? —le preguntó Mack frente a él.

—Tengo que coger un avión. Después, no tengo ni idea.

La pelota estaba en el tejado de Thea. Él solo podía esperar.

CAPÍTULO 28

Thea se despertó en el dormitorio de invitados. Tenía el cuello torcido por la mala postura en la que había dormido. El sueño la había encontrado leyendo y soñó toda la noche con personas que conocía, pero en la Inglaterra de la regencia.

Despertó muerta de vergüenza.

—¿Quieres café?

Thea se inclinó. Liv estaba parada en el umbral de la puerta.

—Bueno.

Su hermana dio un par de pasos para sentarse en la cama.

—¿Qué haces aquí?

Thea se levantó y caminó hacia la ventana.

—¿Sabes qué hice anoche?

—¿Derribar un muro?

Thea se rio.

—No. Pensé en mamá.

«Se ha pasado toda la vida creyendo en la versión que dejaba a su padre como la víctima. ¿Alguna vez quiso ver las cosas desde el punto de vista de su madre».

Liv retrocedió.

—¿Por qué?

Porque la historia de fondo lo era todo.

—Solo intentaba ver las cosas desde su perspectiva.

—Sí, pero no estoy segura de que se lo merezca.

—Puede que no, pero odiarla por las decisiones que tomó tampoco me ha dado mucho resultado. Ni a mí ni a ti. ¿No?

Liv se puso de pie.

—No busques hasta debajo de las piedras si no estás preparado para encontrar lo que puede haber debajo.

Thea se rio.

—La abuela.

Posiblemente Liv y Thea la habían escuchado decir esa frase más que cualquier otra. Una filosofía de vida que Thea había malinterpretado. El problema no era levantar piedras. El problema era no ser lo suficientemente valiente como para enfrentarse a lo que había debajo.

—Soy una cobarde, Liv.

Sin mediar palabra, su hermana le dijo con tal solo una mueca: «Vaya tontería más grande estás diciendo».

—¿Tú? ¿Cobarde? Eres la persona más valiente que conozco.

—No. No es verdad. Gavin tenía razón. Soy una cobarde.

—No, Thea.

—Pero es que es así. ¿Sabes por qué nos separamos en primera instancia?

Liv pestañeó, alerta.

—Porque yo llevaba tiempo fingiendo en la cama. Se dio cuenta y le dolió. Sé que él lo gestionó muy mal, pero yo también. No fui justa con él…

—Fuiste más que justa.

—¿Lo fui? He estado fingiendo mucho más que orgasmos con él, y no es su culpa. Lo que pasa es que estoy rota, Liv. Me da miedo abrirme, abrirme de verdad. Y ahora se ha ido. De nuevo.

Gavin tenía razón. La historia de fondo lo era todo. Los orgasmos fingidos. El no poder decirle que lo amaba. Su reacción al descubrir los libros porque siempre pensaba lo peor de él. Todo era parte del mismo complejo entramado de problemas de los que nunca se había hecho cargo. Había sido culpa de sus padres que fuese incapaz de confiar. Y eso iba a hacerla perder al hombre que más quería en el mundo.

Porque sí, lo amaba. Mucho.

Él no la había dejado.

Había sido ella la que lo había alejado.

Thea se giró y abrazó a su hermana.

—Gracias por estar aquí.

Liv la apretó más fuerte entre sus brazos.

—Tú y yo, para siempre.

Thea se alejó y le apartó el cabello de la frente.

—Liv, sé que ya te he estado pidiendo demasiado durante los últimos meses, pero ¿podrías quedarte con las niñas este fin de semana?

Liv sonrió con complicidad.

—¿Irás a Nueva York a ver a Gavin?

—No. Iré a la boda de papá.

Gavin llegó al aeropuerto con el tiempo justo. Del, Yan y el resto de los Legends que iban a participar en la sesión de fotos ya estaban en sus asientos de primera clase cuando subió al avión, arrastrando la maleta y el alma. Colocó de cualquier manera el equipaje y el abrigo en el compartimento superior mientras Del le lanzaba una de sus miradas amenazantes que tan buenos resultados le daban en el campo de juego.

Gavin retrocedió y se desplomó en el asiento más cercano. Cerró los ojos, echó la cabeza hacia atrás y esperó que Del hubiera entendido el mensaje de que no estaba de humor para otra ronda de «maldito imbécil».

—Maldito imbécil.

—He hecho l-lo que tenía que hacer, Del.

—¿Cómo se te ha ocurrido pensar que dejarla era buena idea?

Gavin abrió los ojos y frunció el ceño.

—No creo que sea buena idea. Es lo más doloroso del puto mundo. Me estoy muriendo de dolor. Mi corazón se está desangrando…

El teléfono de Gavin vibró y forcejeó para sacarlo del bolsillo de sus vaqueros. «Por favor, que sea Thea. Por favor, que sea Thea».

Era Liv. «¡Por Dios y todos los santos evangelios!».

—Responde, idiota —le indicó Del.

Deslizó el dedo por la pantalla. Liv ni se molestó en saludar.

—He pensado que deberías saber que va a necesitarte.

Gavin se enderezó en su asiento, con el corazón acelerado, mientras se imaginaba lo peor.

—¿Qué ha pasado? ¿Son las niñas?

—Thea está de camino a Atlanta.

Entre la niebla de su mente se esforzó en descifrar qué significaba aquello:

—¿Va a ir a la boda?

—No sé qué coño está pasando, pero ha salido corriendo como si no hubiera nada más importante en el mundo.

—Su historia de fondo.

—¿Qué?

—Lo está haciendo. La está analizando.

—¿Se supone que tengo que saber qué significa esto?

—Gracias por avisarme, Liv. No tienes ni idea de lo importante que es esto.

Liv hizo una pausa y aflojó el tono de su voz.

—Asegúrate de que esté bien, ¿vale?

Liv colgó. Gavin se quedó sentado, paralizado por la indecisión un segundo antes de ponerse de pie. Al levantarse se golpeó la cabeza con el compartimento superior y maldijo en voz alta. Acto seguido se masajeó la cabeza y salió de su fila. Una azafata le pidió que volviera a sentarse porque estaban a punto de cerrar las puertas.

Del se acercó.

—Tío, ¿qué estás haciendo?

—Tengo que bajarme del avión.

Gavin abrió el compartimento superior y cogió sus cosas de cualquier modo. La azafata se acercó con las manos en alto.

—Señor, en serio. Necesito que vuelva a sentarse.

—No puedo. Tiene que dejarme bajar. Se trata de una emergencia.

—Yo también tengo que bajar. —Del también se puso de pie de golpe.

Acto seguido lo siguió Yan.

—Yo también.

—Caballeros, por favor…

—Escuche, tenemos una emergencia —gritó Del.

—¿Hay alguien enfermo?

El resto de los pasajeros comenzaron a mirarlos con atención. Otra azafata se acercó por el pasillo cuando Del cogió a Gavin del brazo y sonrió.

—¿Hora del gran gesto?

—Oh, sí. —Gavin se giró hacia la azafata con su expresión más severa—. Déjeme bajar del avión. Tengo que ir a casarme con mi mujer.

CAPÍTULO 29

La fila de Rolls-Royce antiguos aparcados frente a la catedral fue una clara señal de que estaba en el lugar correcto. Su padre no hacía las cosas a medias. «Bueno, excepto la parte del matrimonio en sí», pensó Thea. Había sido un imbécil que se había involucrado a medias toda su vida en cada uno de sus matrimonios. ¿Pero las bodas? Ahí sí que no escatimaba en recursos.

Thea había conducido cuatro horas seguidas para llegar a Atlanta. Y, en el camino, había decidido llamar a Gavin y cambiado de opinión al respecto al menos una docena de veces. Ni siquiera sabía si él iba a responderle y, aunque lo hubiese hecho, no creía que ella estuviese lista para hablar.

De milagro había llegado lo suficientemente temprano como para encontrar donde aparcar junto a la salida de la iglesia. Así podía escaparse a toda velocidad si era necesario. La mala noticia era que estaría sola con sus pensamientos durante demasiado tiempo.

Thea cerró los ojos y recostó la cabeza contra el respaldo. Dios, ¿qué leches estaba haciendo aquí? Con la cantidad de estupideces impulsivas que tenía por hacer. ¿Qué ganaba con aquello? No era justo confrontar a su padre en su propia boda y no tenía ningún interés en arruinarle el gran día a su prometida. La pobre mujer ya iba a tener que soportar suficiente eventualmente.

Pero había ido hasta aquí y tendría que enfrentarse a ello. Porque Gavin tenía razón. Llevaba demasiado tiempo huyendo de la historia de fondo de su propia vida, y en ella su padre había interpretado un papel protagonista.

Thea se sobresaltó al oír que alguien golpeaba su ventana. Abrió de golpe los ojos y se encontró de bruces con… su padre. Con ese esmoquin color gris caracol y el cabello cubierto de canas parecía más bien el padre de la novia que el novio.

Thea bajó la ventanilla, lo que pareció sorprenderlo.

—¿Piensas entrar o vas a seguir la boda desde aquí?

—¿Cómo sabías que estaba aquí?

Señaló hacia la planta superior de la iglesia.

—Se llama ventana.

—¿Me has reconocido desde allá arriba?

—Sí, puedo reconocer a mi propia hija.

Sintió cómo la palabra «hija» le producía un pinchazo digno de una aguja muy afilada. Conocía tan poco a ese hombre que la sola idea de llamarlo «papá» la avergonzaba. ¿Y aun así él la llamaba «hija» así, sin más?

—Pensaba que no ibas a venir —dijo él.

—No te preocupes, no comeré nada.

—No seas tonta, Thea. La organizadora ya sabe que estás aquí, ya te está haciendo un hueco sentándote al lado de los padres de Jessica.

—¿Con sus padres? —Thea retrocedió—. Oh, no. Eso es… No, por favor. Eso es estar demasiado en primera fila para mi gusto.

Su padre se enderezó y señaló con la barbilla hacia el asiento del copiloto.

—¿Puedo entrar?

—¿El novio no debería estar gestionando otro tipo cosas en este momento?

—He hecho esto varias veces. Sé muy bien lo que tengo que hacer.

—Puede que para ti sea gracioso, pero lo que acabas de decir es bastante desagradable.

Él volvió a señalar el asiento.

—¿Puedo?

Thea desbloqueó las puertas y vio cómo rodeaba el coche. Alguien debió haberlo llamado, porque levantó la mano para saludar antes de subirse.

Thea gritó en silencio mientras él se sentaba. Sentarse con alguien dentro de un coche era una de esas actividades tan cotidianas que pueden resultar tremendamente mundanas o increíblemente incómodas. En ese caso era incómodo. La comodidad que la mayoría de gente sentía cerca de sus padres no existía para Thea. El hombre que estaba a su lado nunca la había arropado por las noches, ni curado las heridas; nunca la había dejado meterse en su cama para acurrucarla cuando tenía pesadillas. Ella no llegó jamás a sentarse en su regazo para encontrar consuelo, nunca habían hecho *pancakes* juntos.

Ese hombre era un desconocido para ella. Un tío lejano al que ves cada cinco años en reuniones familiares y que no deja de repetirte una y otra vez lo alta que estás porque no encuentra otro tema de conversación.

Sin embargo, el comportamiento de ese extraño a lo largo de toda su vida la había dejado tan herida que las consecuencias de aquello la habían conducido a perder al amor de su vida. Un hombre que la amaba lo suficiente como para leer, subrayar y citar novelas románticas con tal de recuperarla.

Las cicatrices que le había dejado ese desconocido que estaba sentado junto a ella en su coche la habían convertido en una persona tan desconfiada que no era capaz de reconocer que todos los esfuerzos de Gavin no habían sido más que una forma hermosa, amorosa y honesta de demostrarle lo que sentía por ella.

—¿Gavin y las niñas no han podido venir? —preguntó Dan al fin.

—No. Solo yo.

—¿Y Liv?

—Tampoco, lo siento.

—Bueno, me alegra que estés aquí. ¿Qué te ha hecho cambiar de parecer?

—Estoy levantando algunas piedras, a ver qué encuentro debajo.

Confuso, él dibujó en su rostro una media sonrisa.

—¿Y estás preparada para ver qué sale de debajo?

Thea se quedó embobada mirando el parabrisas.

—La verdad es que no sé por qué estoy aquí. De hecho, estoy casi segura de que venir ha sido un error.

—Será un error si te vas sin decírmelo.

—¿Sin decirte el qué? —Se aferró al volante con firmeza.

—Lo que crees que necesitas decirme para encontrar lo que buscas bajo esas piedras.

—En realidad no tengo nada para decir. Creo que solo quería verlo.

Dan torció la cabeza.

—¿Ver el qué?

Thea se giró hacia su padre y lo miró a los ojos por primera vez en años.

—Cómo me miras.

Por un momento, la expresión de su padre se transformó y algo se quebró en el pecho de Thea. Como una fisura que lanzaba el vapor desde el centro de la Tierra y amenazaba con liberar ese gas nocivo de años de tantas emociones reprimida. Y vaya que si sentía alivio en reducir un poco la presión.

—Quería ver si me miras como Gavin mira a nuestras hijas. ¿Alguna vez me miraste así?

Dan lanzó un suspiro de sorpresa.

—Y creías que no tenías nada que decir.

Thea sacudió la cabeza y encendió el coche.

—Ya tienes que entrar. No puedes llegar tarde a tu propia boda. Claramente todo esto ha sido un error. No voy a conseguir que me digas nada importante.

Él volvió a lanzarle otra de esas risas llenas de sorpresa.

—Ya sé que fui un padre de mierda, y sé que soy un cliché con patas por creer que no es demasiado tarde para remediarlo.

—Pero lo es —dijo ella mientras sentía cómo el vapor seguía saliendo—. Es demasiado tarde.

—Entonces te alegrará saber que sufro por todo ello. He tenido que ver de lejos las mujeres en las que os habéis convertido tu hermana y tú sabiendo que no podía formar parte de ello. Veo a tus preciosas hijas y sé que no puedo ser su abuelo.

Thea dejó caer las manos sobre su regazo mientras abría la boca.

—No, no me hace feliz en absoluto. Al contrario, me entristece porque las cosas no tenían por qué ser así. Fuiste tú el que eligió mirar nuestras vidas desde lejos. Fuiste tú el que nos cambiaba por otras personas una y otra vez.

—Jamás intenté reemplazarte, Thea. —La fisura silbaba de tanto vapor—. ¡Tanto Liv como tú habéis estado mejor sin mí!

La fisura se había convertido en una gran erupción a esas alturas.

—¿Eso es lo que te dices a ti mismo? ¿En serio?

—Es lo que me decía por aquel entonces. Que nunca iba a ser un hombre que entrenara al equipo en el que jugases, ni…

—¿Hiciera *pancakes* los sábados a la mañana?

—Yo ganaba dinero. Eso era lo mío, lo hacía bien y era el único modo que tenía de poder cuidaros.

—Bueno, mientras tú te convencías de eso, Liv y yo crecíamos pensando que éramos nosotras las culpables de que fuese así. Que había algo en nosotras que hacía que la gente nos abandonara y que por ese motivo siempre iban a hacerlo. Y ahora estoy a punto de perder a mi marido porque ese miedo me ha hecho alejarlo.

Dan se sorprendió.

—¿Qué pasa con Gavin?

Ella sacudió una mano para dejar pasar la pregunta.

—No he venido aquí para buscar consejo paterno al respecto, así que no te emociones. Solo dime una cosa. —Oh, Dios. Iba a hacerlo. Iba a hacerle la pregunta que la había atormentado durante toda su vida—. ¿Te arrepientes…? —Exhaló—. ¿… de haberme tenido?

—Nunca —dijo Dan con voz ronca y firme—. Jamás. Ni una sola vez. —Thea cerró los ojos—. Mírame —le ordenó su padre. Y, por segunda vez, lo miró a los ojos sin miramientos—. Que tu madre se quedara embarazada es lo mejor que me ha pasado. Pero fui demasiado estúpido y egoísta como para ser el padre que te merecías.

Las puertas de la catedral se abrieron de par en par y por ellas salió una mujer vestida de rojo que miraba para todos lados, desesperada.

Dan suspiró.

—Esa es la organizadora, ¿verdad?

—Sí.

—Parece que tiene miedo de que el novio se haya arrepentido. Creo que es mejor que entres.

Él asintió, perdido en sus pensamientos. Luego abrió la puerta.

—Espero que te quedes a la ceremonia y el banquete. Pero, si te vas, también lo entenderé —le dijo antes de salir.

Thea lo vio cruzar la calle. La organizadora lo localizó y agitó una mano en el aire.

Dan la tranquilizó con su presencia. Aparentemente, tuvo éxito porque se dieron la vuelta y, con calma, caminaron hacia la iglesia. Justo antes de cruzar la puerta miró hacia atrás. Y luego entró.

Thea se pasó una mano por las mejillas. Genial. Acababa de arruinarse el maquillaje. Lo que, en verdad, ya era excusa suficiente como para irse.

Buscó su bolso en el suelo del coche. En un momento de irracionalidad se había llevado consigo *La condesa fastidiosa*.

Thea sacó el libro del bolso y lo abrió por donde lo había dejado de leer la noche anterior.

Benedict pestañeó. Tosió. Se aferró a su abrigo.

—Yo… Iré a pedir que le traigan el carruaje.

—No me ha entendido, mi señor. Me iré al campo.

No. Por Dios, no.

—Irena, por favor.

—No puedo sanar una herida abierta que usted se niega a reconocer, Benedict, y tampoco asumiré la culpa por ello.

—No le he pedido que lo haga.

—Puede venir de visita cuando crea estar listo para tener un heredero y podamos negociar los términos de… —Ella se quedó sin voz—. De la procreación. Pero ya no puedo hacer esto.

—Irena, por favor. Te amo.

—Pensé que ya nos habíamos puesto de acuerdo en eso, mi señor. Solo con amor no alcanza.

Vaya porquería. Qué porquería digna de un maldito gusano rastrero.

Con amor es más que suficiente.

Siempre.

Thea salió del automóvil y cruzó la calle haciendo equilibrio sobre sus tacones. Entró corriendo, solo cinco minutos antes de que comenzara la ceremonia. Una mujer con un traje rosado la miró mal y le extendió un programa. Un cuarteto de cuerda tocaba una pieza lenta y romántica cuando Thea se sentó. Los padrinos ya formaban una fila junto al altar con el mismo esmoquin gris oscuro que vestía su padre. No reconoció a nadie más que a él, que estaba parado al lado del cura con las manos juntas, meciéndose hacia delante y hacia atrás como un novio nervioso y primerizo.

Thea se había colado en el penúltimo banco, ganándose la mirada de fastidio de otra pareja mientras el cuarteto de cuerdas tocaba *Canon en re mayor*. Las damas de honor, con sus vestidos verde esmeralda, caminaban hacia el altar aferradas a sus pequeños ramos de rosas rojas. Luego, la congregación se puso de pie y se dio la vuelta para el momento más esperado: la entrada de la novia. Su nueva madrastra.

Por el velo, Thea no fue capaz de verle el rostro, pero no parecía mucho mayor que ella. El brillo de su sonrisa, eso sí, era lo único que el tul no llegaba a ocultar. Miraba a Dan con emoción y él no le sacó los ojos de encima ni por un instante mientras seguía avanzando del brazo de su padre. Cuando llegó al altar, Dan la cogió de la mano con una mirada de… «Mierda», pensó. Estaba perdidamente enamorado de ella.

Esta vez iba en serio.

Y Jessica también sentía lo mismo.

Thea lo sabía porque reconocía su mirada. Sabía cómo se sentía en aquel preciso instante.

Oh, por Dios. ¿En qué estaba pensando? Tendría que haber ido detrás de Gavin —el hombre que la amaba a pesar de las muchas formas en las que ella lo había alejado una y otra vez— y no conducir hasta Atlanta por un hombre que nunca había sabido cómo quererla. Thea miraba la hora en el teléfono cada tres minutos, lo que le ganó una vez más miradas de fastidio provenientes de la pareja de al lado. Sí, sí. Había llegado tarde y no veía la hora de marcharse. ¿Y qué? ¿No sabían que se trataba de una emergencia? ¿No sabían, acaso, que tenía que ir a salvar su matrimonio?

Porque iba a hacerlo. Tan pronto como la novia besara al novio, pensaba ir directa a Nueva York a hacer lo que creyó que jamás haría.

Iba a rogarle a su marido que la perdonara.

CAPÍTULO 30

—¿Por qué corremos? —gritó Mack.

Todos estaban corriendo.

Mack. Del. Yan. El ruso. Gavin. Corriendo por una acera empinada de Atlanta hacia la enorme iglesia que se veía a lo lejos.

—Porque este es *grran* gesto —dijo el ruso entre jadeos—. *Siemprre* corres para *grran* gesto.

—¡Y porque hemos aparcado a siete manzanas! —gritó Gavin.

Mack le echó la culpa al GPS del teléfono, pero Gavin lo ignoró. Podía ver la iglesia, y nada iba a impedirle llegar hasta su mujer. Así que corrió más rápido. No había dejado de correr desde que había bajado del avión. Corrió en el aeropuerto. Corrió hacia su coche. Pasaron a buscar a Mack y al ruso de camino y corrió por la autopista, a toda velocidad, hasta allí.

Aun así, eran más de las tres de la tarde y, pese a correr, llegaban tarde.

Por eso hizo un último esprint. Porque si se perdía los votos, perdería la oportunidad.

Por fin, tras lo que había parecido una hora de ceremonia, la novia y el novio se pusieron frente a frente para los votos.

Thea no paraba de mover las piernas con nerviosismo y se ganó otra mirada.

Su padre fue primero. Cuando se lo indicaron, recitó las palabras que posiblemente ya se sabía de memoria. Juró amarla, respetarla y estar a su lado en la salud, la enfermedad y todo lo demás.

Thea miró la hora.

La novia, en voz baja, comenzó a recitar las mismas palabras que había dicho su padre.

Amor. Honor. Respeto. Enfermedad. Salud. Sí, quiero. Sí, quiero.

«¡Por Dios, que se besen ya!».

La multitud aplaudió cuando su padre inclinó la cabeza para besar a su nueva mujer, pero un estruendo al fondo de la iglesia separó al novio de la novia antes de que sus labios se tocasen. Todas las cabezas se giraron, las mujeres suspiraron sorprendidas y los hombres exclamaron un creativo rosario de palabras malsonantes.

Pero entonces una voz se alzó por encima de todas. Una voz grave y jadeante, que tartamudeó.

—Sí, q-q-quiero.

CAPÍTULO 31

«Bueno, quizás debería habérmelo pensado mejor», pensó Gavin cuando doscientos rostros pasmados miraron hacia la puerta.

La novia se llevó una mano a la boca y el novio… Uff. El padre de Thea estaba colérico.

Un hombre que estaba sentado del lado de la novia se puso de pie.

—¿Pero qué es todo esto? —explotó—. ¡Es la boda de mi hija!

Un nuevo revuelo de carreras y derrapes hizo que toda la congregación se girara de nuevo para poder ver lo que apareció detrás de Gavin.

Mack patinó hasta detenerse a su lado.

—Mierda.

Del se dobló y jadeó con las manos en las rodillas.

—¿Nos hemos perdido los votos?

Yan y el ruso chocaron con la pared.

—¿Qué sucede? —insistió el hombre de las primeras filas—. ¿Se puede saber quién es esta gente?

Mack alzó una mano y dijo en voz alta:

—Braden Mack.

Gavin se escondió bajo su abrigo.

—Lo siento. Yo, mmm… estoy buscando a Thea.

—¿Y quién demonios es Thea? —gritó el hombre.

—Mi hija —dijo Dan mientras señalaba el banco del fondo.

Gavin podría haber jurado que Dan sonreía en la distancia.

Todas las cabezas siguieron el dedo índice de Dan y entonces por fin la vio. Sentada a un par de metros, boquiabierta, respirando con dificultad a juzgar por la forma en la que se movía su pecho.

Thea se levantó despacio. Mil emociones bailaban en su rostro: sorpresa, vergüenza, diversión. Amor.

—Hola —dijo ella casi sin aliento.

Gavin se limpió el sudor de las cejas.

—Hola. ¿P-podemos…? —Señaló la puerta a sus espaldas.

Thea se escurrió del banco chocando con las rodillas de los invitados y murmurando «lo siento, perdón, lo siento» hasta que pudo al fin salir. Alzó la vista hacia el altar, hacia su padre.

—Me voy a… Mmm… Me tengo que ir.

—Pero vienes a la fiesta, ¿no? —preguntó la novia en la distancia.

—Todavía no estoy segura —vaciló Thea.

—Espero que sí, porque ni siquiera nos hemos podido presentar.

Las cabezas de la multitud rebotaban de un lado al otro del pasillo de la iglesia durante todo el intercambio.

—Cierto —dijo Thea—. Es un placer conocerte. Lo siento. Me voy a ir…

Thea caminó rígida y a toda velocidad hacia la puerta. Antes de irse, Gavin saludó.

—Perdón por la interrupción.

Cerró la puerta detrás de él, se giró y…

—Maldito seas, Gavin —le espetó Thea—. Soy yo la que iba a

hacer el gran gesto. —Y entonces lo tomó del cuello, lo acercó hacia ella y lo besó. Oh, y tanto que lo besó. Lo besó con las manos en su cabello y le puso el corazón en las manos. Lo besó mientras seguía hablando—. Iba a ir a Nueva York. —Beso—. Iba a ir a buscarte. —Un beso más grande—. Iba a encontrarte y decirte que… —Un beso más profundo—. Te amo.

Gavin le cogió el rostro con las manos y la alejó.

—Dilo otra vez.

—Te amo, Gavin. Te amo. Y lo siento mucho. Tenías razón sobre mí. Tenía miedo y he sido una estúpida.

—Yo también.

—Bueno, puede que en algún momento volvamos a tener miedo o a comportarnos como estúpidos.

—Pero lo superaremos —dijo él.

Mack se aclaró la garganta.

—¿Podéis ir un poco más rápido? Ya casi terminan los votos.

Claro. No había terminado. El gran gesto no estaba completo. Gavin se arrodilló y tomó la mano de Thea.

—¿Qué haces? —Thea se rio.

—No pude hacerlo como tocaba la última vez, así que lo haré ahora. Thea Scott, ¿te quieres casar conmigo?

—¿Ahora?

—Sí. Ahora. Estamos en una iglesia.

Thea se rio mientras Gavin se ponía de pie.

—Ruso —ordenó—. Ven aquí.

—¿Se llama ruso?

—Me llamo Vlad. *Perrdón* por el baño.

—Entonces… ¿vosotros sois los miembros del famoso club de lectura para caballeros? —preguntó Thea.

Mack asintió despacio y luego más rápido.

—Me gusta. El Club de Lectura para Caballeros.

—Venga, hagámoslo ya —dijo Gavin.

Cogió la mano de Thea y se miraron frente a frente.

—*Rrepite* después de mí —dijo Vlad desdoblando el trozo de papel que Gavin le había dado—. Yo, Gavin Scott.

—Yo, Gavin Scott.

Hubo un aplauso dentro de la iglesia.

—Te *prrometo* a ti, Thea Scott.

—Te prometo a ti, Thea Scott.

La música comenzó a sonar dentro. Mierda. Gavin le arrancó el papel a Vlad de las manos y recitó de memoria:

—Te prometo a ti, Thea Scott, decirte siempre cómo me siento, leerte cada noche, adorar tu cuerpo…

Mack y Del se taparon los oídos.

—¡Que hay menores presentes!

Gavin la acercó hacia él y susurró el resto contra su oreja.

—Y no olvidarme de que con amor…

—Alcanza —completó Thea.

Gavin volvió a besarla justo en el momento en el que las puertas se abrieron de par en par y el flamante matrimonio —el otro flamante matrimonio, vaya— salió envuelto en una ola de aplausos y a ritmo de *Canon en re mayor*.

—Bueno —les dijo Dan—, veo que las cosas van mejor.

Gavin miró a su suegro, un hombre al que, antes que nada, le hubiese gustado darle un buen puñetazo.

—Lamento que no podamos quedarnos, Dan. Pero tenemos que irnos a vivir nuestro propio final feliz.

Gavin cogió a Thea en brazos, levantándola del suelo.

—¿Estás lista, mi amor?

Thea recorrió con su dedo la mandíbula de él.

—Estoy a su merced, mi señor.

EPÍLOGO

NOCHEBUENA

Thea estaba enroscada junto a Gavin y le acariciaba el vientre con la palma de las manos. Las luces del árbol de Navidad les conferían a sus cuerpos un tenue brillo dorado. Arriba, las niñas soñaban con algodón de azúcar y nuevos juegos para la Nintendo.

Abajo, mamá y papá renovaban sus votos una y otra vez.

La voz de Gavin sonaba cansada mientras le leía. Habían leído todas las noches desde Atlanta. Simplemente habían cambiado de libro.

—¡Irena, espera !

Benedict corrió detrás de su esposa. La masa de gente que tan desesperada estaba por destruirla no podía despegar los ojos del drama que se desplegaba frente a ella y llenaba el aire de suspiros de sorpresa y miradas sedientas de melodrama.

Benedict atravesó el salón.

Irena se dio la vuelta.

—Mi señor, no haga esto.

—¿Que no haga qué? ¿Confesar frente a todo el mundo que la amo?

Sus palabras provocaron más suspiros.

Benedict se acercó, le pasó un brazo por la cintura y…

Gavin detuvo la lectura.

—¿Debería besarla directamente o pedirle permiso?

Thea dudó.

—A estas alturas me parece que un beso robado está bien. Es su gran gesto, y esa es la mejor parte.

Gavin la besó en la nariz.

—Estoy de acuerdo.

… y la abrazó.

—Estoy aquí para pedirle a mi mujer que se case conmigo.

Y entonces la besó frente a todos. El murmullo se desató en la sala. Las mujeres jóvenes casi se desmayaron. Irena perdió el equilibrio y cayó contra él.

—La amo —exhaló él contra su boca—. Me casé con usted porque la amo. Usted me ha cambiado. Me ha convertido en un hombre mejor.

♥

Gavin bajó la mirada hacia Thea.

—Me siento identificado.

Thea alzó la cabeza y lo besó. Acarició sus labios mientras él tocaba su cuerpo.

Gavin sonrió.

—¿D-dejamos de leer?

—Mmm.

Gavin dejó caer el libro e hizo rodar sus cuerpos entrelazados. Thea enroscó las piernas en su cintura y lo besó con entusiasmo. Se estaban volviendo buenos en eso de conversar.

Gavin estampó la boca contra la suya. Y las cosas pasaron de cero a orgásmicas. La necesidad le desgarraba la piel; la necesidad, el deseo y esas emociones de chica nerviosa que la hacían temblar en sus brazos.

—No me canso de ti —dijo Gavin con voz ronca mientras le

desabotonaba la camisa. Una nueva. La vieja no habían podido recuperarla.

Le levantó la camiseta para descubrir sus pechos. Bajó la boca hacia un pezón y después hacia el otro.

Thea metió la mano entre sus cuerpos, liberó su erección de los pantalones cortos y entonces, oh por Dios, él ya estaba dentro de ella.

—Yo tampoco me canso de ti.

Gavin mascculló entre dientes.

La estiró. La llenó. La amó.

—Háblame —susurró Thea—. Dime lo que quieres.

Gavin volvió a hacerlos rodar para que ella quedara arriba.

—Quiero que me montes —gruñó.

Ella se movió hacia arriba y hacia abajo, meciendo las caderas para que él estuviera cada vez más adentro. Respiraron el aire que exhalaba el otro, se comieron la boca, se movieron como si fueran el mismo cuerpo.

—Quiero que explotes de placer —gimió él.

Thea se inclinó hasta rozar con los pezones el sendero de vello de su pecho.

—Quiero que me ames para siempre, Thea.

El orgasmo llegó de repente. Como solía sucederle ahora. Como si en su interior existiera un botón que solo Gavin sabía tocar.

—Te amo —dijo, sosteniéndola con fuerza mientras se estremecía por las descargas de placer.

—Te amo —respondió ella, y volvió a moverse arriba y abajo hasta que un último y profundo empujón dejó su nombre en los labios de Gavin.

Thea se desplomó contra su pecho y enterró el rostro en el hueco de su cuello.

Él la sostuvo ahí, con los dedos enredados en su cabello.

—¿C-cómo crees que va a terminar? —le preguntó.

—Creo que Benedict e Irena se han ganado su final feliz —susurró.

—Pienso lo mismo —dijo Gavin y le besó el cabello—. Y creo que nosotros también.

Thea sintió que se le cerraba la garganta.

Casi habían perdido aquello. Casi se habían perdido el uno al otro.

Se apoyó sobre el codo para mirarlo a los ojos.

—¿Sabes qué pienso?

—Dime.

—Que me gusta más nuestro final feliz.

Pasó mucho tiempo hasta que por fin se durmieron.

AGRADECIMIENTOS

Escribir y publicar una novela es un trabajo de equipo. No estaría cumpliendo este sueño sin la ayuda y el apoyo de muchas personas a quienes quiero dar las gracias.

Primero, gracias a mi familia, que siempre me alentó y creyó en mí. Mamá, nunca me permitiste olvidar mis sueños o dudar de que podía cumplirlos. A mi marido: tomar la decisión de dedicarme a escribir a tiempo completo fue un salto de fe y tú estuviste junto a mí a cada paso de este loco sueño. Y papá, mi contacto de emergencias, gracias por ser el capitán que sostiene con calma el timón de este barco.

Un gracias enorme a mi representante, Tara Gelsomino. Me sacaste de un festival de ideas en Twitter e hiciste que todo esto ocurriera. ¡Gracias por tu guía, tu sentido del humor y tu fe en los chicos del club! Y, por supuesto, otro gracias igual de grande a Kristine E. Swartz, mi sabia, entusiasta y tremendamente divertida editora, quien peleó como loca para que *Bromance. Club de lectura para caballeros* llegara a los lectores.

A mi tribu de escritoras, que me ayudó a conservar la cordura (o algo por el estilo): Meika Usher, Christina Mitchell, Alyssa Alexander,

Victoria Solomon, Tamara Lush y todas las mujeres de Binderhouse. ¡Os quiero! Y una mención especial a Anna Bradley, que me animó a convertir mi pequeña idea en un libro hecho y derecho.

Por proveerme de cafeína durante la escritura y la edición tengo que agradecer a los mejores baristas del mundo: Joey, Walls, Brandon, Allie y Alexa de Okemos Biggby. Nadie prepara mocas como vosotros.

Y, por último, gracias a mi hija. Eres la razón por la que lo hago todo. Gracias por los abrazos de oso, por los mensajes de apoyo que me escribes en la pizarra y por los días en los que tuviste que cenar cereales porque yo estaba cerca de la fecha de entrega. Nunca olvides que tú eres la heroína de mi historia. ¡Haz que la tuya sea maravillosa!